日月长

古诗中的一年

萧桓 注

北京联合出版公司
Beijing United Publishing Co.,Ltd.

目录

一月

明·李士达《岁朝村庆图》

元日

北宋·王安石

爆竹声中一岁除，春风送暖入屠苏。

千门万户曈曈日，总把新桃换旧符。

◎元日：农历正月初一。《说文解字》：“元，始也。”所以一年开始的第一天叫“元日”。◎一岁除：旧的一年已经过去。除，指逝去。◎屠苏：一种药酒，用屠苏草、桔梗、防风等药草调制而成。宗懔《荆楚岁时记》：“（正月一日）长幼悉正衣冠，以次拜贺，进椒柏酒，饮桃汤，进屠苏酒……次第从小起。”◎曈曈：日出时温暖光明的样子。◎“总把”句：农历正月初一的时候，古人们会在桃木板上画上神荼、郁垒两位神人，或写上他们的名字，挂在大门上，以求辟邪。这种桃木板被称作“桃符”，这句诗即生动地描写了当时的这一民俗活动。

北宋·郭熙《早春图》

正月初二日晴过常州

元·方回

客里三年问岁除，毗陵归路又正初。
自怜囊涩难沽酒，犹喜船宽可读书。
草比旧痕青已倍，雪成陈迹白无余。
脱寒就暖真奇事，差觉穷途意气舒。

◎岁除：一年中的最后一天，即除夕。◎毗陵：江苏常州的古称。◎囊涩：无钱。杜甫《空囊》："囊空恐羞涩，留得一钱看。"◎沽酒：买酒。◎差觉：略微觉得。◎穷途：指困难的境地。

正月三日归溪上有作，简院内诸公

唐·杜甫

野外堂依竹，篱边水向城。
蚁浮仍腊味，鸥泛已春声。
药许邻人斸，书从稚子擎。
白头趋幕府，深觉负平生。

◎溪：指成都城西的浣花溪。◎简：书简，这里用作动词。◎院内：指剑南节度使幕府。◎堂：指诗人建于浣花溪畔的草堂。◎蚁浮：酒面浮起的细沫，代指酒。◎鸥泛：鸥鸟浮游。金圣叹云："三句'仍腊'，妙，见入春尚浅，是写'三日'二字；四句'已春'，妙，见已入春矣，是写'正月'。'仍腊味''已春声'，是正月三日不深不浅之间。"◎斸：同"斫"，掘取。杜甫居草堂时，曾在居处附近培植有草药。◎从：听凭、任由。◎擎：拿，举。◎"白头"句：当时杜甫在剑南节度使严武府上任节度参谋，故云。

壬子正月四日，后圃行散四首（录一）

南宋·杨万里

勃姑偶下小梅枝，要看渠侬褐锦衣。
柱后藏身教不见，却因不见转惊飞。

◎壬子：宋光宗绍熙三年（一一九二）。◎圃：种植蔬果或花草的园子。◎行散：这里指散步。◎勃姑：一种小鸟，即鹁鸪。天要下雨或刚放晴时，常在树上咕咕鸣叫。◎渠侬：方言，第三人称代词，他。◎褐锦衣：勃姑的羽毛为黑褐色，故云。◎教：使，令。

南宋·马远《柳岸远山图》

正月五日出游

南宋·陆游

久作闲人不惯愁，新春天气更清柔。
未为辽海千年别，且继斜川五日游。
细柳拂头穿野径，落梅黏袖上渔舟。
此身定去神仙近，倚遍江南卖酒楼。

◎久作闲人：诗人此时已闲居故里多年。◎辽海千年别：《搜神记》记辽东人丁令威成仙后化鹤而归，在空中作人言云："有鸟有鸟丁令威，去家千岁今来归，城郭如故人民非，何不学仙冢垒垒？"◎斜川五日游：陶渊明《游斜川并序》："辛丑正月五日，天气澄和，风物闲美，与二三邻曲，同游斜川。"◎去：相距。

正月六日雪霁

北宋·曾巩

雪消山水见精神，满眼东风送早春。
明日杏园应烂熳，但须期约看花人。

◎霁：雨雪停止，天气放晴。◎烂熳：同“烂漫”，颜色鲜明而美丽。◎期约：邀约。

京中正月七日立春

唐·罗隐

一二三四五六七，万木生芽是今日。
远天归雁拂云飞，近水游鱼迸冰出。

◎正月七日：民俗中把这一日称作“人日”。宗懔《荆楚岁时记》：“正月七日为人日。以七种菜为羹，剪彩为人，或镂金箔为人，以贴屏风，亦戴之头鬓。又造华胜以相遗，登高赋诗。”又，薛道衡的《人日思归》也是写于这一日的脍炙人口的名篇：“入春才七日，离家已二年。人归落雁后，思发在花前。”◎立春：农历二十四节气的第一个节气。◎“远天”二句：写出万物复苏、大地回暖的景象。《礼记·月令》：“孟春之月……东风解冻，蛰虫始振，鱼上冰，獭祭鱼，鸿雁来。”

元·黄公望《快雪时晴图》

明·陆治《雪后访梅图》

正月八日峡中新花

北宋·文同

深碧长条浅紫芽，晓从无数傲霜华。

只应耻在江梅后，未著叶时先放花。

◎正月八日：民俗中把这一日称作“谷日”，并有“占谷”的习俗，认为这一天如果天晴，则主当年五谷丰登。储巏《谷日迎春》：“晴占谷日倾城喜，暖近花朝满路香。”◎傲霜：不为寒霜所屈。苏轼《赠刘景文》：“荷尽已无擎雨盖，菊残犹有傲霜枝。”◎华：同“花”。◎著：生长之意。王维《杂诗》：“来日绮窗前，寒梅著花未？”

南宋·夏圭《雪堂客话图》

正月九日雪霰后大雨二首（录一）

南宋·范成大

夜霰三更碎瓦，昼冥一阵翻盆。
赖是梅花已过，不然皴玉谁温？

◎雪霰：指下雪珠子。◎昼冥：白昼昏暗。◎翻盆：指大雨倾盆。杜甫《白帝》："白帝城下雨翻盆。"◎赖是：幸亏。◎皴玉：形容被雨雪弄伤的花瓣。皴，打皱、起裂。

五代南唐·巨然《湖山春晓图》

正月十日作

北宋·宋庠

万里春晖荡晓空，芳心何处不融融。
惟余两鬓无情雪，最耐人间解冻风。

◎春晖：春光。◎融融：和乐的样子。◎无情雪：指白发。◎耐：经受得住。

辛酉正月十一日，东园桃李盛开

南宋·杨万里

千万重山见复遮，两三点雨直还斜。

行穿锦巷入雪巷，看尽桃花到李花。

◎辛酉：宋宁宗嘉泰元年（一二〇一）。

庚辰岁正月十二日，天门冬酒熟，予自漉之，且漉且尝，遂以大醉二首（录一）

南宋·杨万里

自拨床头一瓮云，幽人先已醉浓芬。
天门冬熟新年喜，曲米春香并舍闻。
菜圃渐疏花漠漠，竹扉斜掩雨纷纷。
拥裘睡觉知何处，吹面东风散缬纹。

◎庚辰：宋哲宗元符三年（一一〇〇）。◎天门冬酒：天门冬，一种药用植物。《本草》："天门冬根白，或黄紫色，大如手指，可取汁作酒。"◎漉：对新酿的酒进行过滤，去除杂质。◎一瓮云：指天门冬酒。◎幽人：幽居之人。◎"曲米春"句：原注："杜子美诗云'闻道云安曲米春'，盖酒名也。"◎漠漠：茂盛。◎竹扉：竹子编的门。◎睡觉：睡醒。◎缬纹：酒后脸上的红晕。

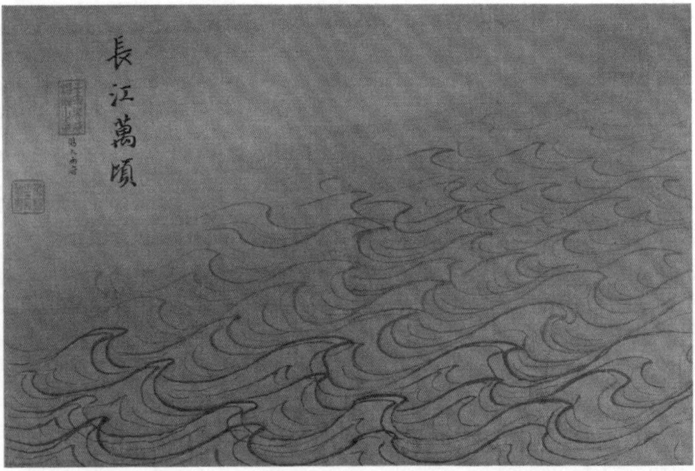

南宋·马远《水图·长江万顷》

正月十三日过道士洑

清·张问陶

夜水茫茫白，孤舟万顷开。
乍看明镜合，忽涌断鳌来。
柁转神鱼出，崖崩老鹤哀。
绿林闻聚啸，生死莫相猜。

◎道士洑：原注："即西塞山。"按：西塞山在今湖北省黄石市东，长江南岸边。◎明镜：指江面倒映的月影。◎断鳌：《淮南子·览冥训》："女娲炼五色石以补苍天，断鳌足以立四极。"西塞山的山体突出在长江上，极为险峻，所以诗人将其比喻为神话中支撑苍天的鳌足。◎柁：同"舵"。

姑苏馆上元前一夕观灯

南宋·杨万里

茂苑元宵亦盛哉，千红百紫雪中开。
牡丹自是吴门有，莲菡移从都下来。
光射琉璃最精彩，吐成蝃蝀贯昭回。
归船尚有残灯在，更与儿曹饮一杯。

◎上元：农历正月十五俗称上元节，又叫元宵节、灯节。旧俗在上元节的前一日便会张灯结彩，准备和预演上元节的游艺节目，称作“试花灯”。◎茂苑：即长洲苑，春秋时为吴王阖闾游猎之处。此处与标题中的“姑苏”及颔联中的“吴门”，都是代指苏州。◎千红百紫：此处与颔联的牡丹、莲菡，都是形容色彩形状各异的花灯。◎都下：京城。◎蝃蝀：虹。◎昭回：星辰。◎儿曹：儿辈。

正月十五夜

唐·苏味道

火树银花合，星桥铁锁开。
暗尘随马去，明月逐人来。
游伎皆秾李，行歌尽落梅。
金吾不禁夜，玉漏莫相催。

◎“火树”句：形容元宵节夜晚灯火绚丽夺目的样子。辛弃疾《青玉案·元夕》：“东风夜放花千树。更吹落、星如雨。”火树，灯树。王仁裕《开元天宝遗事·百枝灯树》：“韩国夫人置百枝灯树，高八十尺，竖之高山，元夜点之，百里皆见，光明夺月色也。”◎“星桥”句：唐代实行宵禁制度，只有正月十五元宵节前后三天弛禁，城桥上铁锁打开，任人通行。◎游伎：出游的歌伎。◎秾李：秾艳的李花，形容游伎。◎行歌：边走边唱。◎落梅：即《梅花落》，古曲名。◎金吾：指金吾卫，掌管京城戒备，禁人夜行。只元宵节前后三天例外，称作“金吾不禁”。刘肃《大唐新语》：“神龙之际，京城正月望日盛饰灯影之会，金吾弛禁，特许夜行。贵游戚属及下隶工贾无不夜游。车马骈阗，人不得顾。”◎玉漏：指漏壶，古代用以计时的仪器。

初唐·敦煌莫高窟第220窟乐舞图　孙志军摄影

正月十六日夜至京师观灯

明·高启

天街争唱落梅歌，绛阙珠灯万树罗。
莫笑游人来看晚，春风还似昨宵多。

◎天街：京城的街道。◎落梅歌：即《梅花落》，古曲名。苏味道《正月十五夜》："行歌尽落梅。"◎绛阙：红色的门阙，泛指宫门。◎罗：罗列、散布。

和谢公仪学士正月十七日雨后复雪

北宋·梅尧臣

本祈春雨成春雪，应误小桃先次开。
西汉枚生谁复召，南朝何逊自多才。
泼除灯火上元去，挫却勾萌六出来。
前此解衣争贳酒，不知为瑞与为灾。

◎先次：率先。◎枚生：指西汉著名辞赋家枚乘。《汉书·枚乘传》："武帝自为太子闻乘名，及即位，乘年老，乃以安车蒲轮征乘，道死。"梅尧臣此时年近半百，长年在地方上做些小官，仕途未达，所以引枚乘的典故自嘲。◎何逊：南朝梁著名诗人。《梁书·何逊传》："（何）逊八岁能赋诗，弱冠州举秀才。南乡范云见其对策，大相称赏，因结忘年交好。"梅尧臣与谢学士的年辈、交谊颇类范云与何逊，所以借用此典来夸赞谢学士年少多才。◎勾萌：即句萌，草木的嫩芽。◎六出：雪花。因雪形似花瓣而分为六片，故别称"六出"。◎贳酒：赊酒。◎"不知"句：诗下有原注云："先是七日祈雨，九日霈然至于今。"

正月十八日甘棠院三首（录一）

北宋·蔡襄

上元才过去寻春，红白山花粲粲新。
似喜使君初病起，隔栏相向笑迎人。

◎粲粲：鲜盛貌。◎使君：对州郡长官的尊称，此处即指诗人自己。

正月十九日京邑上元收灯日

北宋·晏殊

星逐绮罗沉曙色，月随丝管下层台。
千蹄万毂无寻处，只似华胥一梦回。

◎收灯日：王栐《燕翼诒谋录》卷三："国朝故事，三元张灯。太祖乾德五年正月甲辰，诏曰：'上元张灯，旧止三夜，今朝廷无事，区宇乂安，方当年谷之丰登，宜纵士民之行乐，其令开封府更放十七、十八两夜灯。'后遂为例。"可知北宋首都开封迟至正月十九才收灯。◎绮罗：华美的衣服，借指游人。◎曙色：曙光，破晓时的天色。◎丝管：管弦乐器，借指音乐。◎千蹄万毂：泛指车马。◎华胥：《列子·黄帝》："（黄帝）昼寝而梦，游于华胥氏之国。"后因以"华胥"指代梦境。

明·郑文林（旧传戴进）《春酣图》

正月二十日与潘、郭二生出郊寻春，忽记去年是日同至女王城作诗，乃和前韵

北宋·苏轼

东风未肯入东门，走马还寻去岁村。
人似秋鸿来有信，事如春梦了无痕。
江城白酒三杯酽，野老苍颜一笑温。
已约年年为此会，故人不用赋招魂。

◎潘、郭二生：即潘丙、郭遘，他们是诗人因“乌台诗案”贬谪到黄州后，新结交的好友。◎女王城：在黄州东郊。◎乃和前韵：依照他诗的韵脚用字而作诗，称作“和韵”，又称“步韵”。这里提到的“前韵”，则是指诗人于宋神宗元丰四年（一〇八一）所作《正月二十日往岐亭，郡人潘、古、郭三人送余于女王城东禅庄院》一诗。◎“东风”句：指城中尚无春色。◎“人似”句：鸿雁感知物候变化，年年南渡北归；我们也像去年正月二十日一样，又一次到郊外寻春。◎酽：酒浓。◎“故人”句：王逸《楚辞章句》：“宋玉哀怜屈原忠而见弃，愁懑山泽，魂魄放佚，厥命将落，故作《招魂》……以讽谏怀王，冀其觉悟而还之也。”这句是说知交故友们不必为将他调回京城而奔走烦劳。

南宋·林椿《山茶霁雪图》

戊子正月廿一日雪及半尺

南宋·曹勋

晚讶争鸣白项鸦，梅风随夜冷窗纱。
忽惊寒透多年被，不拟潜飞六出花。
历乱已应藏月桂，模糊无处认山茶。
朝来多怪寻芳客，都向东风卖酒家。

◎戊子：宋孝宗乾道四年（一一六八）。◎讶：惊奇。◎梅风：早春的风。杜审言《守岁侍宴应制》："弹弦奏节梅风入，对局探钩柏酒传。"◎不拟：不料。◎历乱：杂乱，这里是形容雪花纷扬的样子。◎月桂：传说月中有桂树，因以代指月亮。◎山茶：常绿灌木或乔木，冬春开花。花形大，有白、红等颜色。◎朝来：早晨。

清・李鱓《桃花柳燕图》

正月二十二日晚过袁父

南宋·赵蕃

篱落桃花小破红，野田细雨又微风。

莫嗤款段行难进，正要寻诗漠漠中。

◎袁父：不详。◎篱落：篱笆。◎嗤：嘲笑。◎款段：本指马行迟缓的样子，这里是代指马。◎漠漠：烟雨迷蒙貌。

赋黄香梅绝句八首，正月二十三作，时筑楼居将就（录一）

南宋·李壁

春风一树斩新开，尽日花边转几回。
怪底玉颜含瘴色，谪仙曾住夜郎来。

◎黄香梅：梅的一种。范成大《梅谱》："百叶缃梅，亦名黄香梅，亦名千叶香梅，花叶至二十余瓣，心色微黄，花头差小而繁密。"◎斩新：即崭新。◎尽日：整天、终日。◎怪底：难怪。◎玉颜含瘴色：黄香梅的花瓣色白，花心微黄，故云。瘴色，因瘴疠患病的气色。◎"谪仙"句：李白人称"天上谪仙人"，曾被流放夜郎（在今贵州省，唐朝时是极偏远的所谓烟瘴之地），中途遇赦而还。诗人这里是用风趣的语言将黄香梅比作被贬谪的诗仙李白。

正月二十四日夜雪

北宋·司马光

叠瓦浮轻雪，参差粉画难。
苦欺初变柳，故压未生兰。
夜色微分白，春容不受寒。
即为花卉夺，犹得暂从看。

◎初变柳：指刚生出嫩黄新芽的柳条。杨万里《新柳》："柳条百尺拂银塘，且莫深青只浅黄。"◎微分白：略将亮光分给夜色。◎春容：春色。邓肃《临江仙》："楼北楼南青不断，晴空总是春容。"◎不受寒：不耐寒。

正月二十五日以小疾在告，作三绝，是日苦寒

北宋·张耒

黄土冈头荠麦长，春阴蔽日午风狂。
山前梅落无人见，只见幽禽啼暗香。

春色三分有尚多，且饶芳草占高坡。
门前柳色如彭泽，争奈陶君止酒何。

见说樱桃已烂开，坐愁风雨苦相催。
自怜华发伤春客，两见飞花未放回。

◎在告：官员休假在家。◎幽禽：叫声幽雅的鸟。◎饶：让。◎“门前”句：陶渊明曾任彭泽令，并作《五柳先生传》以自况，文中说其“宅边有五柳树”。本句化用此典。◎争奈：怎奈，无奈。◎止酒：“争奈”句原注：“予方以病止酒。”止酒即戒酒，陶渊明有《止酒》诗。◎见说：听说。◎坐愁：犹言“深愁”。◎华发：花白的头发。

正月二十六日，偶与数客野步嘉祐僧舍东南野人家，杂花盛开，扣门求观。主人林氏媪出应，白发青裙，少寡，独居三十年矣。感叹之余，作诗记之

北宋·苏轼

缥蒂缃枝出绛房，绿阴青子送春忙。
涓涓泣露紫含笑，焰焰烧空红佛桑。
落日孤烟知客恨，短篱破屋为谁香。
主人白发青裙袂，子美诗中黄四娘。

◎嘉祐僧舍：即嘉祐寺，在今广东惠州。◎野人：指乡野之人。◎缥蒂缃枝：缥，淡青色；缃，浅黄色。◎绛房：红色花朵。◎“绿阴”句：岭南地暖，虽然只是农历正月末，却已是绿树成荫，子满枝头，仿佛要送走春天了。◎泣露：滴露。李贺《李凭箜篌引》：“芙蓉泣露香兰笑。”◎含笑：陈善《扪虱新话》：“南中花木有北地所无者，茉莉花、含笑花、阇提花、鹰爪花之类……又有紫含笑，香尤酷烈。”◎烧空：映红天空。◎佛桑：刘恂《岭表录异》：“岭表朱槿花……南人谓之佛桑。树身高者，止于四五尺，而枝叶婆娑……其花深红色，五出如大蜀葵，有蕊一条，长于花叶，上缀金屑，日光所烁，疑有焰生。”◎“子美”句：黄四娘是杜甫（字子美）在成都草堂居住时的邻居，杜甫的《江畔独步寻花》诗曾写到她：“黄四娘家花满蹊，千朵万朵压枝低。”

南宋·叶肖岩《西湖十景图册·苏堤春晓》

正月二十七雨中过苏堤

南宋·葛天民

一堤杨柳占春风，柳外群山细雨中。
人苦未晴浑不到，只宜老眼看空蒙。

◎苏堤：苏轼在杭州做官时，率众疏浚西湖，并将所挖淤泥筑成一道纵贯西湖的长堤，后人称之为“苏公堤”或“苏堤”。◎浑：浑然，完全。◎空蒙：形容雨中山色，空灵迷茫之状。苏轼《饮湖上初晴后雨二首》：“水光潋滟晴方好，山色空蒙雨亦奇。”

何處靈家舊畫梁口脚飛
染色迴塘將離露下瓊粧浥
試青花蕊玉夢香
　雲溪外史畫平

清 · 惲壽平 《燕喜魚乐》

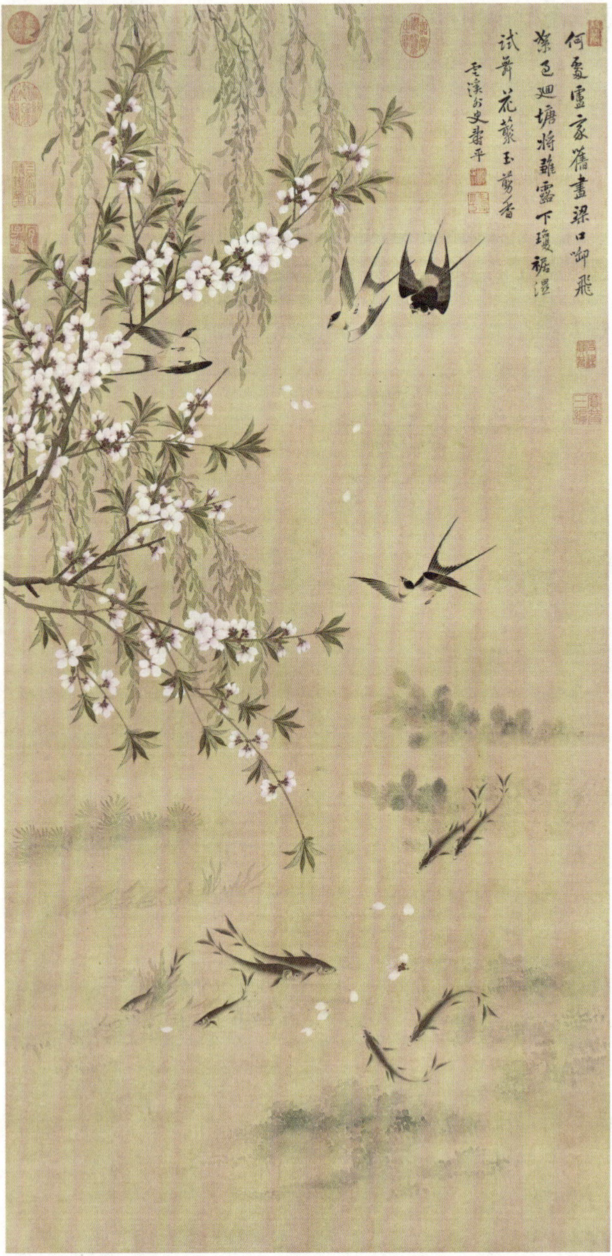

正月二十八日峡外见燕子二首

南宋·杨万里

社日今年定几时？元宵过了燕先归。
一双贴水娇无奈，不肯平飞故仄飞。

不宿青枫学子规，不穿绿柳伴莺啼。
双飞只爱清江水，自喜身轻照舞衣。

◎社日：祭祀土地神的日子，分春、秋二社，其中立春后第五个戊日为春社。由于每年农历立春所在的日子不定，所以诗人才会问“社日今年定几时”。◎无奈：无比。◎仄飞：斜飞。◎子规：杜鹃鸟，又名子规、鶗鴂。

正月廿九夜作

清·恽寿平

板桥枯柳草堂开，溪畔山童报客来。
同坐寒烟松竹里，雪中煮酒看庭梅。

◎板桥：用木板架设的桥。◎煮酒：烫酒，温酒。

晦日送穷三首

唐·姚合

年年到此日，沥酒拜街中。
万户千门看，无人不送穷。

送穷穷不去，相泥欲何为。
今日官家宅，淹留又几时。

古人皆恨别，此别恨消魂。
只是空相送，年年不出门。

◎晦日送穷：在唐代，以正月晦日（按：农历每月的最后一天为晦日）为送穷日。韩愈《送穷文》洪兴祖注："予尝见《文宗备问》云：颛顼高辛时，宫中生一子，不着完衣，宫中号为'穷子'。其后正月晦死，宫中葬之，相谓曰：今日送却'穷子'。自尔相承送之。"◎沥酒：发愿起誓时洒酒于地。◎相泥：相缠。◎官家：指权贵者。◎淹留：停留，逗留。

二月

清・恽寿平《桃花图》

二月一日晓渡太和江三首（录一）

南宋·杨万里

晓翠妨人看远山，小风偏入客衣单。
桃花爱做春寒信，只恐桃花也自寒。

◎太和江：在江西太和县（今泰和县）境。◎单：单薄。◎“桃花”句：早春二月，气候多变，常常使人有“春寒料峭”之感。陈与义《春寒》：“二月巴陵日日风，春寒未了怯园公。”此时正是惊蛰前后，惊蛰三候，一候桃花，所以诗人说“桃花爱做春寒信”。

（传）隋·展子虔《游春图》

二月二日

唐·白居易

二月二日新雨晴，草芽菜甲一时生。
轻衫细马春年少，十字津头一字行。

◎“二月”句：早春二月，细雨如油，预示着一年的好收成。《帝京景物略·春场》：“二月二日曰龙抬头，煎元旦祭余饼，薰床炕，曰薰虫儿；谓引龙，虫不出也。”这一日又是外出踏青、郊游的好日子，本诗即描写了这一欢快的场景。◎菜甲：初生的菜芽。杜甫《有客》诗：“自锄稀菜甲，小摘为情亲。”◎十字津：作者当时在洛阳，洛阳有十字水。津，渡头。

二月三日点灯会客

北宋·苏轼

江上东风浪接天，苦寒无赖破春妍。
试开云梦羔儿酒，快泻钱塘药玉船。
蚕市光阴非故国，马行灯火记当年。
冷烟湿雪梅花在，留得新春作上元。

◎无赖：谓多事而令人生厌。◎春妍：妍丽的春景。◎云梦：云梦泽，古代江汉平原一带的大水泽，这里代指楚地。苏轼此时贬官黄州（今湖北黄冈）团练副使，故云。◎羔儿酒：即羊羔酒，一种色泽白莹的美酒。◎快泻：赶快斟满。◎药玉：用药煮石而似玉者，称作药玉。钱塘药玉船，即杭州一带生产的药玉材质的船形酒杯。◎蚕市：王次公注："蜀中春月，村市聚为欢乐，谓之蚕市。"◎故国：故乡。◎马行：北宋都城汴梁最繁华的地方，夜市灯火最盛。◎上元：即元宵节。

南宋·李安忠《晴春蝶戏图》

二月四日作

南宋·陆游

早春风力已轻柔，瓦雪消残玉半沟。

飞蝶鸣鸠俱得意，东风应笑我闲愁。

◎玉半沟：指瓦缝之间只残留少许白雪。◎闲愁：无端的愁绪。

二月五日花下作

唐·白居易

二月五日花如雪，五十二人头似霜。
闻有酒时须笑乐，不关身事莫思量。
羲和趁日沉西海，鬼伯驱人葬北邙。
只有且来花下醉，从人笑道老颠狂。

◎五十二人：本诗作于唐穆宗长庆三年（八二三），当时白居易五十二岁。◎羲和：羲和是传说中驾驭日车的神。◎趁日：驱日。◎鬼伯：指阎王。乐府诗《蒿里》："鬼伯一何相催促？人命不得少踟蹰。"◎北邙：即北邙山，在洛阳北，东汉及魏晋公卿多埋葬于此，后来因以借指墓地。◎从人：依顺、听凭他人。

春水生二绝（录一）

唐·杜甫

二月六夜春水生，门前小滩浑欲平。

鸬鹚鸂鶒莫漫喜，吾与汝曹俱眼明。

◎唐肃宗上元二年（七六一）作于成都草堂。◎浑欲平：几乎要被水淹没。◎鸬鹚：俗称鱼鹰、水老鸦，黑色羽毛，是一种善于捕鱼的水鸟。◎鸂鶒：较鸳鸯而大，俗称紫鸳鸯。◎汝曹：你们。◎俱眼明：赵次公谓："二禽皆水鸟，见水生而喜，公语之以'与汝曹俱眼明'，则公可谓与物委蛇而同其波矣。"

清·恽寿平《湖山春暖图》

清·查士标《江上数峰遥隔雨》

二月七日夜泊许村遇雨

明·刘基

漫喜晴天出北门，还愁急雨送黄昏。
山风度水喧林麓，野树翻云动石根。
宿麦已随江草烂，新泉休共井泥浑。
鱼龙浩漫沧溟阔，泽畔谁招楚客魂。

◎漫喜：空欢喜。◎林麓：泛指山林。◎宿麦：冬麦。《汉书·武帝纪》颜师古注："秋冬种之，经岁乃熟，故云宿麦。"◎休共：莫同。◎"泽畔"句：这里是用屈原行吟泽畔、宋玉赋《招魂》的典故。

明·戴进《春耕图》

二月八日北城闲步

北宋·曾巩

土膏初动麦苗青，饱食城头信意行。
便起高亭临北渚，欲乘长日劝春耕。

◎北城：在福建福州，诗人当时在此做知州。◎土膏：肥沃的土地。◎乘：趁着。◎劝春耕：古代地方官员在农忙时节，下乡巡行，督促农耕，叫作劝耕，也叫劝农。杜甫《大雨》：“阴色静陇亩，劝耕自官曹。”

感李花二月九日

北宋·梅尧臣

重门虽锁春风入，先坼桃花后李花。
赤白斗妍思旧曲，旧声传在五王家。
五王不见留华萼，华萼坏来碑缺落。
当时李白欲骑鲸，醉向江南曾不错。

◎“重门”句：宋仁宗嘉祐二年（一〇五七），欧阳修等主持本年的科举考试，梅尧臣为参详官。当时为了防止考试舞弊，在公布录取结果之前，考官们都要待在贡院内，不得离开，这被称作“锁院”。本诗即作于这次“锁院”期间。◎坼：裂开，这里指开花。◎斗妍：斗艳。◎五王：唐玄宗和他的四个兄弟，友爱甚笃，号为“五王”。一说“五王”有隋王李隆悌，无唐玄宗，然李隆悌早夭，且据《旧唐书》卷九五文意，“五王”应有唐玄宗。◎华萼：指花萼楼。《旧唐书》卷九五《让皇帝宪传》：“玄宗于兴庆宫西南置楼，西面题曰花萼相辉之楼，南面题曰勤政务本之楼。玄宗时登楼，闻诸王音乐之声，咸召登楼同榻宴谑，或便幸其第，赐金分帛，厚其欢赏。”◎骑鲸：传说李白醉骑鲸鱼，溺于浔阳。

二月十日玄文馆听雨

元·倪瓒

卧听夜雨鸣高屋，忽忆陂塘春水生。
何意远林饥独鹤，若为幽谷滞流莺。
成丛枸杞还堪采，满树樱桃空复情。
二月江头风浪急，无机鸥鸟亦频惊。

◎玄文馆：道观名，在无锡。◎陂塘：池塘。◎何意：岂料，不料。◎若为：怎堪。◎无机：没有机巧之心。白居易诗："有喜鹊频语，无机鸥不惊。"人无机心，则鸥鸟不惊去，典故本出自《列子·黄帝》；这里诗人更翻一层意思——因为风高浪急，即使没有机心，鸥鸟也会频受惊吓了。

宋·佚名《桃花图》

二月十一日夜，梦作东都早春绝句

南宋·杨万里

道是春来早，如何未见春。
小桃三四点，偏报有情人。

◎报：告知。

二月十二日

清·袁枚

红梨初绽柳初娇，二月春寒雪尚飘。

除却女儿谁记得，百花生日是今朝。

◎绽：绽放，开放。◎百花生日：即花朝节。其日期各地有所不同，一般南方是农历二月十二，北方则多为农历二月十五。

二月十三日谒西庙早起

南宋·杨万里

起来洗面更焚香，粥罢东窗未肯光。
古语旧传春夜短，漏声新觉五更长。
近来事事都无味，老去波波有底忙。
还忆山居桃李晚，酴醾为枕睡为乡。

◎西庙：祭祀南海神的庙，在广州，今已不存。◎光：指天明。◎“古语”句：白居易《和梦游春诗一百韵》：“月流春夜短，日下秋天速。”◎漏声：计时的铜壶的滴漏声。◎波波：奔波。◎底：何，什么。◎酴醾为枕：指用酴醾花瓣作枕芯。黄庭坚《观王主簿家酴醾》：“风流彻骨成春酒，梦寐宜人入枕囊。”

北宋·燕肃《春山图》

二月十四日渡钱塘江

清·郭麐

十幅帆张不用催，三郎庙下等潮开。
春风如海鱼龙静，落日连山紫翠来。
犀弩荒唐寻旧迹，沤波浩荡酦新醅。
花朝社日都过了，触发乡愁是此回。

◎三郎庙：在杭州钱塘江边。◎“犀弩”句：用吴越王钱镠射潮事。苏轼《八月十五日看潮五绝》诗下，施元之注文引用《北梦琐言》：“杭州连岁潮头直打罗刹石，吴越钱尚父俾张弓弩，候潮至，逆而射之，由是渐退。”犀弩，指劲弩。◎沤波：同“鸥波”，这里指水波。◎酦新醅：重酿而未滤的酒叫“酦醅”，因为色泽微绿，这里用来形容水色。李白《襄阳歌》：“遥看汉水鸭头绿，恰似葡萄初酦醅。”◎花朝社日：见《二月十二日》“百花生日”条和《正月二十八日峡外见燕子二首》“社日”条。

花朝

清·永城

莫叶全开且未凋，众香国里景偏饶。
百花生日传何代，二月春花判此朝。
扑蝶试看新扇影，鬻蚕应傍旧桑条。
东风不为游人住，九十韶华惜半消。

◎根据诗意，本诗所写的是北方的花朝节，在农历二月十五。◎“蓂叶”句：蓂叶即蓂荚，传说中的一种瑞草。它初一至十五，每日结一荚；从十六至月终，每日落一荚。如果当月为小月，则一荚焦而不落。“蓂叶全开”，暗中点出这天是十五日。◎众香国：本指佛国名，见《维摩诘经》。后比喻百花盛开之所。◎扑蝶：扑蝶是花朝节当天流行的民俗活动。◎鬻：卖。◎“九十”句：三春佳景，到二月十五日，已经过半。元好问《青玉案》：“九十花期能几许。一卮芳酒，一襟清泪，寂寞西窗雨。”韶华，美好的年华。

宋·佚名《海棠蛱蝶图》

二月十六日赏海棠

南宋·陆游

常年春半花事竟，今年春半花始盛。
衰翁不减少年狂，走马直与飞蝶竞。
妍华有露洗愈明，纤弱无风摇不定。
莫放飘零作红雨，剩看倩笑临妆镜。
溪梅枯槁堕岩谷，山杏轻浮真妾媵。
欲夸绝艳不胜说，纵欠浓香何足病。
华灯银烛摇花光，翠杓金船豪酒兴。
夜阑感事独凄然，繁枝空折谁堪赠？

◎花事：有关花的种种情事，又特指游春赏花之事。◎竟：终，完。◎衰翁：陆游此时已年过半百，故云。◎妍华：美艳，华丽。◎红雨：指落花。李贺《将进酒》："况是青春日将暮，桃花乱落如红雨。"◎剩看：尽情看。◎"山杏"句：杏花花期短，早开易谢，在古人笔下，常被视为妖娆轻浮之物。妾媵，侍妾。◎"纵欠"句：惠洪《冷斋夜话》："彭渊材五恨……四恨海棠无香。"魏庆之《诗人玉屑》引《小园解后录》："（陆）放翁仕于蜀，海棠诗最多。其间一绝尤精妙，云：'蜀地名花擅古今，一枝气可压千林。讥评更到无香处，当恨人言太刻深。'此前辈所谓翻案法，盖反其意而用之也。"病，诟病。◎"华灯"句：苏轼《海棠》："只恐夜深花睡去，故烧高烛照红妆。"此处化用其意。◎翠杓金船：泛指华贵的酒器。◎夜阑：夜残，夜尽。

二月十七日

南宋·赵蕃

入春不雨忧在田，数朝乃复相属连。
今晨得晴绝可喜，病体素羸犹着绵。
杏花始开忽已落，桃李安能问今昨。
独余杨柳故青青，乃似仍叔之子弱。
春今二月已强半，匆匆何方为羁绊。
雨虽未厌愁奈何，又听仆仆林鸠唤。

◎“数朝”句：谓春雨连绵不断。◎素羸：向来羸弱。◎“桃李”句：春雨连绵，桃花、李花之零落，不问可知。◎“乃似”句：《左传·桓公五年》：“天王使仍叔之子来聘。”杜预注：“仍叔，天子之大夫，称仍叔之子，本于父字，幼弱之辞也。”这里是借指新柳之柔弱。◎强半：过半。◎仆仆：拟声词。

甲寅二月十八日牡丹初发

南宋·杨万里

排日上牙牌，记花先后开。
看花不子细，过了却重回。

◎甲寅：宋光宗绍熙五年（一一九四）。◎排日：逐日，每日。朱敦儒《乌夜啼》："寻芳伴侣休闲过，排日有花开。"◎牙牌：一种记事用的签牌，多用象牙或骨角制成。◎子细：同"仔细"。

二月十九日携白酒、鲈鱼过詹使君，食槐叶冷淘

北宋·苏轼

枇杷已熟粲金珠，桑落初尝滟玉蛆。
暂借垂莲十分盏，一浇空腹五车书。
青浮卵碗槐芽饼，红点冰盘藿叶鱼。
醉饱高眠真事业，此生有味在三余。

◎詹使君：当时的惠州知州詹范。◎槐叶冷淘：一种凉食。杜甫有《槐叶冷淘》诗，朱鹤龄曰："以槐叶汁和面为冷淘。"◎"枇杷"句：苏轼此时贬谪于惠州（今属广东），岭南地暖，虽只仲春，枇杷已经成熟。◎桑落：古美酒名，这里代指酒。◎滟：水波荡动。◎玉蛆：即"浮蛆"，酒面上的浮沫。◎垂莲：酒盏的一种。◎十分盏：指满盏。◎五车书：《庄子·天下》："惠施多方，其书五车。"指渊博的学识。辛弃疾《满江红》："算胸中，除却五车书，都无物。"◎卵碗：卵色碗，即蛋青色的碗。梅尧臣《送令狐宪周度支知秀州》："剩持盐豉煮紫莼，卵色碗宽光欲舞。"◎槐芽饼：即"槐叶冷淘"。陆游《春日杂题》（其四）："佳哉冷淘时，槐芽杂豚肩。"◎冰盘：放置碎冰以令食物保鲜的白瓷盘。◎藿叶鱼：《礼记·少仪》："牛与羊鱼之腥，聂而切之为脍。"郑玄注云："聂之言牒也。先藿叶切之，复报切之，则成脍。"意思是说先"藿叶切"（切成薄片），再"报切"（反复细切）成细丝，则成为脍。诗中的"藿叶鱼"则是指切成薄片的生鲈鱼肉。◎三余：三国时董遇说："冬者岁之余，夜者日之余，阴雨者时之余也。"（见《三国志·王肃传》）后又以"三余"泛指闲暇时间。

西湖二月二十日

北宋·曾巩

平生拙人事，出走临东藩。
纷此狱讼地，欣乘刀笔闲。
漾舟明湖上，清镜照衰颜。
春风随我来，扫尽冰雪顽。
花开满北渚，水渌到南山。
鱼鸟自翔泳，白云时往还。
吾亦乐吾乐，放怀天地间。
顾视彼夸者，锱铢何足言？

◎西湖：指齐州西湖（今山东济南大明湖）。◎人事：指仕途。◎东藩：东方的州郡，这里指齐州。诗人于宋神宗熙宁四年（一〇七一）调任齐州知州。◎乘：趁着。◎刀笔：古人用笔书于竹帛，有误则用书刀刮去重写；后用刀笔借指公务文书。◎渚：水中的小洲。◎渌：清澈。◎放怀：开怀，舒怀。◎夸：奢侈，浮华。◎锱铢：古代六铢为一锱，四锱为一两，后因以"锱铢"比喻微不足道。

元・高克恭《春山晴雨图》

二月二十一日枕上闻莺，时霖雨之后

南宋·郑刚中

山前急雨促春耕，废我徜徉小圃行。
今日定知晴有意，咤然林际一声莺。

◎霖雨：大雨。◎咤然：形容莺的啼叫声。

明·沈周《辛夷墨菜图·辛夷》

木兰

唐·李商隐

二月二十二，木兰开坼初。
初当新病酒，复自久离居。
愁绝更倾国，惊新闻远书。
紫丝何日障，油壁几时车。
弄粉知伤重，调红或有馀。
波痕空映袜，烟态不胜裾。
桂岭含芳远，莲塘属意疏。
瑶姬与神女，长短定何如。

◎木兰：香木名，又名辛夷。李时珍《本草纲目》：“木兰枝叶俱疏，其花内白外紫，亦有四季开者，深山生者尤大，可以为舟。”◎开坼：指开花。◎病酒：因饮酒过量而生病。◎自：已经。头四句写见花之日，正值病酒之初，离居之后，由此引发诗人的情思。◎“紫丝”二句：紫丝障，即紫丝步障，用以遮风尘、视线的帐幕；油壁车，车壁用油涂饰的一种车子。谓木兰花未得人赏识，有自喻之意。◎“弄粉”二句：宋玉《登徒子好色赋》：“著粉则太白，施朱则太赤。”此用其意。◎“波痕”句：曹植《洛神赋》：“凌波微步，罗袜生尘。”◎“烟态”句：《三辅黄图》：“成帝常以秋日与赵飞燕戏于太液池……每轻风时至，飞燕殆欲随风入水，帝以翠缨结飞燕之裾。”◎桂岭：指桂州（今广西桂林）。李商隐因受桂管观察使郑亚之邀，此时在桂州。◎莲塘：或谓暗指令狐绹。◎属意：倾心。◎瑶姬：王母第二十三女。◎神女：即巫山神女。

二月二十三日南雄解舟二首

南宋·杨万里

昨夜新雷九地鸣，今朝春涨一篙清。
顺流更借江风便，此去韶州只两程。

水没蒲芽尚有梢，风吹屋角半无茅。
急滩未到先闻浪，枯树遥看只见巢。

◎南雄：在广东。◎九地：遍地。◎春涨：春季水涨。范成大《蝶恋花》："春涨一篙添水面。芳草鹅儿，绿满微风岸。"◎韶州：即今广东韶关，南雄今为其所辖的县级市。◎蒲芽：香蒲的嫩茎。香蒲生长于湖泊沼泽中，其嫩茎可食。

二月二十四日作

南宋·陆游

棠梨花开社酒浓，南村北村鼓冬冬。
且祈麦熟得饱饭，敢说谷贱复伤农？
崖州万里窜酷吏，湖南几时起卧龙？
但愿诸贤集廊庙，书生穷死胜侯封。

◎棠梨：俗称野梨，落叶乔木，春季开花，色白。◎社酒：指社日所备之酒。陆游《春社》："社肉如林社酒浓，乡邻罗拜祝年丰。"社日，见《正月二十八日峡外见燕子二首》"社日"条。◎敢说：岂敢说。◎谷贱复伤农：粮价过低，损害农民的利益。《新五代史·冯道传》："谷贵饿农，谷贱伤农。"◎"崖州"句：指秦桧同党曹泳被贬崖州之事。崖州，今海南三亚。◎"湖南"句：卧龙本指诸葛亮，这里借指抗金名将张浚。张浚因主张抗金，屡遭秦桧排挤，秦桧死后，仍被贬郴州（宋时属荆湖南路）。◎廊庙：朝廷。◎"书生"句：陆游因得罪秦桧而科场失意，闲居家乡山阴，此诗即作于此时。书生，陆游的自称。侯封，封侯。

宋·佚名（旧传王诜）《玉楼春思图》

二月二十五日登裴台，坐上口占

南宋·张栻

朝来风雨好，抱病亦登临。
故国江山在，荒城花柳深。
忧时空百虑，望远只微吟。
春事如樱笋，幽盟可重寻。

◎裴台：唐代名相裴休所建，又称“裴公台”，在湖南长沙（今已不存）。◎口占：即“口号”，指作诗时随口吟成，不打草稿。◎“故国”二句：句式仿杜甫《春望》：“国破山河在，城春草木深。”◎忧时：忧念时事。◎“春事”句：陈师道《次韵春怀》：“春事无多樱笋来。”春事，春色。◎幽盟：幽约，幽雅的约会。

二月二十六日携家游青原归，入阳园，酴醾盛开，诵子中兄“摘云摇碧露繁星”之句，赋此诗乙酉

南宋·周必大

偶从山寺赏春还，问讯名花已破悭。
清绝比梅加馥郁，丰容似菊更妖娴。
碧云重忆尊前句，红缬遥思醉后颜。
寒食清明只旬日，绿斋芍药待君攀。

◎青原：青原山，位于诗人的家乡庐陵（今江西吉安）。◎酴醾：又名荼蘼、佛见笑，落叶小灌木，是春季最晚盛开的花卉。王淇《春暮游小园》：“开到荼蘼花事了。”◎子中兄：周必大的兄长周必正（字子中）。◎乙酉：宋孝宗乾道元年（一一六五）。◎破悭：本指让悭吝之人花钱，破费；此处是戏指迟迟不肯开花的酴醾，终于盛开。孙应时《和陈及之》：“且喜雨来天破悭。”◎碧云：即诗题中提及的其兄周必正的诗句。◎尊前：酒尊前，指酒筵之上。◎红缬：酒醉后两颊的红晕。◎旬日：十天。

二月二十七日，社兼春分，端居有怀，简所思者

唐·权德舆

清昼开帘坐，风光处处生。
看花诗思发，对酒客愁轻。
社日双飞燕，春分百啭莺。
所思终不见，还是一含情。

◎社兼春分：指这天既是春社之日（立春后第五个戊日），又恰好是二十四节气中的春分。◎端居：平居，安居。◎简：见《正月三日归溪上有作，简院内诸公》“简”条。◎诗思：作诗的灵感。白居易《闲出觅春，戏赠诸郎官》：“迎春日日添诗思，送老时时放酒狂。”◎一：独。

（传）北宋·惠崇《溪山春晓图》

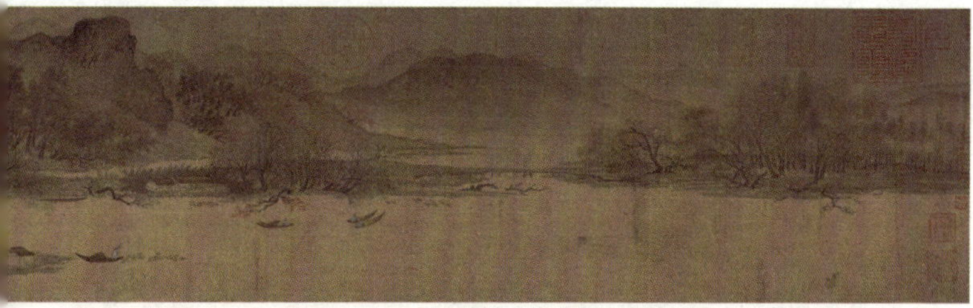

宋·佚名《垂柳飞絮图》

二月二十八日出门重游天台二首（录一）

清·袁枚

一息尚存我，千山不让人。
重携灵寿杖，直渡大江春。
柳絮飞如雪，桃花吹满身。
亲朋齐莞尔，此老越精神。

◎天台：天台山，在浙江天台县北。◎“一息”句：袁枚重游天台山，在乾隆五十七年（一七九二），当时已是年近八旬的老人，故云。◎“千山”句：袁枚性喜山林之乐，晚年更是遍游天台山、雁荡山、黄山、庐山、衡山、武夷山等名山。◎灵寿：木名，似竹，有枝节。◎柳絮：柳树的种子。因上有白色绒毛，随风飞舞，形如棉絮，故称“柳絮”。◎莞尔：微笑貌。

二月二十九日作

北宋·吴则礼

屋头澜翻闻布谷，惊怪儿童问饧粥。
争向衡门插柳条，要遣老子知炊熟。

◎澜翻：本指言辞不绝，这里是形容布谷鸟的叫声。苏轼《戏用晁补之韵》："知君忍饥空诵诗，口颊澜翻如布谷。"◎饧粥：旧时在寒食节时煮粥，研杏仁为酪，以饧（麦芽糖稀）沃之。《荆楚岁时记》："寒食，禁火三日，造饧大麦粥。"◎衡门：横木为门，代指陋室。◎插柳条：寒食节有折柳插门的风俗。戴复古《锦帐春》："处处逢花，家家插柳，政寒食清明时候。"◎老子：父亲的俗称。

二月三十日作

北宋·吴则礼

鹁鸪端复唤雨来，韵此朱朱兼白白。

试问游梁余几钱，今朝且作官寒食。

鹁鸪：即斑鸠，天将雨或刚晴的时候，常咕咕啼叫。陆游《东园晚兴》："竹鸡群号似知雨，鹁鸪相唤还疑晴。"端复：果真，确实。朱朱兼白白：形容花开繁盛。韩愈《感春三首》："晨游百花林，朱朱兼白白。"游梁：《史记·司马相如列传》："（司马相如）以赀为郎，事孝景帝，为武骑常侍，非其好也。会景帝不好辞赋，是时梁孝王来朝，从游说之士齐人邹阳、淮阴枚乘、吴庄忌夫子之徒，相如见而说之，因病免，客游梁。"吴则礼在宋哲宗元祐初年，曾入河东经略使做幕僚，故云。官寒食：冬至后一百零五日，其前后三天为寒食节，禁火食。其中第一天为大寒食，又叫私寒食；第二天为官寒食；第三天为小寒食。

南宋·马远《山径春行图》

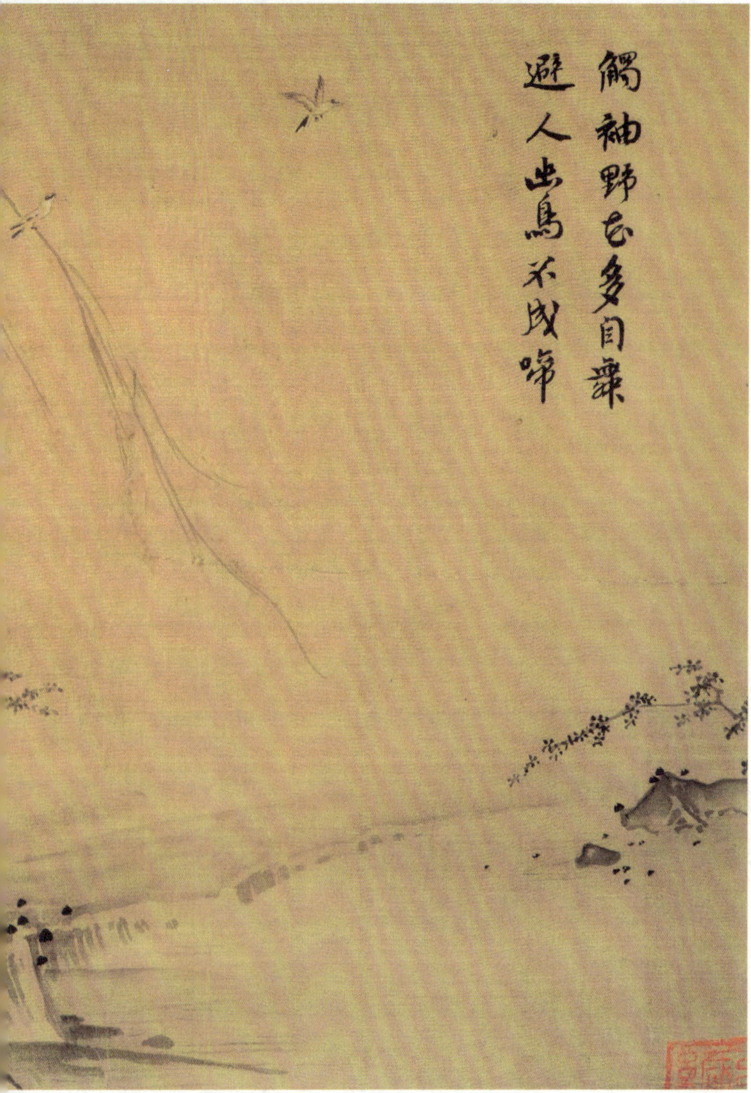
觸袖野花多自舞
避人幽鳥不成啼

三月

元·张渥《竹西草堂图》

三月一日自松陵过华亭

元·倪瓒

竹西莺语太丁宁，斜日山光澹翠屏。
春与繁花俱欲谢，愁如中酒不能醒。
鸥鸣野水孤帆影，鹘没长天远树青。
舟楫何堪久留滞？更穷幽赏过华亭。

◎松陵：今江苏省苏州市吴江区。◎华亭：今上海市松江区。◎竹西：应指位于华亭的竹西草堂，是诗人朋友杨谦的居处。◎丁宁：指莺啼频频，语本杜甫《绝句漫兴九首》："即遣花开深造次，便觉莺语太丁宁。"◎澹：荡漾貌。◎翠屏：指青翠的竹丛。陈衍《元诗纪事》："赵茂原棣有《杨竹西草亭图卷诗》，序云：'……杨君平山植竹数百竿于西林，结亭苍翠间，扁曰竹西，因以为号焉。'平山为杨谦号。"◎中酒：醉酒。◎野水：天然之水。◎鹘：鹰隼。◎舟楫：泛指船只。◎穷：极，尽。

三月二日北门马上

南宋·范成大

新街如拭过鸣驺，芍药酴醿竞满头。
十里珠帘都卷上，少城风物似扬州。

◎北门：在成都，范成大时任四川制置使。◎鸣驺：旧时显贵出行时，有骑卒为其喝道。这里代指出游的显贵。◎“芍药”句：唐宋时，不分男女老幼，都有簪花的习俗。元稹《村花晚》：“三春已暮桃李伤，棠梨花白蔓菁黄。村中女儿争摘将，插刺头鬓相夸张。”◎“十里”句：语本杜牧《赠别》：“春风十里扬州路，卷上珠帘总不如。”◎少城：成都有大城、少城，少城在城西。陆游《成都书事》：“大城少城柳已青，东台西台雪正晴。”

三月三日宴王明府山亭得人字

唐·陈子昂

暮春嘉月，上巳芳辰。
群公禊饮，于洛之滨。
奕奕车骑，粲粲都人。
连帷竞野，袨服缛津。
青郊树密，翠渚萍新。
今我不乐，含意未申。

◎明府：对县令的尊称。◎得人字：众人相约作诗，选择数字为韵，每人依拈得之韵作诗，叫作“分韵”。“得人字”，即陈子昂拈得须押之韵为人字韵。◎上巳：节日名，汉代以前以农历三月上旬巳日为“上巳”，《宋书·礼志二》引《韩诗》：“郑国之俗，三月上巳，之溱、洧两水之上，招魂续魄。秉兰草，拂不祥。”《诗经·郑风·溱洧》即描写了这一习俗。魏晋之后，固定为农历三月三日。◎“群公”二句：在三月三这天，古人要到郊外水边游玩，以祓除不祥，称为“修禊”；饮酒欢宴，则称为“禊饮”。其中王羲之与友人这一日在兰亭曲水流觞、饮酒赋诗的雅集，尤为后人所乐道。洛滨，洛水边。◎奕奕：众多貌。◎粲粲：鲜盛貌。◎都人：美人。◎帷：帐幕。◎袨服：盛美的衣服。◎缛：藻饰。◎今我不乐：《诗经·唐风·蟋蟀》：“今我不乐，日月其除。”◎含意未申：所怀心意未能申说。《古诗十九首·今日良宴会》：“齐心同所愿，含意俱未申。”

三月四日骤暖

南宋·范成大

日脚融晴晚气喧，睡余初觉薄罗便。

如何柳絮沾泥处，暖似槐阴转午天。

◎日脚：从云隙射下的日光。◎融晴：温和晴朗。◎喧：温暖。◎薄罗：罗是一种轻软的丝织品；薄罗，指轻薄的罗衣。毛滂《醉花阴》："暖透薄罗衣。"◎便：指舒适。◎转午：接近中午。

元·赵孟頫《兰亭修禊图卷》

和晏太尉三月初五日

北宋·宋祁

东南郊日上团红，浩荡天区望始穷。
独爱暖云如擘絮，纷纷无事映晴空。

◎晏太尉：晏殊。◎天区：四方上下。◎擘絮：裂开的棉絮，语本韩愈《晚寄张十八助教周郎博士》："晴云如擘絮，新月似磨镰。"

三月六日出城

南宋·张九成

春来多病懒寻山，送客今朝漫出关。

杨柳江头无限思，欲携樽酒暖衰颜。

◎漫：随便，随意。

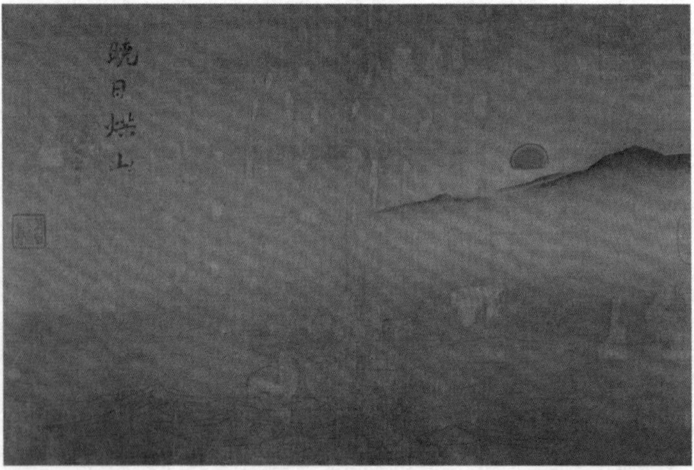

南宋·马远《水图·晓日烘山》

三月七日城南书院偶成

南宋·张栻

积雨欣始霁，清和在兹时。
林叶既敷荣，禽声亦融怡。
鸣泉来不穷，湖风起沦漪。
西山卷余云，逾觉秀色滋。
层层丛绿间，爱彼松柏姿。
青青初不改，似与幽人期。
坐久还起步，堤边足逶迤。
游鱼傍我行，野鹤向我飞。
敢云昔贤志，亦复咏而归。
寄言山中友，和我和平诗。

◎城南书院：其旧址在今长沙城南妙高峰，张栻、朱熹等大儒均曾在此讲学。◎兹时：此时。◎敷荣：茂盛。◎融怡：和谐，融洽。◎沦漪：即“沦猗”，微波。《诗经·魏风·伐檀》：“河水清且沦猗。”◎逾：更加。◎滋：增。◎逶迤：徘徊，徐行。◎“敢云”二句：典出《论语·先进》，孔子让子路等四位弟子“各言其志”，其中曾点说：“莫（同“暮”）春者，春服既成，冠者五六人，童子六七人，浴乎沂，风乎舞雩，咏而归。”孔子对此表示赞许。敢云，意谓不敢云、岂敢云。◎和：酬和，唱和。

三月八日晚步溪上二绝（录一）

南宋·陈文蔚

绿杨芳草两边洲，不碍晴川日夜流。

我到忘机每终日，为谁飞去怪沙鸥。

◎晴川：晴日下的江面。崔颢《黄鹤楼》：“晴川历历汉阳树，芳草萋萋鹦鹉洲。”◎“我到”二句：见《二月十日幺文馆听雨》“无机”条。

三月初九夜闻雁

清·张问陶

春城街鼓静，一雁忽秋声。
扑瓦低飞急，呼云旧侣惊。
雨凉风四合，影过月孤明。
唤醒劳人梦，乡山未洗兵。

◎街鼓：更鼓，古时夜间报更的鼓声。◎秋声：凄切悲愁之声。◎四合：四面围聚。◎劳人：忧伤之人。◎乡山：家乡，指四川蓬溪。◎洗兵：周武王征商遇雨，认为是上天为其洗刷兵器的吉兆，不久果然消灭了殷商。后以“洗兵”比喻战胜后息兵。清嘉庆五年（一八〇〇），川楚白莲教起义如火如荼，起义军领袖冉天元于正月抢渡嘉陵江，随即在蓬溪大败清军，并转战川东各地。张问陶本年二月十八日有诗记之，本诗的“乡山未洗兵”也是指此。

明·吕纪《四季花鸟图·春》

三月十日

南宋·杨万里

才看桃李锦成围，忽便园林绿作堆。
远草将人双眼去，飞花引蝶过墙来。
簿书节里无多著，怀抱朝来得好开。
已是七分春去了，何须鸟语苦相催？

◎“才看”二句：写出暮春时节，已有夏意。◎将：带领。◎簿书：文书簿册。◎著：写。◎开：指开怀。◎“已是”二句：写出一片惜春之情。

桃源春昼
做赵承旨

路沿野约肯
山堂洞裹乾
坤世お鄉常
秀桃花红满
楷不殼兂玄
引漁郎
丙戌清和
清毳

清·王原祁《桃源春昼图》

三月十一日郊行

南宋·陆游

到处人家可乞浆，槐阴巷陌午风凉。
水陂漫漫新秧绿，山垄离离大麦黄。
父子力耕春渐老，妇姑共绩夜犹长。
尧民击壤虽难继，芹美怀君未敢忘。

◎乞浆：刘知几《史通·书志》："太岁在酉，乞浆得酒。"谓所得过于所求。陆游在其他诗中也多次使用过这个典故，如"乞浆得酒喜时平"（《郊行》）、"处处乞浆俱得酒"（《春晚村居杂赋绝句》）、"乞浆得酒人情好"（《游近村》）等。◎离离：盛多貌。◎绩：即绩麻，把麻搓捻成线。◎击壤：古代的一种游戏，用一块木片投掷远处地上的另一块木片，击中为胜。皇甫谧《帝王世纪》："（帝尧之世）天下大和，百姓无事，有八十老人击壤于道。"后多作为歌颂太平盛世的典故。◎芹美：嵇康《与山巨源绝交书》："野人有快炙背而美芹子者，欲献之至尊，虽有区区之意，亦已疏矣。"本谓农夫以微不足道之水芹为美味，欲献给君王，后多用以谦称自己所献菲薄或建议浅陋。

南宋·刘松年《斗茶图》

三月十二日敷文招饮花下

清·陈维崧

宁城归日春过半，忽报前村约看花。
映肉红殷桃历乱，弄晴玉瘦雪交加。
一尊只少人吹笛，百罚休嫌客斗茶。
不是朝来曾中酒，心情容易帽檐斜。

◎敷文：指友人侯敷文。◎招饮：招人饮宴。◎宁城：宁陵（今属河南商丘）。◎映肉：杜甫《暮秋枉裴道州手札，率尔遣兴，寄近呈苏涣侍御》："红颜白面花映肉。"◎历乱：见《戊子正月廿一日雪及半尺》"历乱"条。◎弄晴：在晴天中显现。◎雪：指白色的花朵。◎交加：错杂。◎"一尊"句：原诗下小注："时九青卧病。"九青即徐紫云（字九青），名伶，善于歌吹。◎斗茶：比赛茶的优劣，古人聚会时的一种雅戏。◎中酒：见《三月一日自松陵过华亭》"中酒"条。◎容易：率意，随性。

蕅卿仁兄屬畫 橅㯄趙之謙

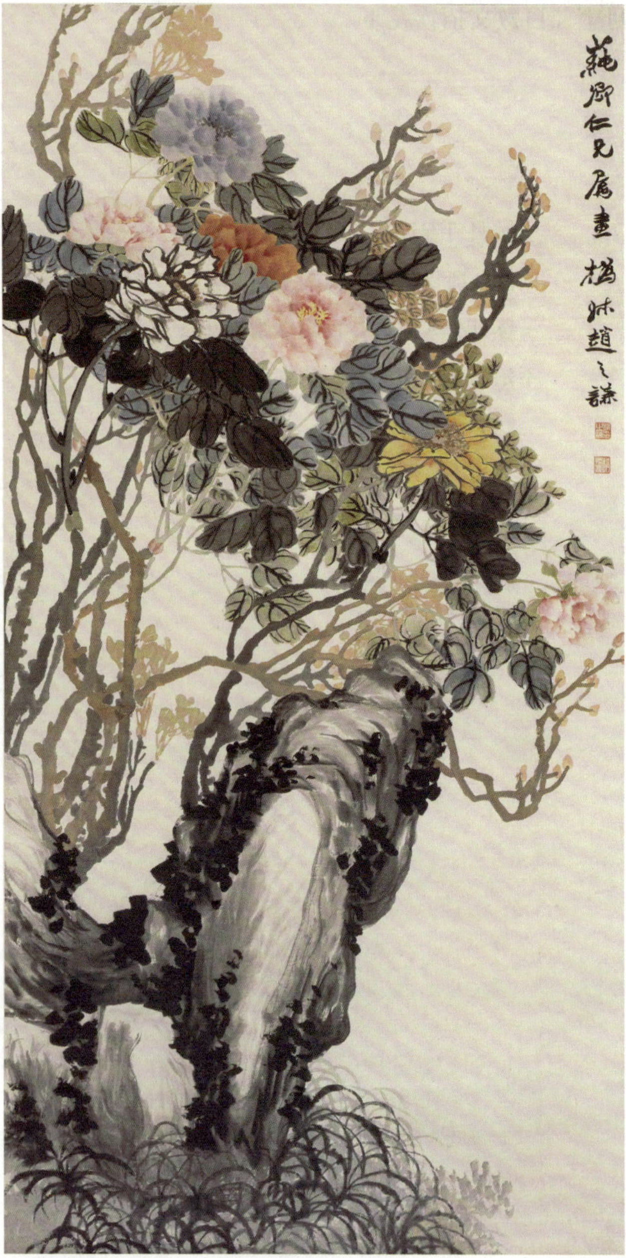

清·赵之谦 《牡丹图》

三月十三日本约潘郎同游安园，以雨不果，因饮于家，为说宛丘木芍药之盛，作此篇

北宋·张耒

冲泥看花亦不恶，泥深三尺马苦臞。
闭门且复与君饮，吟诗写字乐有余。
姚黄一枝说不尽，天姬帝子非世姝。
念君东坡守寂寞，春深穷巷堆枯榆。

◎潘郎：指潘大临。张耒被贬黄州期间，与潘大临同居柯山之下，交往频密。◎宛丘：北宋时属陈州，治所即今河南淮阳。张耒早年曾游学于此，受到苏辙赏识；并因苏辙引荐，被列为苏轼门下。◎木芍药：牡丹的别称。李时珍《本草纲目》："（牡丹）唐人谓之木芍药，以其花似芍药，而宿干似木也。"宋时陈州宛丘的牡丹花非常繁盛，宋人张邦基《墨庄漫录·陈州牛氏缕金黄牡丹》写道："洛阳牡丹之品，见于花谱，然未若陈州之盛且多也。园户植花，如种黍粟，动以顷计。"◎不恶：不错。◎苦臞：苦于瘦弱。◎姚黄：牡丹花的名品之一。欧阳修《洛阳牡丹记》："姚黄者，千叶黄花，出于民姚氏家。"张耒在另一首诗中，也向潘大临回忆起这"说不尽"的姚黄："恨君未到淮阳市，一见姚黄慰此生。"（《生日赠潘郎》）◎天姬帝子：天帝的女儿，喻姚黄。◎世姝：俗世中的美女。

春夜宿直

唐·白居易

三月十四夜，西垣东北廊。
碧梧叶重叠，红药树低昂。
月砌漏幽影，风帘飘暗香。
禁中无宿客，谁伴紫微郎？

◎本诗作于唐穆宗长庆二年（八二二）。宿直，指在宫中值夜班。◎西垣：中书省的别称。◎低昂：起伏。◎砌：台阶。◎禁中：皇宫。◎紫微郎：中书舍人的别称。中书舍人为正五品上，掌制诰，多以有文学资望者充任，白居易时任此职。

自腾冲归，三月十五日夜至金齿

明·郭登

乡思今春晚，到边花又飞。
岭云冲马散，山月照人归。
远戍寒吹角，孤城夜掩扉。
功名是何物，犹未解征衣。

◎腾冲：腾冲卫，治所即今云南腾冲。◎金齿：金齿卫，治所即今云南保山。◎边：金齿地处中国西南边陲，故云。◎远戍：边境的军营、城池。◎扉：指城门。◎“功名”二句：明英宗正统中，郭登随沐斌远征云南腾冲。征衣，军衣。

三月十六日石湖书事三首（录一）

南宋·范成大

种木二十年，手开南野荒。
苒苒新岁月，依依旧林塘。
污莱擅下湿，岑蔚骄众芳。
菱母尚能瘦，竹孙如许长。
忆初学圃时，刀笠冒风霜。
今兹百不堪，裹帽人扶将。
龙钟数能来，犹胜两相忘。

◎石湖：在诗人的家乡苏州。诗人晚年曾隐居石湖之畔，其别号“石湖居士”、别集《石湖集》，都得名于此。◎苒苒：渐渐。◎依依：思慕，留恋。◎污莱：田地荒芜。◎下湿：低洼、潮湿。◎岑蔚：草木深茂。◎菱母：即菱母头，菱角的嫩藤，细长可食。一说指“菱花”，似不确。◎竹孙：竹节上长的新枝。◎学圃：学习农事。◎刀笠：刘禹锡《竹枝词九首》：“长刀短笠去烧畲。”◎今兹：现在。◎扶将：搀扶。◎龙钟：年迈貌。◎数：屡次。

三月十七日食樱桃、蚕豆，知麦熟日至矣，示家人为我进一杯也

南宋·舒岳祥

清明已自断百果，樱豆从头次第尝。
青山四面欲春晚，白发千丈照溪长。
偶然坐石云离次，久不窥园竹乱行。
甔石屡空惟食粥，平皋闻道麦须黄。

◎食樱桃、蚕豆，知麦熟日至矣：因三者节令相近也，所以苏轼说“麦老樱桃熟”（《罢徐州往南京，马上走笔寄子由五首》），俞正燮说“（蚕豆）与麦同种同收……以蚕时熟也”（《癸巳存稿》）。◎“清明”句：古代清明时节，中国大部分地区百果尚未成熟，故曰“断百果”。已自，已经。◎“樱豆”句：樱桃大约清明一过，就陆续有熟果上市，古人夸它“独先诸果熟”（戴复古《樱桃》）“百果独先春”（杨亿《樱桃》）；它和蚕豆都是暮春的时鲜，所以释行海《暮春词》说：“雨洗樱红蚕豆绿。”次第，依次。◎春晚：春暮。◎“白发”句：诗人将溪作镜，化用李白《秋浦歌》：“白发三千丈，缘愁似个长。不知明镜里，何处得秋霜。”◎离次：本指擅离其所居之位，这里是说云移，云动。◎窥园：在园中观赏游玩。◎乱行：乱了行列。◎甔石：即“儋石”。甔（儋）是用来储存谷米的陶制容器，大概能装一石，故称“甔石”。陶渊明《劝农》：“儋石不储，饥寒交至。”◎平皋：水边的平地。◎闻道：听说。◎麦须：麦芒。

宋·佚名《梨花鹦鹉图》

嘲三月十八日雪

唐·温庭筠

三月雪连夜，未应伤物华。
只缘春欲尽，留着伴梨花。

◎一作杜甫《阙题》。◎物华：美好的景物。◎缘：因为。◎伴梨花：梨花色白，故云。韦庄《清平乐》："琐窗春暮，满地梨花雨。"

清·恽寿平《娇春双艳》

三月十九日夜极冷

南宋·范成大

谁勒余寒不放回，春深犹暖地炉灰。
乡心忽向灯前动，夜雨先从竹里来。
鶗鴂已如莺百啭，酴醾那复雪千堆。
调糜煮药东风老，惭愧茶瓯与酒杯。

◎勒：勒迫，强制。◎地炉：就地挖砌的火炉。◎鶗鴂：也写作“鹈鴂”，即杜鹃鸟（一说鶗鴂、杜鹃不同）。《文选》李善注引《临海异物志》：“鶗鴂，一名杜鹃，至三月鸣，昼夜不止，夏末乃止。”顾非熊《暮春早起》：“鶗鴂数声花渐落，园林是处总残春。”◎百啭：叫声婉转多变。◎酴醾：荼蘼花，见《二月二十六日携家游青原归，入阳园，酴醾盛开，诵子中兄“摘云摇碧露繁星”之句，赋此诗乙酉》“酴醾”条。◎那复：不复，不在。◎雪千堆：酴醾花瓣多为白色，故云。◎糜：粥。当时诗人身有病恙，所以要“调糜煮药”。◎东风：春风。◎“惭愧”句：言因病戒茶戒酒，辜负了大好春光。茶瓯，茶杯。

宋·佚名《桑枝黄鸟图》

三月二十日儿辈出谒，孤坐北窗

南宋·陆游

园林春已空，陂港雨新足。
泥深黄犊健，桑老紫椹熟。
丰年逋负少，村社餍酒肉。
微风吹醉醒，起和饭牛曲。

◎出谒：外出访客。◎紫椹：桑椹的一种，色紫（另有白桑椹）。桑椹，同“桑葚”，是桑树的成熟果实，味甜多汁，亦可泡酒、入药。◎逋负：拖欠赋税。◎村社：村落，村庄。◎餍：饱食。◎和：应和，跟着唱。◎饭牛曲：即《饭牛歌》，又名《扣角歌》《商歌》。春秋时甯戚出身微贱，在齐国东门外饭牛（即喂牛），遇齐桓公外出，则扣牛角而歌，齐桓公听到后，认为不是寻常人，便延请他入城，授以官职。后遂作为怀才不遇者自求用世的典故。宋孝宗淳熙十六年（一一八九）十一月，陆游被朝廷以“嘲咏风月”为名而罢官，至创作本诗时的宋宁宗嘉泰元年（一二〇一），陆游已闲居家乡山阴（今属浙江绍兴）逾十年，时年七十七岁。

三月二十一日作

南宋·陆游

蹴踘墙东一市哗，秋千楼外两旗斜。
及时小雨放桐叶，无赖余寒开楝花。
明月吹笙思蜀苑，软尘骑马梦京华。
欢情减尽朱颜改，节物催人只自嗟。

◎宋孝宗淳熙七年（一一八〇）作于抚州（今属江西）。◎“蹴踘”二句：蹴踘（同“蹴鞠”，即踢球）和荡秋千，是古代寒食、清明前后常见的民俗活动。王维《寒食城东即事》：“蹴踘屡过飞鸟上，秋千竞出垂杨里。”杜甫《清明二首》：“十年蹴踘将雏远，万里秋千习俗同。”◎无赖：见《二月三日点灯会客》“无赖”条。◎楝花：川楝或苦楝的花。在二十四番花信风所对应的二十四种花中，楝花最后开放，所以古人说“风到楝花，二十四番吹遍”（汤恢《倦寻芳》），又说“一信楝花风，一年春事空”（丘葵《初夏》）。◎蜀苑：应指诗人当年在西蜀游览过的林苑。检《剑南诗稿》，诗人有《蜀苑赏梅》《花时遍游诸家园》等诗。◎软尘：飞尘，形容都市的繁华。◎京华：京城。◎朱颜：美好的容颜。◎节物：应节的景色风物。

三月二十二日作

南宋·陆游

雨过草争出，溪湍鱼逆行。
轻舟摘莼菜，小市听莺声。
万事已无梦，一樽犹有情。
吾儿能讲学，不必说无生。

◎本诗宋宁宗嘉泰二年（一二〇二）作于山阴。◎湍：湍急。◎莼菜：又名马蹄菜、水葵等，多年生水草。嫩叶呈椭圆形，可做汤菜。◎无生：佛教用语，指无生无灭。《五灯会元》引庞蕴居士偈子：“有男不婚，有女不嫁。大家团圞头，共说无生话。”

三月二十三日海云摸石

南宋·范成大

劝耕亭上往来频，四海萍浮老病身。
乱插山茶犹昨梦，重寻池石已残春。
惊心岁月东流水，过眼人情一哄尘。
赖有贻牟堪饱饭，道逢田畯且眉伸。

◎海云摸石：曹学佺《蜀中名胜记》引《游海云寺唱和诗序》：“成都风俗，岁以三月二十一日游城东海云寺，摸石于池中，以为求子之祥。太守出郊，建高旗，鸣笳鼓，作驰骑之戏，大燕宾从，以主民乐。”有学者即据此认为诗题中“二十三日”当作“二十一日”。◎劝耕：劝农，鼓励农民努力耕种。◎萍浮：指如浮萍一般，四处漂泊不定。◎“乱插”二句：诗人去年曾到海云寺观赏茶花，并作有《十二月十八日海云赏山茶》诗为记，故云。◎赖有：幸亏有。◎贻牟：《诗经·周颂·思文》：“贻我来牟，帝命率育。”贻，遗留；牟，通“麰”，大麦。◎田畯：指农夫。◎眉伸：舒眉，指高兴。

三月二十四日宿曾峰馆，夜对桐花，寄乐天

唐·元稹

微月照桐花，月微花漠漠。
怨淡不胜情，低徊拂帘幕。
叶新阴影细，露重枝条弱。
夜久春恨多，风清暗香薄。
是夕远思君，思君瘦如削。
但感事睽违，非言官好恶。
奏书金銮殿，步屣青龙阁。
我在山馆中，满地桐花落。

◎曾峰馆：即“层峰驿”，长安去往东南道上驿站，在今陕西商南县西皂角铺。唐宪宗元和五年（八一〇），诗人被贬江陵府士曹参军，此诗即作于贬谪途中。◎桐花：桐树的花，色紫或白，于暮春开放。◎乐天：诗人的好朋友白居易（字乐天）。白居易收到元稹寄赠的“桐花诗”，亦有诗酬答。◎漠漠：迷蒙貌。◎怨淡：幽怨荡漾貌。◎低徊：徘徊。◎君：指白居易。◎“但感”二句：据卞孝萱《元稹年谱》，元稹得罪了仇士良等宦官，唐宪宗包庇宦官，借他故将元稹贬谪到江陵。所以诗人这里是说，他只是感到这个事件不合道理，并不是计较被贬前后官职大小的得失。睽违，差错、背违。◎“奏书”二句：形容白居易在长安的生活。青龙阁，即青龙寺阁，与白居易当时在长安的居所都位于新昌坊。步屣，漫步。

三月二十五日闻鹎鹎

北宋·张耒

云梦泽南春欲还，柯山鹎鹎晓关关。
幽人梦觉殷勤听，落月江风尚薄寒。

◎鹎鹎：鸟名，似鸠，身黑而尾长。◎云梦泽：见《二月三日点灯会客》“云梦”条。◎还：归，尽。◎柯山：在黄州（今属湖北黄冈），张耒贬谪黄州时曾居住在这里，其别号、别集都得名于此。◎晓关关：鹎鹎又叫“催明鸟”，清晨先鸡而鸣。所以诗人在另一首诗中夸它：“整刷衣裾紫翠新，晓天风露压鸡晨。”（《鹎鹎》）晓，天明；关关，鸟叫声。◎幽人：见《庚辰岁正月十二日，天门冬酒熟，予自漉之，且漉且尝，遂以大醉二首（录一）》“幽人”条。

三月二十六日工部宿直

南宋·喻良能

邃宇近霄汉，微风摇竹梢。
漏声通五夜，钟韵自三茅。
衣夹偏宜睡，杯单讵用庖。
夙兴那敢后，鸡唱已嘐嘐。

◎工部：古代中央官署名，六部之一，主管工程、屯田、水利、交通运输等。◎宿直：见《春夜宿直》“宿直”条（第 124 页）。◎邃宇：深广的房屋。◎霄汉：天空，这里是喻指皇宫大内。◎漏声：计时的铜壶的滴漏声。◎五夜：即五更，指凌晨三点到五点。◎钟韵：钟声。◎三茅：南宋都城临安有一个道教宫观叫作宁寿观，原为三茅堂（其遗址在今浙江杭州的吴山上，三茅即三茅真君，是道教传说中的三位神仙），观内有唐代古钟一座，“禁中每听钟声，以奉寝兴食息之节”（吴自牧《梦粱录》卷八）。◎衣夹：指衣有夹层。◎偏宜：最宜，特别适合。◎杯单：谓寡酒，即有酒无菜。◎讵用：岂用，不用。◎庖：指烹饪菜肴。◎夙兴：早起。◎嘐嘐：象声词，形容鸡鸣声。

三月二十七日送春绝句

南宋·杨万里

只余三日便清和，尽放春光莫恨他。
落尽千花飞尽絮，留春肯住欲如何？

◎送春：送别春天。◎清和：清明和暖。◎“落尽”二句：意谓春光已然尽去，即使它肯留下来，又能怎么样呢？

三月二十八日赠周判官

唐·白居易

一春惆怅残三日，醉问周郎忆得无。
柳絮送人莺劝酒，去年今日别东都。

◎唐敬宗宝历二年（八二六）作于苏州刺史任上。周判官，即周元范。判官，唐代地方长官的僚属，辅佐政务。◎残：余下。◎“去年”句：“去年”即唐敬宗宝历元年（八二五）。据陶敏等著《唐五代文学编年史·中唐卷》考证，宝历元年三月四日，白居易除苏州刺史，二十九日发东都洛阳，这与创作本诗时的三月二十八日，几乎在同一天，故云“去年今日别东都”。

三月二十九日二首

北宋·苏轼

南岭过云开紫翠，北江飞雨送凄凉。
酒醒梦回春尽日，闭门隐几坐烧香。

门外橘花犹的皪，墙头荔子已斓斑。
树暗草深人静处，卷帘欹枕卧看山。

◎诗人此时贬谪在惠州（今属广东）。◎“南岭”句：语本杜甫《七月一日题终明府水楼二首》：“绝壁过云开锦绣。”紫翠，形容山色。◎隐几：凭几，靠着几案。◎的皪：光亮，鲜明。◎斓斑：色彩错杂貌。◎欹：通“倚”，斜靠着。

三月晦日赠刘评事

唐·贾岛

三月正当三十日，风光别我苦吟身。
共君今夜不须睡，未到晓钟犹是春。

◎晦日：指农历每月的最后一天。◎评事：大理寺属官，掌平决刑狱。◎苦吟：指作诗时反复吟咏、推敲，所谓“吟安一个字，捻断数茎须”（卢延让《苦吟》）。◎晓钟：报晓的钟声。

四月

和微之四月一日作

唐·白居易

四月一日天，花稀叶阴薄。
泥新燕影忙，蜜熟蜂声乐。
麦风低冉冉，稻水平漠漠。
芳节或蹉跎，游心稍牢落。
春华信为美，夏景亦未恶。
飐浪嫩青荷，熏栏晚红药。
吴宫好风月，越郡多楼阁。
两地诚可怜，其奈久离索。

◎微之：白居易的好友元稹（字微之）。◎“泥新”句：写燕子衔泥筑巢。杜甫《即事》：“燕子衔泥湿不妨。”◎冉冉：和缓貌。◎漠漠：广阔貌。◎牢落：孤寂，无聊。◎信：诚然，确实。◎飐：风吹物使之摇动。◎红药：芍药。◎“吴宫”二句：本诗作于唐敬宗宝历二年（八二六），此时白居易为苏州刺史，元稹为浙东观察使、越州刺史，两位挚友一居吴一居越，故云“吴宫”“越郡”。◎其奈：怎奈，无奈。◎离索：别离。

四月二日恩赐樱桃恭纪十韵

清·查慎行

灿灿华林种，离离朱实香。
熟常先夏果，贡不待炎方。
磊砢初垂树，匀圆正满筐。
珊瑚骈火齐，沆瀣和琼浆。
露带枝头润，盘登叶底凉。
鸟鸽珠爱赤，蜂酿蜜羞黄。
昨忆西湖献，今来上苑尝。
赐珍蒙见及，饱食感非常。
配笋厨空敕，探花宴屡张。
分甘谁得似，长侍圣人旁。

◎本诗作于清康熙四十七年（一七〇八），诗人此时为翰林院编修，入值畅春园。十韵，即二十句。◎华林：本指华林园（古代宫苑名），这里代指畅春园。◎离离：盛多貌。◎“熟常”句：见三月十七日诗注。◎炎方：南方炎热地区。◎磊砢：形容樱桃繁多重叠。◎“珊瑚”二句：“珊瑚”、“火齐”（火齐珠，一种宝石）是形容樱桃，“沆瀣”（清露，旧谓仙人所饮）、“琼浆”是形容樱桃上的露珠。◎鸽：禽鸟啄食。◎“蜂酿”句：本诗原注：“樱桃一名樱珠，一名崖蜜。”◎“昨忆”句：本诗原注：“去岁初夏，上驻跸西湖，居民日进此果。”按：康熙四十六年（一七〇七）康熙帝第六次南巡，四月抵杭州。“去岁”云云，指此。◎上苑：皇家园林，这里指畅春园。◎“配笋”二句：本诗原注：“唐时宰相有樱笋厨，进士有樱桃宴。”按：唐代每逢樱桃、竹笋等时鲜上市，朝廷都以之作肴馔，故称“樱笋厨”。◎分甘：分享甘美之味。◎圣人：指康熙皇帝。

宋·佚名《樱桃黄鹂图》

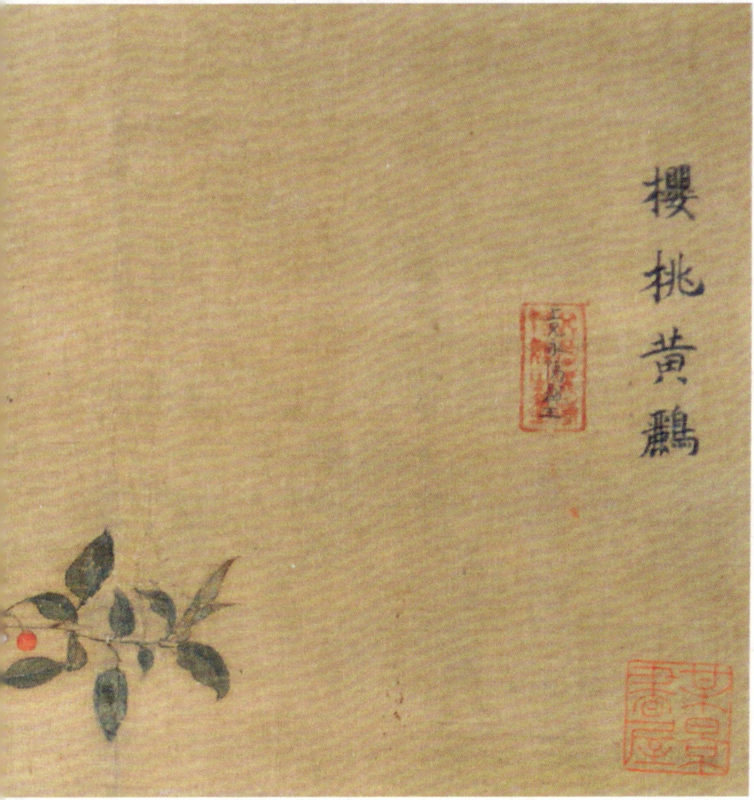
櫻桃黃鸝

清·恽寿平《瓯香馆写生册·牡丹》

四月三日张十遗牡丹二朵

北宋·梅尧臣

已过谷雨十六日，犹见牡丹开浅红。
曾不争先及春早，能陪芍药到薰风。

◎遗：馈赠。◎谷雨：二十四节气之一。欧阳修《洛阳牡丹记》称牡丹花“以谷雨为开候”。◎薰风：和风，特指初夏时的东南风。白居易《首夏南池独酌》：“春尽杂英歇，夏初芳草深。薰风自南至，吹我池上林。”

清·王鉴《山水清音图册》之一

四月四日午初出浙东界，入信州永丰界

南宋·杨万里

外面千峰合，中间一径通。
日光自摇水，天静本无风。
村酒渟春绿，林花倦午红。
莫欺山堠子，知我入江东。

◎信州永丰：今江西省上饶市永丰区，东接浙江省江山市。宋孝宗淳熙六年（一一七九），杨万里从常州知州任上离任，行至上饶，本诗即作于此时。◎村酒：农家自酿的酒。◎渟：水积聚不流。◎春绿：村酒浊，呈绿色，故云。◎堠子：路边的土坛，用以分界或计里程，每五里设单堠，十里设双堠。◎江东：信州（上饶一带）今天属于江西省，但在宋代信州属江南东路，而江南东路被民间俗称为江东或江南。诗人已自浙东入信州，故曰“入江东”。

四月五日集陈园照山堂

南宋·范成大

寻壑经丘到此堂，官闲聊作送春忙。
短篱水面残红满，团扇风前众绿香。
尽卷帘旌延竹色，深斟杯酒纳山光。
洞门无锁城门近，转午鸡啼日正长。

◎寻壑经丘：指游览山水。语本陶渊明《归去来兮辞》：“既窈窕以寻壑，亦崎岖而经丘。”◎延：引，请。宋之问《玩郡斋海榴》：“开帘延霁天。”◎“洞门”句：韩愈《竹洞》：“洞门无锁钥，俗客不曾来。”◎转午：见《三月四日骤暖》“转午”条。

四月初六日送春作

清·钱谦益

今年送春谁最欢？累臣生还栖故园。
惊心软红付尘梦，照眼柔绿开清尊。
今年送春谁最恶？燕齐鸟乌巢虏幕。
壮士白骨枝战场，内人红袖归沙漠。
人生若不开口笑，束缚山冈倩谁吊？
请看今日又春归，试问何时再年少？
床头沧酒犹满罂，屋下新泉似酒清。
桃笙竹几疏窗好，叠石移花略彴成。

◎“累臣”句：明崇祯十年（一六三七），温体仁授意张汉儒构陷钱谦益，钱谦益下狱；后经人疏救，于崇祯十一年（一六三八）五月出狱，着革职归乡，本诗即作于次年初夏。累臣，被拘系之臣，这里是诗人自称。◎软红：指繁华俗世。◎清尊：酒器。◎“燕齐”句：虏指清兵，燕、齐之地的鸟儿在清兵帐篷上作窝，暗指这两地已被清兵占据。《明史·庄烈帝本纪二》：“（崇祯）十二年……庚申，大清兵入济南，德王由枢被执，布政使张秉文等死之……三月丙寅，出青山口。凡深入二千里，阅五月，下畿内、山东七十余城。”◎“壮士”二句：泛写战争惨况。◎“束缚”句：用三国东吴诸葛恪被杀的典故。钱曾笺注云：“《吴志》：孙亮杀诸葛恪，以苇席裹其身，而篾束其腰，投之于石子冈。（杜）少陵《遣兴》诗：君看束缚去，亦得归山

春归懊恼如何遣？半是萧闲半游宴。
清阴午寂卷残书，小院风轻试歌扇。
凭君莫唱渭城歌，舞蝶啼莺奈尔何？
处处落花三月少，年年芳草送春多。
东风劝尔一杯酒，莫以如新怨白首。
明年把酒迎早春，仍是今年送春叟。

冈。”倩，凭，请；吊，凭吊，吊唁。◎沧酒：沧州所产的美酒。◎罂：泛指盛酒器。◎桃笙：桃枝竹编的竹席。◎竹几：即竹夫人，竹夹膝。赵翼《陔余丛考》：“编竹为筒，空其中而窍其外，暑时置床席间，可以憩手足，取其轻凉也，俗谓之竹夫人。”◎略彴：小木桥。姜夔《夜行船》：“略彴横溪人不度。”◎凭君：犹言请君，劝君。◎渭城歌：即《渭城曲》，本是唐代诗人王维送别友人的一首绝句：“渭城朝雨浥轻尘，客舍青青柳色新。劝君更尽一杯酒，西出阳关无故人。”后编入乐府，成为饯别的名曲。◎“莫以”句：邹阳《狱中上梁王书》：“语曰：‘有白头如新，倾盖如故。’何则？知与不知也。”◎把酒：把盏，举杯。◎送春叟：诗人本年五十八岁，古时已为老人，故曰“叟”。

闻叠山己丑四月七日死于燕

元·王奕

声名如此付杯羹，满腹琅玕不得呈。
诸士倘能如孔子，杀身未必死盆成。
骨埋北壤名山重，冤入南天上帝惊。
当日刀圭成谩尔，金华仙籍再书名。

◎叠山：即南宋著名遗民谢枋得（号叠山），他是诗人的好友。◎己丑：干支纪年，即元世祖至元二十六年（一二八九）。谢枋得在南宋灭亡后，拒绝出仕元朝，于本年四月绝食而死。◎燕：燕京，即元大都（城址在今北京市市区）。◎“声名”句：意谓谢叠山先生名满天下，竟绝食而死。◎琅玕：本义是似玉的美石，这里是比喻谢叠山的才学、文章。◎诸士：指答应出来做官的人。诺，答应，允诺。据《论语·阳货》，鲁国的权臣阳货反复劝孔子出来做官，说道：“自己有一身的本领，却听任着国家的事情糊里糊涂，可以叫做仁爱吗？……一个人喜欢做官，却屡屡错过机会，可以叫做聪明吗？……时光一去，就不再回来了呀。”（据杨伯峻《论语译注》译文）最后孔子才说道：“‘诺，吾将仕矣。’”◎杀身：舍身，丧身。◎盆成：即盆成括，盆成是复姓。《孟子·尽心下》：“盆成括仕于齐。孟子曰：‘死矣，盆成括！’盆成括见杀。”颔联二句大意是说，如果能学孔子最终答应出来做官，未必会像盆成括那样因出仕而被杀，甚至还能成就一番事业（孔子后来曾任鲁国的大司寇，使鲁国大治）。这里诗人是站在自己的立场上（按：王奕入元后曾任儒学教谕这样的小官，其对元朝政权的态度，与谢叠山等并不相同），对谢叠山宁肯饿死也不出仕元朝这一行为作出评价。◎北壤：北土，泛指北方地区。◎名山：即名山事业，指不朽的文章、著述。◎刀圭：古代量取药末的器具名，这里代指药物。◎成谩尔：成泡影，成虚妄。◎金华：金华山，传说山中有神仙石室，为道教的第三十六洞天。◎仙籍：仙人的名籍。

宋·佚名《荔枝图》

四月八日尝新荔子

南宋·杨万里

一点胭脂染蒂旁，忽然红遍绿衣裳。
紫琼骨骼丁香瘦，白雪肌肤午暑凉。
掌上冰丸那忍触，樽前风味独难忘。
老饕要啖三百颗，却怕甘寒冻断肠。

◎荔子：即荔枝。李时珍《本草纲目·果三·荔枝》："司马相如《上林赋》作'离支'。按白居易云：若离本枝，一日色变，三日味变。则离支之名，又或取此义也。"◎"忽然"句：荔枝成熟时，其壳由青转红。◎"紫琼"二句：上句是形容荔枝的果核，下句是形容果肉。◎老饕：戏称贪食的人，苏轼有《老饕赋》。又苏轼《食荔支二首》："日啖荔支三百颗，不辞长作岭南人。"

四月九日幽谷见绯桃盛开

北宋·欧阳修

经年种花满幽谷，花开不暇把一卮。
人生此事尚难必，况欲功名书鼎彝。
深红浅紫看虽好，颜色不奈东风吹。
绯桃一树独后发，意若待我留芳菲。
清香嫩蕊含不吐，日日怪我来何迟。
无情草木不解语，向我有意偏依依。
群芳落尽始烂漫，荣枯不与众艳随。
念花意厚何以报，唯有醉倒花东西。
盛开比落犹数日，清樽尚可三四携。

◎宋仁宗庆历七年（一〇四七）作于滁州知州任上。幽谷，在滁州；绯桃，桃花。◎经年：经过一年或数年。◎把一卮：犹言饮一杯。卮，盛酒器。◎鼎彝：祭祀之器，上多刻有记功表德的文字。◎解语：会说话。◎比：及，等到。◎三四：犹言数次，多次。

四月十日出郊

南宋·范成大

约束南风彻晓忙，收云卷雨一川凉。
涨江混混无声绿，熟麦骚骚有意黄。
吏卒远时闲信马，田园佳处忽思乡。
邻翁万里应相念，春晚不归同插秧。

◎约束：犹言约定。◎一川：一片平川，满地。◎混混：水流不绝貌。《孟子·离娄下》："源泉混混，不舍昼夜。"◎骚骚：象声词，被风吹动发出的声音。◎"邻翁"句：拟想万里之外的邻翁应思念自己，借以表达诗人的思乡之情。

四月十一日初食荔支

北宋·苏轼

南村诸杨北村卢，白华青叶冬不枯。
垂黄缀紫烟雨里，特与荔支为先驱。
海山仙人绛罗襦，红纱中单白玉肤。
不须更待妃子笑，风骨自是倾城姝。
不知天公有意无，遣此尤物生海隅。

◎宋哲宗绍圣二年（一〇九五）作于惠州（今属广东）。◎“南村”句：诗人自注：“谓杨梅、卢橘也。”卢橘，指枇杷。朱翌《猗觉寮杂记》：“岭外以枇杷为卢橘子，故东坡云：‘卢橘杨梅次第新。’”◎垂黄缀紫：杨梅色紫，卢橘色黄，故云。◎先驱：杨梅、卢橘在荔枝前成熟，所以诗人说它们是“先驱”。◎“海山仙人”二句：从外到内描摹荔枝的色泽，即外壳像绛罗襦（火红色的绸衣），果膜像红纱中单（中单，即内衣），果肉像白玉一样的肌肤。白居易《荔枝图序》说荔枝“壳如红缯，膜如紫绡，瓤肉莹白如冰雪”，也可参考。◎“不须”句：唐玄宗宠妃杨玉环喜食荔枝，常命人快马驰递荔枝到长安，杜牧《过华清宫绝句三首》：“一骑红尘妃子笑，无人知是荔枝来。”◎倾城姝：倾城倾国的美人。◎尤物：美人。◎海隅：海边，海角。惠州在宋代属于极偏远的南

云山得伴松桧老，霜雪自困楂梨粗。
先生洗盏酌桂醑，冰盘荐此赪虬珠。
似闻江鳐斫玉柱，更洗河豚烹腹腴。
我生涉世本为口，一官久已轻莼鲈。
人间何者非梦幻，南来万里真良图！

荒之地，故云。◎“云山”句：查慎行《苏诗补注》注引《梁溪漫志》，谓“福州至于海南，凡宰上木，松桧之外，杂植荔支，取其枝叶阴覆，所以有此语”。◎“霜雪”句：楂、梨困于霜雪，果实质粗。◎桂醑：桂花酒。◎荐：送上，进献。◎赪虬珠：红色的龙珠，指荔枝。◎“似闻”二句：诗人自注：“予尝谓荔支厚味、高格两绝，果中无比，惟江鳐柱、河豚鱼近之耳。”江鳐即江瑶，一种海蚌，其肉柱（即闭壳肌）鲜美，是一种名贵的海味；腹腴即鱼肚下的肥肉。◎“我生”二句：晋朝的张翰因见秋风起，而思念家乡的菰菜、莼羹、鲈鱼脍，后称思乡之情为“莼鲈之思”。诗人这里说自己为口腹奔忙，久已不思念家乡，其实乃是充满自嘲的反语。◎良图：缜密妥善的计划。

四月十二日书怀

元·王冕

去年直北走风沙，今日江南事事讹。
转首不知春已去，闭门只觉树阴多。
青天有月徒惆怅，空谷无人绝笑歌。
极目中原天万里，野烟荒草几铜驼。

◎书怀：书写情怀。◎直北：正北，泛指北方。◎讹：差错，讹舛。◎绝：断绝。◎极目：纵目。◎铜驼：铜铸的骆驼，本置于宫门寝殿前。荒草铜驼，是形容当时中原山河残破的景象。

四月十三日立夏呈安之

北宋·司马光

留春春不住，昨夜的然归。
欢趣何妨少，闲游勿怪稀。
林莺欣有托，丛蝶怅无依。
窗下忘怀客，高眠正掩扉。

◎立夏：二十四节气之一，表示夏季的正式开始。◎安之：即王尚恭（字安之），他是司马光的好友，二人与富弼、文彦博等在洛阳的退休官员，时常一起饮酒唱和，被称作“洛阳耆英会”。◎住：停留。◎的然：明显貌。◎归：归去，回去。◎“林莺”句：诗人自注云：“前日始闻莺。”立夏已至，树木枝叶日渐繁茂，黄莺因有树可依而感到欢欣。语本陶渊明《读山海经十三首》（其一）：“众鸟欣有托。”◎“丛蝶”句：与枝头的黄莺相反，蝴蝶却因百花凋零而感到怅然无依。颈联二句写出初夏景象。◎“窗下”二句：忘怀，不介意（得失）；掩扉，关门。诗人自注云：“陶潜尝言，夏月虚闲，高卧北窗下，清风飒至，自谓羲皇上人。”这几句话见于《晋书·陶潜传》，陶潜就是陶渊明。羲皇上人，即上古伏羲氏之前的人，隐士常用以自称。

四月十四日至广陵

南宋·郑伯熊

春归村坞绿阴迷，又向山腰转马蹄。
收尽雪芳犹采撷，割残云穗再扶犁。
乡谣到处无音律，野饭黄昏只笋齑。
惟有客愁消不得，隔溪篁竹子规啼。

◎广陵：今江苏扬州的古称。◎村坞：村落。◎采撷：采摘。◎野饭：农家的粗淡饭食。◎笋齑：笋末。◎客愁：行旅怀乡的愁思。◎篁竹：竹林。◎子规：杜鹃鸟。

四月十五日晚出溪上留连不能去

北宋·宋庠

偶来寻晚景，便觉涤嚣烦。
岸柳相搀绿，风荷各自翻。
归云何处宿，惊鹜或时喧。
不奈沧波阔，鸠山有故源。

◎留连：指留恋不舍。◎晚景：傍晚的景色。◎涤：涤荡，清除。◎嚣烦：指喧嚣烦乱的心绪。◎搀：混杂，掺和。◎风荷：风中的荷叶。◎鹜：野鸭。◎不奈：无奈。◎沧波：碧波。◎“鸠山”句：诗人自注云：“《山海经》：‘河南发鸠山，漯水出焉。’即此波之源也。”引文与今本《山海经》字句有出入，姑从原。

北宋·赵令穰《湖庄清夏图》

四月十六日拄笏亭偶题

南宋·范成大

转午闻鸡日正长，小亭方丈纳空光。
绿阴一雨浓如黛，何处风来百种香？

◎转午：见《三月四日骤暖》“转午”条。◎方丈：一丈见方，言其小。◎空光：阳光。◎黛：青黑色。

四月十七日侍立集英殿观进士唱名

南宋·杨万里

殿上胪传第一声，殿前拭目万人惊。
名登龙虎黄金榜，人在烟霄白玉京。
香满乾坤书一卷，风吹鬓发雪千茎。
旧时脱却银袍处，还望清光侍集英。

◎唱名：古代科举殿试后，皇帝呼名召见进士，赐予其等第，这叫作唱名赐第。在南宋，主要在集英殿举行这个仪式。◎胪传：胪唱，即唱名传见。◎拭目：擦亮眼睛，形容期待貌。◎龙虎黄金榜：对黄榜的美称。黄榜是发布殿试中式名单的公告，因用黄纸书写，故云。“龙虎”典出《新唐书·欧阳詹传》：“（欧阳詹）举进士，与韩愈、李观、李绛、崔群、王涯、冯宿、庾承宣联第，皆天下选，时称‘龙虎榜’。”◎“人在”句：谓进士们得登天子殿堂，如身在九天宫阙中。烟霄，云霄；白玉京，本指天帝的居处。李白诗：“天上白玉京，十二楼五城。”◎“旧时”句：银袍即白袍，唐代未做官的士子穿白袍，所以后来以白袍作为应举士子的代称。脱却银袍，意即考中进士，获得功名。杨万里于宋高宗绍兴二十四年（一一五四）登进士第，距写作本诗的宋孝宗淳熙十四年（一一八七），已过去三十多年。这位年登花甲的老人，看着一位位新科进士鱼贯而入，不禁回忆起当年自己在这座集英殿中被唱名传见的画面来。◎清光：比喻皇帝的容颜。

南宋·林椿《枇杷山鸟图》

真觉院有洛花，花时不暇往，四月十八日与刘景文同往赏枇杷

北宋·苏轼

绿暗初迎夏，红残不及春。
魏花非老伴，卢橘是乡人。
井落依山尽，岩崖发兴新。
岁寒君记取，松雪看苍鳞。

◎真觉院：在浙江杭州。◎洛花：唐宋时洛阳牡丹最盛，故牡丹又称洛花。◎刘景文：刘季孙，字景文，他是苏轼的好友，工诗文，时任两浙兵马都监。◎魏花：即魏紫，牡丹的名品之一，相传出自宰相魏仁浦家，花色紫红，故名魏紫。◎老伴：老友。◎卢橘：见《四月十一日初食荔支》“卢橘”条。◎井落：村落。◎发兴新：让人生发新的意兴。杜甫《题郑县亭子》：“郑县亭子涧之滨，户牖凭高发兴新。”◎“岁寒”二句：《论语·子罕》：“岁寒，然后知松柏之后凋也。”

成都遨乐诗二十一首·四月十九日泛浣花溪

北宋·田况

浣花溪上春风后，节物正宜行乐时。
十里绮罗青盖密，万家歌吹绿杨垂。
画船叠鼓临芳溆，彩阁凌波泛羽卮。
霞景渐曛归棹促，满城欢醉待旌旗。

◎遨乐：游乐。◎浣花溪：在四川省成都市西，溪畔有杜甫草堂。蜀中旧俗，每年四月十九，游人游宴于浣花溪畔，称为“浣花日”，又叫“浣花天”。参见苏轼《次韵刘景文、周次元寒食同游西湖》诗“遨头要及浣花前”的自注：“成都太守自正月二日出游，谓之‘遨头’，至四月十九日‘浣花’乃止。”◎节物：指当下节令的风物景色。◎绮罗：华贵的丝织品，这里是指身着绮罗的游人。◎青盖：青色的车盖，泛指车乘。◎歌吹：歌声与乐声。◎叠鼓：击鼓。◎芳溆：生有花卉的水边。◎羽卮：羽觞，泛指酒器。◎曛：昏暗。◎归棹：归舟，返航的船只。

四月二十日书二首（录一）

北宋·张耒

十步荒园亦懒窥，枕书小醉睡移时。
健如黄犊时无几，钝似寒蝇老自知。
休惜飞驰春过眼，但求强健酒盈卮。
枇杷着子红榴绽，正是清和未暑时。

◎移时：一会儿。◎“健如”句：杜甫《百忧集行》：“忆年十五心尚孩，健如黄犊走复来。”◎“钝似”句：欧阳修《病告中怀子华原父》：“自是少年豪横过，而今痴钝若寒蝇。”◎卮：酒杯。◎红榴绽：石榴花绽放。

南宋·李唐《松湖钓隐图》

四月二十一日同妻孥泛舟，登吕氏济川亭二首（录一）

南宋·吴芾

不到兹山二十秋，重来山水更清幽。
无因得向岩前住，日日持竿上钓舟。

◎妻孥：妻子和儿女。◎兹山：此山。◎二十秋：二十年。◎无因：没有机缘。◎得向：能在。◎岩前住：犹言在山中隐居。

清·冷枚《避暑山庄图》

四月廿二日早赴西苑送驾避暑幸山庄

清・查慎行

麦垅瓜畴晓气温，朦朦淡月渐无痕。
残星带火沉千点，新绿如山拥一村。
老马熟谙城北路，雏莺又报苑东门。
征衣长短曾蒙赐，箧笥三年倍感恩。

◎西苑：即畅春园，这是康熙皇帝常居的一处离宫。◎山庄：即承德避暑山庄，又称热河行宫，位于今河北承德。◎麦垅瓜畴：即麦地、瓜田。◎晓气：清晨的雾气。◎“老马”句：畅春园位于当时北京城的西北郊，其遗址在今北京大学西，故云“城北路”。◎“征衣”二句：诗人自注：“自入武英书局，三年免扈从矣。”按：康熙四十八年（一七〇九）四月，查慎行奉旨与钱名世等赴武英书局（设于紫禁城的武英殿内）编纂《佩文韵府》，至写作本诗的康熙五十年（一七一一），已跨三个年头，故云。箧笥，本指放书的竹箱，这里指代编书的工作；扈从，随从皇帝出巡。

四月二十三日晚同太冲、表之、公实野步

北宋·洪炎

四山矗矗野田田，近是人烟远是村。
鸟外疏钟灵隐寺，花边流水武陵源。
有逢即画元非笔，所见皆诗本不言。
看插秧针欲忘返，杖藜徙倚至黄昏。

◎太冲、表之、公实：诗人朋友的表字。太冲，孙道夫；表之，贾公望；公实，郑谌。◎野步：在郊野散步。◎田田：葱翠貌。江淹《水上神女赋》："野田田而虚翠，水湛湛而空碧。"◎"近是"句：参看陶渊明《归园田居》（其一）："暧暧远人村，依依墟里烟。"◎灵隐寺：在浙江杭州，是著名的游览胜地。◎武陵源：陶渊明《桃花源记》所写到的与尘世隔绝的地方。◎"有逢"二句：这两句是说："到处都是画境和诗意，天然现成，不需要而且也许不能够用笔墨和语言来描写形容。"（钱锺书《宋诗选注》）元，原来、本来。◎秧针：指水稻刚生长的秧苗。◎杖藜：拄着藜杖。◎徙倚：徘徊。

四月二十四日雨中分酒饷山友

南宋·舒岳祥

欲言林下趣，思共涧边行。
细雨枇杷熟，空江杜若生。
离居非远道，向夕自含情。
偶此开松酒，分将一榼倾。

◎饷：馈赠。◎林下：树林之下，指幽僻之境。◎空江：空阔的江面。◎杜若：香草名。叶广披作针形，味辛香。屈原《九歌·湘君》："采芳洲兮杜若，将以遗兮下女。"◎离居：散处，别居。◎向夕：傍晚。◎松酒：应即松醪，指用松花或松脂酿制的酒。白居易《病中诗十五首·枕上作》："腹空先进松花酒，膝冷重装桂布裘。"◎榼：盛酒的器具。卢纶《与张擢对酌》："张翁对卢叟，一榼山村酒。"

四月二十五日作

元·萧𣃁

一熟经冬望眼穿，民生乃尔太奇偏。
烈风雷雨关何事，不分来麰作有年。

◎一熟经冬：冬麦冬季播种，第二年夏季成熟，故云。◎望眼穿：形容盼望殷切。白居易《江楼夜吟元九律诗，成三十韵》："白头吟处变，青眼望中穿。"◎乃尔：如此。◎奇偏：这里是指天气恶劣极端。◎不分：不料。◎来麰：也作"来牟"，泛指麦子。《诗经·周颂·思文》："贻我来牟。"朱熹《诗集传》："来，小麦。牟，大麦也。"◎有年：丰年。

四月二十六日即事

元·吴师道

竹光含积雨，满室青沉沉。
阶除无行迹，时有幽虫吟。
澹然终日闲，饮水弄书琴。
感慨复长叹，谁共语此心。
远声起天末，门外江波深。
耸身上高阁，晴云出孤岑。
南风一何佳，遥遥披我衿。

◎即事：用当前事物做题材的诗。◎阶除：台阶。◎行迹：经过的踪迹。◎幽虫：指潜隐的昆虫。◎澹然：恬静貌。◎弄：玩赏。◎天末：天尽头，指极远的地方。杜甫《天末怀李白》："凉风起天末，君子意如何。"◎耸身：纵身而上。◎晴云：晴空中的白云。◎孤岑：孤峰。岑，山峰，山顶。◎一何：多么。◎遥遥：犹摇摇，被风吹动的样子。◎披衿：犹披襟，敞开衣襟。宋玉《风赋》："有风飒然而至，王乃披襟而当之曰：'快哉此风！'"

宋·佚名《江天楼阁图》

四月二十七日与王正仲饮

北宋·梅尧臣

我来自楚君自吴，相遇泛波衔舳舻。
时时举酒共笑乐，莫问罂盎有与无。
醉忆曩同吾永叔，倒冠落佩来西都。
是时豪快不顾俗，留守赠榼少尹俱。

◎王正仲：王存，字正仲，他是梅尧臣妻子谢氏的外甥，妻兄谢绛的女婿。◎“我来”二句：本诗作于宋仁宗皇祐三年（一〇五一），此时梅尧臣因为其父守孝期满，正从家乡宣城（今安徽宣城的宣州区，古为楚地）赴汴梁（今河南开封），与王存（他的家乡丹阳，古为吴地，今属江苏）相遇于汴水之上。衔舳舻，指两船首尾相接。◎“时时”二句：参读梅尧臣《四月二十八日记与王正仲及舍弟饮》：“孟夏景苦长，与子舟中饮。”罂盎，泛指盛酒器。◎“醉忆”四句：宋仁宗天圣九年（一〇三一），欧阳修（字永叔）来洛阳（北宋以汴梁为东京，而以洛阳为西京，亦即诗中的西都），任西京留守推官。在这里他与梅尧臣、尹洙、钱惟演、谢绛等人成为至交。曩，曩日，往日；倒冠落佩，形容不拘小节。杜牧《晚晴赋》：“倒冠落佩兮，与世阔疏。”留守，指时任西京留守的钱

高吟持去拥鼻学，雅阕付唱纤腰姝。
山东腐儒漫侧目，洛下才子争归趋。
自兹离散二十载，不复更有一日娱。
如今旧友已无几，岁晚得子欣为徒。

惟演；少尹，府州的副职，这里是指时任西京通判的谢绛；榼，参见四月二十四日诗注。◎高吟：高妙的吟唱。◎拥鼻学：指用雅音曼声吟咏。典出《世说新语·雅量》："（谢安）方作洛生咏。"刘孝标注引宋明帝《文章志》："（谢）安能作洛下书生咏，而少有鼻疾，语音浊。后名流多学其咏，弗能及，手掩鼻而吟焉。"◎纤腰姝：细腰的美女。◎山东腐儒：泛指迂腐的儒生。因山东是孔孟之乡，儒学的发源地，故云。◎侧目：斜目而视，形容愤恨不满。◎洛下：即洛阳。◎兹：此。◎二十载：宋仁宗天圣九年至皇祐三年，刚好二十年。◎岁晚：晚岁，晚年。梅尧臣此时年过半百，故云。◎徒：指同类之人。

四月二十八日起，屡赐鲜笋、青梅、鲥鱼、枇杷、杨梅、雪梨、鲜藕

明·程敏政

都城三伏暑方炎，天上分鲜我亦沾。
缄发紫泥留榼笪，香生青箬带冰盐。
南舟远贡来何数，北客初尝味更添。
为感岁时翻赐帖，不知残日下疏帘。

◎三伏：即初伏、中伏、末伏，为一年中最热的时候。具体说，农历夏至后第三个庚日起为初伏，第四个庚日起为中伏，立秋后第一个庚日起为末伏。◎紫泥：古人书信用泥封，再于泥上盖印，以防他人拆启，而皇帝则用紫泥。后即用“紫泥”代指诏书。◎榼笪：这里是指盛放御赐食物的盒、筐等。◎青箬：箬竹的叶子，常被用来包裹食物。◎冰盐：古人在长途运输中，常在食物中混以冰盐，以保鲜防腐。◎数：屡次，频繁。◎岁时：季节，时光。◎“不知”句：不觉已到傍晚。

癸巳四月二十九日出京

金·元好问

塞外初捐宴赐金，当时南牧已駸駸。
只知灞上真儿戏，谁谓神州遂陆沉。
华表鹤来应有语，铜盘人去亦何心。
兴亡谁识天公意，留着青城阅古今。

◎癸巳：干支纪年，即金哀宗天兴二年（一二三三），也是金朝灭亡的前一年。本年四月，金朝的汴京（今河南开封）守将崔立开城纳敌，投降蒙古。崔立将金朝的皇太后、妃嫔及宗室五百余人押往蒙古，行至青城（在汴京城南五里），多为驻扎在此的蒙古军所杀。（参刘祁《归潜志》）四月二十九日，金朝留在汴京的官员也被押送出京，元好问的这首诗即作于此时。◎捐：献出，耗费。◎宴赐金：自金海陵王正隆年间开始，金国为笼络北方各部，便赐予其宴会所用的金钱。金章宗明昌二年起，则规定每五年赐宴一次。◎南牧：南下牧马，喻指蒙古军已开始南侵。语本贾谊《过秦论》："胡人不敢南下而牧马。"◎駸駸：马疾驰貌。◎"只知"句：汉文帝视察军队，到驻扎在霸上、棘门的军营，都是长驱而入；而到了周亚夫驻守的细柳营，全军戒备森严，并不因为皇帝的到来而有所松懈。汉文帝感叹道："嗟乎，此真将军矣！曩者霸上、棘门军，若儿戏耳，其将固可袭而虏也。至于亚夫，可得而犯邪！"（《史记·绛侯周勃世家》）这里是借指金朝的军队涣散，缺乏战斗力。灞上即霸上，在今陕西西安市东，因位于灞水以西的高原上而得名。◎“谁谓”句：用东晋权臣桓温的典故。桓温一次与众僚属登楼，眺望中原，慨然道：“遂使神州陆沉，百年丘墟，王夷甫诸人不得不任其责！”（《世说新语·轻诋》）谁谓，岂料，没想到；神州，中原、中国，这里借指金朝的国土；陆沉，陆地无水而沉，比喻国土沦陷。◎“华表”句：丁令威成仙后，化鹤归乡，停于华表柱上，又于空中作人言，谓“城郭如故人民非”。参见一月五日诗注。华表，古代设在宫殿、城门等的前面兼作装饰用的巨大柱子。◎“铜盘”句：铜盘即汉武帝时所铸的仙人承露盘，本在长安，至曹魏明帝青龙五年，被迁至洛阳。李贺《金铜仙人辞汉歌》诗序：“宫官既拆盘，仙人临载，乃潸然泪下。”诗人用此典来表达自己留恋故土的心情。◎天公：万物的主宰者，犹言老天爷。◎“留着”句：诗人自注云：“国初取宋，于青城受降。”即指宋钦宗靖康元年闰十一月，金朝曾在青城接受宋钦宗的降表一事。而百余年后，金朝的汴京沦陷，金朝皇族、宗室男女数百口被蒙古军大肆屠戮，又是在青城。诗人思索着朝代的更迭、兴亡，不由感慨系之。

元·盛懋《溪山清夏图》

四月晦日，泛若耶至云门寺，以“起坐鱼鸟间，动摇山水影”为韵十首（录一）

明·陶望龄

夏首新热叶气蒸，细路危桥得幽悄。
桤树成林已快人，况有鸣泉覆深篠。
松髯石发雅能净，竹稚鸟雏怜最小。
何时一床卧僧阁，饱听凌晨醒来鸟。

◎晦日：农历每月的最后一天。◎泛：泛舟，行船。◎若耶至云门寺：陶望龄是会稽（今属浙江绍兴）人，若耶溪（今名平水江）和云门寺都是他家乡的名胜，历来多有文人题咏。如同为绍兴人的陆游在《忆云门诸寺》中即云：“云门若耶间，到处可淹留。”◎“起坐”二句：本为唐代诗人崔颢《入若耶溪》的一联，这里是借这十个字所在的韵部，分别作为自己所写的十首诗的韵部。如本诗即用“鸟”字所在的“上声十七筱”。◎夏首：农历四月为夏季之首，亦即夏初。◎危桥：高耸之桥。◎桤树：一种落叶乔木。◎快人：指使人感到畅快。◎篠：细竹。◎松髯：指松叶。松叶为针状，形似人的须髯，故云。◎石发：指石头上的苔藻。◎雅：颇，甚。

五月

清・石涛《渊明诗意册页・悠然见南山》

五月旦作和戴主簿

东晋·陶渊明

虚舟纵逸棹，回复遂无穷。
发岁始俛仰，星纪奄将中。
南窗罕悴物，北林荣且丰。
神萍写时雨，晨色奏景风。
既来孰不去？人理固有终。
居常待其尽，曲肱岂伤冲。
迁化或夷险，肆志无窊隆。
即事如已高，何必升华嵩。

◎五月旦：五月初一。◎戴主簿：不详。主簿，官名，主管文书簿籍。◎“虚舟”二句：谓时光如轻舟快桨，转瞬即逝；一年四季往复无穷。逸棹，快桨。◎发岁：一年之始。◎俛仰：低头抬头，形容时间短促。◎星纪：星次名。古人将一周天分为十二等分，命名为星纪等十二次，岁星（木星）每年行经一个星次。逯钦立等据《晋书·天文志》知星纪为丑年，并具体考证为东晋安帝义熙九年癸丑（四一三）。但袁行霈认为，这里星纪只是泛指岁月，并非特指（详见《陶渊明集笺注》）。◎奄：突然，忽然。◎将中：将到年中，指五月。◎“南窗”二句：意谓时值仲夏，到处植物丰茂。悴，憔悴，这里指枯萎。◎神萍：雨师，司掌晴雨之神。别本或作“萍光”“神渊”。◎写：通“泻”。◎奏：通“凑”，聚集。◎景风：南风。◎“既来”二句：来、去，指生、死。◎“居常”句：皇甫谧《高士传》：“贫者，士之常也；死者，命之终也。居常以待终，何不乐也？”◎曲肱：弯臂。《论语·述而》：“饭疏食，饮水，曲肱而枕之，乐亦在其中矣。”◎伤冲：妨害冲虚淡泊之道。◎“迁化”二句：袁行霈谓二句“意谓生命在迁移变化之中有平有险，惟保持心志之自由，便无所谓高下矣”（《陶渊明集笺注》）。窊，低洼；隆，隆起。◎即事：此事。◎华嵩：华山、嵩山。传说为神人的居所。

元·刘贯道《消夏图》

初二日苦热

南宋·杨万里

人言长江无六月，我言六月无长江。
只今五月已如许，六月更来何可当！
船仓周围各五尺，且道此中底宽窄！
上下东西与南北，一面是水五面日。
日光煮水复成汤，此外何处能清凉？
掀篷更无风半点，挥扇只有汗如浆。
吾曹避暑自无处，飞蝇投吾求避暑；
吾不解飞且此住，飞蝇解飞不飞去。

◎长江无六月：是说长江上很凉快，就像没有夏天一样。这是宋代的一句谚语。◎如许：如此。◎底：何，什么。◎汤：热水。◎吾曹：我辈。◎解：懂，明白。

五月三日早起步东园，示幼舆子

南宋·杨万里

雨香不及露华香，竹液花膏馥葛裳。
侬与晓星成二客，更无人共上番凉。

篝箕苕帚两无踪，窃果畦丁职不供。
老子不来才几日，松花槲叶满庭中。

◎幼舆：杨幼舆，杨万里第四个儿子。◎露华：露水。李白《清平调词》：“云想衣裳花想容，春风拂槛露华浓。”◎馥：香。◎葛裳：葛布制成的夏衣。◎上番：初番，头回。多指植物初生。杜甫《三绝句》：“会须上番看成竹。”◎篝箕：竹子编的簸箕。◎畦丁：园丁。◎职不供：谓不称职。◎老子：老年人的自称，犹言老夫。◎松花：松果，其木质鳞片张开如莲花状。◎槲叶：槲树（一种落叶乔木）的叶子。

明·郑重《龙舟竞渡图》

端午前一日阻风鄱阳湖，观竞渡

南宋·杨万里

恶风夜半阻归船，端欲留人作胜缘。
千里携家观竞渡，五湖新涨政黏天。
棹翻波浪山如雪，醉杀儿郎喜欲颠。
得去更佳留亦好，吾曹何处不欣然。

◎端午：农历五月初五，端午节是中国传统的民俗节日，又叫端阳节、五月节等。◎鄱阳湖：古称彭蠡、彭泽，地处今江西省北部，长江中下游南岸，是中国最大的淡水湖。◎竞渡：即赛龙舟，这是端午节重要的民俗活动之一，相传是为了纪念投汨罗江而死的屈原，也有说是纪念伍子胥。◎端欲：正要，正想。◎胜缘：佛教用语，善缘。◎五湖：太湖、鄱阳湖等江南五大湖泊的统称。◎政：通“正”。◎黏天：连天。王安石《舟还江南阻风有怀伯兄》：“白浪黏天无限断，玄云垂野少晴明。”

明·陆治《榴花小景》

端午

南宋·朱淑真

纵有灵符共彩丝，心情不似旧家时。

榴花照眼能牵恨，强切菖蒲泛酒卮。

◎灵符：指天师符。古时百姓于端午日，以黄纸盖以朱印，绘天师、钟馗像或五毒符咒，粘于中门以避祟恶。◎彩丝：端午时系于臂上以祈福免灾的五彩丝。宗懔《荆楚岁时记》："（端午）以五彩丝系臂，名曰辟兵，令人不病瘟……一名长命缕，一名续命缕，一名辟兵缯，一名五色丝，一名朱索。名拟甚多。"◎旧家：犹从前。◎"强切"句：旧时端午节饮菖蒲酒（用菖蒲叶浸制的药酒），以为可以去疾辟邪。徐铉《和李秀才端午日见寄》："角黍菖蒲酒，年年旧俗谙。"酒卮，酒杯。

初六日过鄱阳湖，入相见湾

南宋·杨万里

阻风两日卸高桅，笑傲江妃纵酒杯。
及至绝湖才一瞬，翻令病眼不双开。
芦洲荻港何时了，南浦西山不肯来。
相见湾中闷人死，一湾九步十萦回。

◎相见湾：辛更儒笺证云："当在余干县西北信江入鄱阳湖口处，因宋以来鄱阳湖面积日渐缩小，原入湖口成陆，其地今已无考。"（《杨万里集笺校》）◎阻风两日：五月初四受阻（见前选《端午前一日阻风鄱阳湖，观竞渡》），至初六已有两天，故云。◎笑傲江妃：刘向《列仙传·江妃二女》："江妃二女者，不知何所人也，出游于江汉之湄，逢郑交甫，见而悦之，不知其神人也。"笑傲，同"笑敖"，戏谑不敬。◎纵酒杯：纵酒，开怀畅饮。◎绝湖：渡湖。◎翻：反而。◎"芦洲"二句：谓久阻不行。

五月初七日雨中瀛台启事

清·王士禛

极目红栏绿浪，兼之细雨斜风。
一幅吴淞烟雨，只少天随钓篷。

◎瀛台：岛名，位于北京清故宫西苑的太液池（即今中南海）中，上有勤政殿等三殿，康熙、乾隆两朝常作为夏日听政之所。◎启事：指向皇帝陈述政事。◎极目：满目。◎红栏绿浪：语本白居易《正月三日闲行》："绿浪东西南北水，红栏三百九十桥。"◎"一幅"二句：唐代文学家陆龟蒙，号天随子，隐居于松江甫里（松江即诗中吴淞江的古称，发源于今苏州市吴江区松陵镇以南太湖瓜泾口，流至今上海市外白渡桥以东汇入黄浦江），平日以作诗、烹茶、垂钓自娱，并曾写有《渔具诗十五首并序》《奉和袭美添渔具五篇》等有关捕鱼的诗篇。这两句诗大意是说，眼前风景宜人，就如一幅松江烟雨图一般，只可惜少了像陆龟蒙这样的隐士乘着钓鱼船（即诗中的钓篷）垂钓其间。

清·弘历《瀛台胜景图》

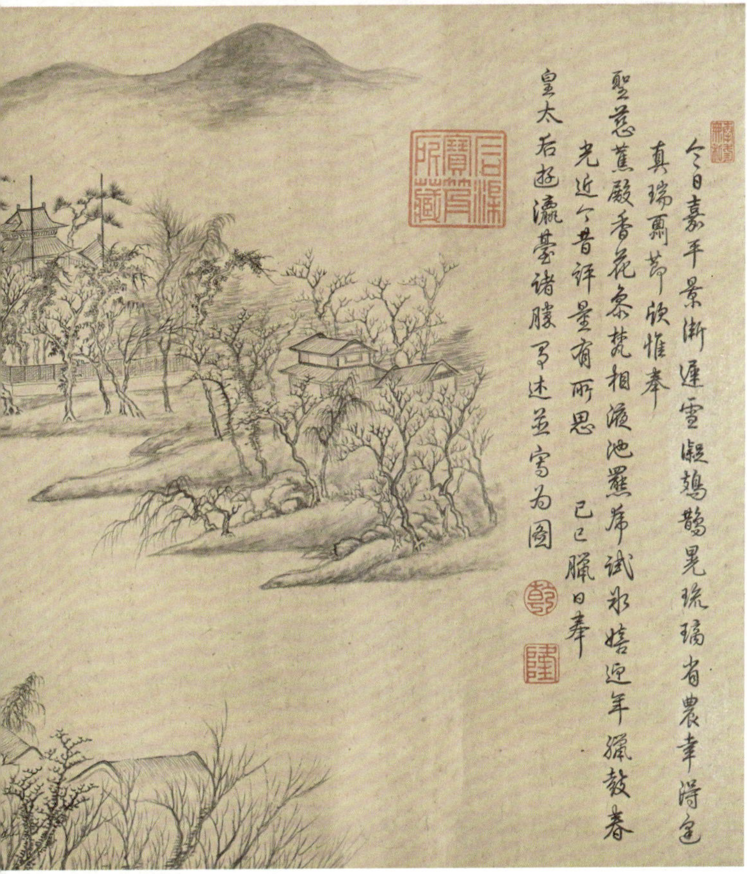
今日嘉平景漸遲雪凝鳷鵲晃琉璃省農幸得逢
真瑞屆節欣惟奉
聖慈蕉殿香花參梵相液池罷席試冰嬉迎年獵鼓春
光近今昔評量有所思 己巳臘日奉
皇太后遊瀛臺諸勝聊述並寫為圖

初八日晴入瀛台再成

清·王士禛

日照驭娑宫外，风来鱼藻池边。
沙上水禽偶语，桥头人柳三眠。

◎瀛台：见五月七日诗注。◎驭娑宫：西汉宫殿名，这里是借指瀛台上的宫殿。《三辅黄图》："驭娑宫。驭娑，马行疾貌。马行迅疾，一日之间遍宫中，言宫之大也。"◎鱼藻池：唐代池名，位于大明宫北的禁苑中，这里是借指瀛台所在的太液池。◎沙上：指沙洲上。◎"桥头"句：《三辅故事》："汉苑中有柳状如人形，号曰'人柳'，一日三眠三起。"

五月九日甲子至月望庚午，大雨水不已十首（录一）

元·方回

今日云霄客，何人禹稷思。
树高堪避溺，稻尽底充饥。
苦口非吾事，衰躯异昔时。
东溟容有限，细读后山诗。

◎甲子：与后面的庚午，都是干支纪日。◎月望：指农历十五。◎不已：不止。◎云霄客：指身居高位的权贵。谭用之《寄阎记室》："相逢半是云霄客，应笑歌牛一布衣。"◎禹稷：大禹和后稷。二人受尧舜命整治山川，教民耕种，被视为贤臣。《孟子·离娄下》："禹、稷当平世，三过其门而不入，孔子贤之。"◎避溺：避免溺水。◎底：何，什么。◎苦口：反复恳切地规劝。◎"东溟"二句：北宋诗人陈师道，号后山居士，其《暑雨》云："密雨吹不断，贫居常闭门。东溟容有限，西极更能存。束湿炊悬釜，翻床补坏垣。倒身无著处，呵手不成温。""后山诗"指此。东溟，东海。

五月十日雨中饮

北宋·梅尧臣

梅天下梅雨，绥绥如乱丝。
梅生独抱愁，四顾无与期。
妻孥解我意，草草陈酒卮。
槛外百竿竹，新笋高过之。
竹色入我酒，变作青琉璃。
一饮眼目光，再饮言语迟。
三饮颓然兀，左右叹我衰。
有鸟从东来，引头闯深枝。
发声醒我醉，提壶美无疑。
典衣不直钱，唯是布与絺。
安得如古人，车傍挂鸱夷。

◎“梅天”句：梅雨是指初夏江淮流域常见的连绵阴雨，因时值梅子黄熟，故云。这种梅雨天气即叫作黄梅天或梅天。◎绥绥：指雨落貌。◎梅生：诗人自称。◎期：邀约。◎妻孥：妻子和儿女。◎解：明白，懂得。◎陈：陈设，摆放。◎酒卮：泛指酒具。◎槛：栏杆。◎光：瞪，睁大。◎颓然：倒下貌。◎兀：昏沉貌。刘伶《酒德颂》：“兀然而醉，豁尔而醒。”◎引头：伸头。◎提壶：鸟名，亦作“提壶芦”或“提胡芦”，即鹈鹕。◎典衣：典当衣服。杜甫《曲江》：“朝回日日典春衣，每日江头尽醉归。”◎直钱：值钱。◎絺：细葛布。◎“安得”二句：用魏晋时刘伶的典故。“竹林七贤”之一的刘伶好酒，“常乘鹿车，携一壶酒，使人荷锸而随之，谓曰：‘死便埋我。’”（《晋书·刘伶传》）李白《襄阳歌》：“车旁侧挂一壶酒，凤笙龙管行相催。”鸱夷，指盛酒器。

五月十一日睡起

南宋·陆游

病眼慵于世事开，虚堂高卧谢氛埃。
帘栊无影觉云起，草树有声知雨来。
茶碗嫩汤初得乳，香篝微火未成灰。
翛然自适君知否？一枕清风又过梅。

◎慵：懒。◎世事：指社交应酬等尘俗之事。◎虚堂：高堂。◎谢：辞。◎氛埃：尘埃，借指尘世或俗念。◎帘栊：泛指门窗的帘子。◎乳：指乳花，即烹茶时茶汤所起的乳白色浮沫。梅尧臣《得雷太简自制蒙顶茶》诗："汤嫩乳花浮。"◎香篝：熏笼，覆盖于火炉上供熏香、烘物和取暖用的器物。◎翛然自适：指无拘无束，悠然自得。◎梅：指黄梅时节。参见《五月十日雨中饮》"'梅天'句"条。

石芝并引

北宋·苏轼

元丰三年五月十一日癸酉，夜梦游何人家。开堂西门，有小园古井，井上皆苍石，石上生紫藤如龙蛇，枝叶如赤箭。主人言："此石芝也。"余率尔折食一枝，众皆惊笑，其味如鸡苏而甘，明日作此诗。

◎引：诗歌前的叙述性文字，似序言而稍短。◎元丰：宋神宗年号，元丰三年即公元一〇八〇年。◎龙蛇：比喻形态屈曲。◎赤箭：天麻的别名。◎率尔：轻率，随便。◎鸡苏：草名，即水苏。李时珍《本草纲目·草三·水苏》："其叶辛香，可以煮鸡，故有龙脑、香苏、鸡苏诸名。"◎甘：甜美。◎幽人：幽居之人。◎睡息：睡眠时的呼吸。◎匀：均匀。◎觉：睡醒，清醒。◎"有人"句：典出《晋书·隐逸传》："祈嘉，字孔宾……夜忽窗中有声呼曰：'祈孔宾，祈孔宾！隐去来，隐去来！修饰人世，甚苦不可谐。所得未毛铢，所丧如山崖。'旦而逃去。""祈孔宾"即"祁孔宾"。◎何许：何处。◎琼户：饰玉的门户。◎"锵然"句：即诗引中提到的折食一枝石芝。锵然，指折下石芝时发出的清脆声响；青珊瑚，喻指石芝。◎蜜藕：蜜渍的莲藕。◎抚掌：拍手。◎卢胡：同"胡卢"，指笑貌。◎"亦知"句：典出沈汾《续神仙传》："（许碏）晚学道于王屋山，周游五岳名山洞府。……后多游芦江间，常醉吟曰：'阆苑花前是醉乡，踏翻王母九霞觞。群仙拍

空堂明月清且新，幽人睡息来初匀。
了然非梦亦非觉，有人夜呼祁孔宾。
披衣相从到何许，朱栏碧井开琼户。
忽惊石上堆龙蛇，玉芝紫笋生无数。
锵然敲折青珊瑚，味如蜜藕和鸡苏。
主人相顾一抚掌，满堂坐客皆卢胡。
亦知洞府嘲轻脱，终胜嵇康羡王烈。
神山一合五百年，风吹石髓坚如铁。

手嫌轻薄（按：他书或作“轻脱”），谪向人间作酒狂。’轻脱，轻佻，轻薄。◎“终胜”等三句：典出葛洪《神仙传》：“（王烈）常服黄精及铅，年三百三十八岁，犹有少容。……嵇叔夜甚敬爱之，数数就学。共入山游戏采药。后烈独之太行山中，……见山破石裂数百丈，两畔皆是青石，石中有一穴口，径阔尺许，中有青泥流出如髓。……烈合数丸如桃大，用携少许归……（叔夜）取而视之，已成青石，击之琤琤如铜声。叔夜即与烈往视之，断山以复如故。……又按《神仙经》云，神山五百年辄开，其中石髓出，得而服之，寿与天相毕。烈前得者必是也。”嵇康，字叔夜，曹魏时著名文学家、思想家，“竹林七贤”之一。本诗最后四句大意是说，许碏因行为放浪不羁而“谪向人间作酒狂”，终究也胜过嵇康汲汲于服食求仙，因为后者实在是希望渺茫而徒劳无功的。诗人此时正因“乌台诗案”而被贬为黄州团练副使，“本州安置，不得签书公事”，他对许碏的肯定，其中不无身世之感。

五月十三日种竹偶成二首（录一）

南宋·郭印

开拓无多地，栽培只数竿。
云分千亩润，风送一窗寒。
坐上清阴罩，墙边野色团。
课奴勤灌溉，日日报平安。

◎野色：野外的景色。◎团：围绕。◎“课奴”二句：典出段成式《酉阳杂俎续集·支植下》：“卫公言北都惟童子寺有竹一窠，才长数尺，相传其寺纲维，每日报竹平安。”课，督促；奴，泛指仆役；卫公，中唐著名政治家李德裕（封卫国公，人称李卫公）；纲维，寺庙中的司事僧。

五月十四日夜梦一僧持诗编过予，有暴雨诗语颇壮，予欣然和之，联巨轴欲书，未落笔而觉，追作此篇

南宋·陆游

黑云塞空万马屯，转盼白雨如倾盆。
狂风疾雷撼乾坤，壮哉涧壑相吐吞。
老龙腾拿下天阍，鳞间火作电脚奔。
巨松拔起千年根，浮槎断梗何足论。
我诗欲成醉墨翻，安得此雨洗中原。
长河衮衮来昆仑，鹳鹊下看黄流浑。

◎过予：拜访我。◎觉：醒来。◎塞空：充满天空。◎转盼：转瞬。◎腾拿：腾空貌。◎天阍：天宫之门。◎电脚：与大地相接的闪电。◎浮槎：这里指漂浮在水面上的枝丫。◎断梗：折断的苇梗。◎醉墨翻：乘酒兴作诗，翰墨淋漓。◎衮衮：同“滚滚”，水流奔腾貌。◎鹳鹊：即鹳雀楼，在今山西永济。王之涣《登鹳雀楼》：“白日依山尽，黄河入海流。欲穷千里目，更上一层楼。”

五月望潞河舟夜

明·张祥鸢

潞水雨余涨，燕山云外微。
又圆篷底月，频换客中衣。
路近心逾急，乡遥梦亦稀。
汉京冠盖满，怀抱欲何依。

◎望：望日，指农历每月的十五日。◎潞河：今北京市通州区以下的北运河。◎燕山：即今河北东北部的燕山山脉。◎篷底月：指水中的月影。篷，船篷。◎逾：更加。◎汉京：汉朝的都城长安或洛阳，这里是借指明代的都城北京。◎冠盖：本指官员的冠服和车乘，这里泛指高官显贵。◎怀抱：抱负。

五月十六夜，病中无聊，起来步月五首（录二）

南宋·杨万里

夏日虽炎夜却清，四更还更胜三更。
露从玉兔须根落，风在银河浪底生。

道是月明星更稀，阿瞒此句未为奇。
今宵斗柄也不见，一镜孤光天四垂。

◎步月：月下散步。◎更：古代夜间的计时单位，一夜分为五更，每更两小时。三更为二十三点至凌晨一点，四更为凌晨一点至凌晨三点。◎玉兔：神话中月宫的白兔。◎“道是”二句：曹操《短歌行》：“月明星稀，乌鹊南飞。”阿瞒，曹操的小字。◎斗柄：北斗七星的第五星至第七星，形如酒斗之柄，故云。◎镜：指圆月。

明·蓝瑛《松萝晚翠图》

五月十七日冒暑报谒

南宋·张九成

炎热不可触，报谒当及时。
登车汗如洗，黾勉将何之。
城隅行诘屈，路转沿江湄。
仰看山列黛，俯瞰水沦漪。
心宽天地大，思远云雾披。
犹如尘土中，忽见元紫芝。
暑气眇何许，清凉今在兹。
客子且休辔，与汝同此嬉。
人生贵自适，奔走亦奚为。

◎报谒：回访。◎触：触犯，冒犯。王安石《寄杨德逢》："炎天不可触。"◎黾勉：勉力，尽力。◎何之：之何，往哪里去。◎城隅：城角。◎诘屈：曲折。◎江湄：江岸。◎列黛：黛为青黑色，多形容山色；列黛指群山罗列。◎沦漪：同"沦猗"，水生微波。《诗经·魏风·伐檀》："河水清且沦猗。"◎云雾披：指云雾消散。高峤《晦日重宴》："别有陶春日，青天云雾披。"◎尘土：比喻庸俗肮脏的尘世。◎元紫芝：元德秀，字紫芝，唐玄宗时人。家贫，求为鲁山令。去职后，爱陆浑佳山水，乃居之，陶然弹琴以自娱。宰相房琯叹曰："见紫芝眉宇，使人名利之心都尽。"（参《新唐书·卓行传》）◎眇：稀少，微弱。◎在兹：在此。◎客子：游子。◎休辔：辔是马缰绳，休辔犹言驻马不行。◎自适：悠然闲适而自得其乐。◎奚为：何为，意即为什么、图什么。

清・王翚《仿巨然溪山雨霁图》

大雨十日不止，五月十八日晚始霁

北宋·张耒

昊穹忽悔祸，淫雨霁今夕。
峰岭舒紫翠，云天丽金碧。
深蛙鸣远池，凉叶坠余滴。
漏屋百不忧，宵眠始安席。

◎霁：雨雪停歇，天气放晴。◎昊穹：苍天。◎淫雨：过度、无节制为“淫”，淫雨即久雨。◎“峰岭”二句：写雨后的天光山色。◎百不忧：全不忧。杜甫《徐卿二子歌》：“吾知徐公百不忧，积善衮衮生公侯。”◎安席：安眠。

五月十九日大雨

明·刘基

风驱急雨洒高城，云压轻雷殷地声。

雨过不知龙去处，一池草色万蛙鸣。

◎殷：震动。高适《塞下曲》："万鼓雷殷地，千旗火生风。"◎"雨过"句：龙为神话中的司雨之神，故云。

甲辰五月二十日绝笔

清·翁同龢

六十年中事，凄凉到盖棺。
不将两行泪，轻为汝曹弹。

◎甲辰：干支纪年，即清光绪三十年（一九〇四）。◎绝笔：临终前写下的文字、作品等。◎“六十”二句：翁同龢少年成名，咸丰六年（一八五六）中状元，作为同治、光绪两朝帝师，他先后任刑部尚书、户部尚书、军机大臣兼总理衙门大臣等要职，是晚清军政事务的重要参与者。中日《马关条约》签订后，国事日危，翁同龢向光绪举荐康有为，并支持光绪变法维新。一八九八年戊戌政变失败，翁同龢被慈禧太后授意革职回乡，永不叙用，数年后死去。六十年中事，既是指翁同龢从参加科举到去世这一生中的大事，也是指半个多世纪以来“内忧外患”的晚清国事，皆包含在“凄凉”二字中。盖棺，对去世的婉称。◎汝曹：汝辈，你们。

清·王翚《柳岸江洲图》

五月二十一日晓登吴山，有晴意，复泛舟入西湖，遂大霁

清·阮元

破晓登吴山，来风力尚微。
扁舟入西湖，泠然吹我衣。
西北双峰高，雨气犹霏霏。
东南倚山郭，隐隐明朝晖。
飒然长风至，与波相因依。
初日忽潋滟，败云自翻飞。
柔橹划清朗，照见山四围。
江湖卑湿气，廓然空所归。
归来日未午，园林地渐晞。
抚我壁上琴，燥气生金徽。

◎吴山：在今浙江杭州西湖东南，俗称城隍山。◎破晓：天刚亮。◎泠然：寒凉貌。◎霏霏：雨雪等盛密貌。◎朝晖：早晨的阳光。◎飒然：形容沙沙的风声。◎因依：依傍。◎潋滟：光耀貌。◎廓然：阻滞尽除貌。◎晞：干。◎金徽：镶嵌在琴面上的圆形音位标识。

丙戌五月二十二日昼寝，梦亡妻谢氏同在江上早行，忽逢岸次大山，遂往游陟。予赋百余言，述所睹物状，及寤，尚记句有“共登云母山，不得同宫处”，仿像梦中意，续以成篇

北宋·梅尧臣

昼梦与予行，早发江上渚。
共登云母山，不得同宫处。
何嗟不同宫，似所厌途旅。
树杪俯乌巢，坼鷇方仰乳。
雄雌更守林，号噪见飞鼠。

◎丙戌：干支纪年，即宋仁宗庆历六年（一〇四六）。◎昼寝：白天睡觉。◎亡妻谢氏：梅尧臣的原配夫人谢氏逝世于宋仁宗庆历四年（一〇四四），她与梅尧臣感情深笃，梅尧臣曾写有许多诗篇怀念她。◎岸次：岸边。◎游陟：游历。◎物状：事物的形状。◎寤：睡醒。◎处：居住。◎仿像：模仿。◎嗟：嗟叹，感叹。◎厌：嫌恶。◎树杪：树梢。◎俯：潜伏，隐藏。◎乌巢：乌鸦窝。◎“坼鷇”句：破壳而出的鸦雏，正嗷嗷待哺。坼，裂开；鷇，鸟蛋；方，才，刚刚。梅尧臣《鸭雏》：“三旬鷇既坼，乳毛寒胫短。”◎更：轮流。◎飞鼠：即鼯鼠，外

鼠惊竖毛怒，袅枝如发弩。

逡巡吼风云，远望射岩雨。

东南横虹霓，万壑水喷吐。

下寻归路迷，欲暮各愁语。

忽觉皆已非，空庭日方午。

形似松鼠，前后肢间有飞膜，可以借以在树林间滑行。◎袅枝：绕枝。白居易《晚题东林寺双池》："袅枝翻翠羽，溅水跃红鳞。"◎发弩：谓迅疾如射弩。◎"逡巡"二句：谓顷刻之间风吼云涌，山中下起雨来。逡巡，指极短的时间；岩雨，山雨。陈子昂《万州晓发放舟乘涨还寄蜀中亲朋》："空蒙岩雨霁，烂熳晓云归。"◎虹霓：雨后或日出没前后天空中出现的七色圆弧。常有内外二环，内环为虹，外环为霓。◎壑：山谷，沟壑。◎欲暮：指天色将晚。◎觉：睡醒。◎空庭：幽寂的庭院。◎午：正午，中午。

五月廿三日大雨四五寸志喜

清·赵翼

正插秧时大雨来，绿禾高下一齐栽。
吴侬相见无他语，万口同声大发财。

四野翻犁尽叱犍，悬知天亦恤民艰。
向来错仅屯膏虑，只道天公不破悭。

◎插秧：把水稻的秧苗栽到稻田里。◎吴侬：吴地（按：包括今天的江苏、上海大部和安徽、浙江、江西的一部分）之人自称“我侬”，称他人“渠侬”“他侬”，故以“吴侬”借指吴人。◎无他语：没有别的话。◎四野：四方，四处。◎翻犁：用犁翻松土地。◎叱犍：呵斥耕牛。◎悬知：料想。◎恤：体恤，怜惜。◎向来：从前，过去。◎屯膏：《易经·屯卦》：“九五，屯其膏。”屯，吝啬；膏，恩泽。后因以“屯膏”谓恩泽不施于下。◎天公：老天爷。◎破悭：本指让悭吝之人花钱，破费，这里指下雨。孙应时《和陈及之》：“且喜雨来天破悭。”

五月二十四日过高邮三沟

北宋·梅尧臣

甲申七月七，未明至三沟。
先妻南阳君，奄化向行舟。
魂去寂无迹，追之固无由。
此苦极天地，心瞀肠如抽。
泣尽泪不续，岸草风飕飕。
树僵尚疑生，大呼声裂喉。
柁师为我叹，挽卒为我愁。
戊子夏再过，感昔涕交流。
恐伤新人心，强制揩双眸。
未及归旅榇，悲恨何时休。

◎高邮：今属江苏。◎“甲申”等四句：甲申年即宋仁宗庆历四年（一〇四四），这一年的七月七日，梅尧臣途经高邮的三沟，原配夫人谢氏病逝于此。南阳君，即南阳县君，谢氏的封号；奄化，逝世。◎无由：没有门径，没有办法。◎瞀：瞀乱，昏乱。王维《宋进马哀词》：“心瞀乱兮重昏。”◎树僵：树当作拊（据朱东润《梅尧臣集编年校注》引夏敬观的考证），拊僵即抚摩（亡妻的）尸身。◎柁师：船上掌舵的人。“柁”同“舵”。◎挽卒：纤夫。◎戊子：戊子年即庆历八年（一〇四八）。◎涕：眼泪。◎新人：指续弦的妻子刁氏。◎双眸：双眼。◎旅榇：客死者的灵柩。

清・王原祁《墨笔仿巨然山水图轴》

五月二十五日随驾发畅春苑，晚至汤山，马上口占四首（录一）

清·查慎行

炎景当空日正长，潺潺汤峪水如汤。
泉源万斛皆天泽，化作人间六月凉。

◎随驾：伴驾，跟随帝王左右。清康熙四十二年（一七〇三）五月，查慎行作为康熙皇帝的词臣，随驾幸承德避暑山庄，本诗作于这次出行的第一天。◎畅春苑：即畅春园，清代的皇家园林，康熙皇帝常居于此，其旧址位于今北京大学西侧一带。◎汤山：即今北京市昌平区的小汤山，其山麓多温泉，清代在此建有行宫。◎口占：又叫"口号"，指作诗时随口吟成，不打草稿。◎炎景：炎热的日光。◎汤峪：指汤山的山谷，而本句后一个汤字是指热水。◎泉源：水的源头。◎万斛：斛是古代的容量单位，一斛十斗，后改为五斗；万斛是言其多。语本苏轼《文说》："吾文如万斛泉源，不择地而出。"◎天泽：上天的恩泽。

五月二十六日喜雨

清·查慎行

前夕斋坛撤醮回，西郊今日忽闻雷。
一轩傍水看云起，万木无风待雨来。
圣与天通终应祷，人言旱久未成灾。
愿敷甘泽沾濡意，肤寸崇朝遍九垓。

◎斋坛：帝王祭祀天地之所。◎撤醮回：指祭祀完毕。醮，祈祷神灵的祭礼。◎敷：布施。◎甘泽：甘雨。◎沾濡：浸润，这里指甘霖普降。◎“肤寸”句：张九龄《和崔尚书喜雨》：“直颂皇恩浃，崇朝遍九垓。”肤寸，下雨前渐聚的云气；崇朝，同“终朝”，这里是形容时间很快，犹言一个早晨；九垓，中央至八极之地，借指全国。

五月二十七夜飓风作屋漏

明·陈献章

灯残四壁漏痕斜，老屋回风落细沙。
乾坤更有晴明日，为报家人莫怨嗟。

◎作：发作，兴起。◎灯残：灯火将熄。◎漏痕：指屋壁因刮大风而产生的裂痕。◎回风：旋风。◎乾坤：天地。◎为报：请告诉。◎怨嗟：怨恨叹息。

元·王蒙《溪山风雨图册》之一

五月二十八日四绝（录二）

南宋·舒岳祥

蜂影过窗急，雏声出树繁。
经时不吐句，此日独窥园。

雨来元有路，风过本无痕。
小立清溪曲，欹眠白石根。

◎经时：历久，即经历很长时间。◎吐句：指作诗吟句。◎窥园：观赏园景。典出《汉书·董仲舒传》："（董仲舒）下帷讲诵，弟子传以久次相授业，或莫见其面。盖三年不窥园，其精如此。"◎元有：原有，本有。◎小立：暂立。◎清溪曲：指溪流迂回曲折的地方。柳宗元《夏初雨后寻愚溪》："悠悠雨初霁，独绕清溪曲。"◎欹眠：斜靠而睡。◎白石根：指岩石的底部。杜甫《别李义》："老夫困石根。"

明·董其昌《潇湘白云图》

为允斋书扇，便作一诗

清·王闿运

十日蒙蒙雨似春，伏前添制夹衣新。
鲥来已卖鱼苗尽，鹃老仍撩燕语频。
无客尽容苔上坐，洒床微讶竹欺人。
痴龙莫道甘霖遍，蓟北江东苦剧尘。

◎据王闿运《湘绮楼日记》，本诗作于清光绪十七年（一八九一）五月二十九日。允斋，不详何人。书扇，指在扇子的扇面上题字。◎蒙蒙：烟雨迷茫貌。◎伏：伏日，三伏的总称，一年中最热的时候。“三伏”可参见四月二十八日诗注。◎夹衣：指有里有面的双层衣服。陈起《消遣》：“夜雨生寒换夹衣。”◎鲥：鲥鱼，一种名贵的食用鱼。◎鹃：杜鹃鸟。◎燕语：燕子的鸣叫声。◎“无客”句：因无客来访，也就听凭苔藓蔓延到座位上。坐，同座。◎“洒床”句：竹叶上的积水，随风飘洒在床上，诗人微微惊讶之余，认为竹子也未免太欺负人了，当然这只是一种诙谐的写法。此时王闿运正在湖南衡阳主持船山书院，书院僻处城外湘江中的东洲岛上，颈联二句道出诗人当时居所的幽寂。◎痴龙：对负责降雨的龙王爷的戏称。痴，愚笨。◎莫道：不要说。◎甘霖：甘雨，适时的好雨。◎蓟北江东：泛指全国各处。蓟北，今河北北部一带；江东，指长江下游的南岸地区。◎苦剧尘：指以飞扬暴烈的尘土为苦。剧，巨大，繁多。

谢顾良弼、李世贤携酒过访五月晦

明·吴宽

初伏将临日正长，肩舆同约到茅堂。
远林忽辱来公子，小圃翻能致辟疆。
花下扶筇临乱石，藤阴移席避斜阳。
幽居无物相延款，绿树成行晚更凉。

◎顾良弼：顾佐，字良弼，明宪宗成化五年进士，历任刑部主事、左副都御史等职。◎李世贤：李杰，字世贤，成化二年进士，历任翰林院编修、南京礼部侍郎等职，曾与吴宽等为“五同会”。◎过访：指登门拜访。◎晦：晦日，农历每月的最后一天。◎初伏：参见《四月二十八日起，屡赐鲜笋、青梅、鲥鱼、枇杷、杨梅、雪梨、鲜藕》诗注。◎肩舆：谓乘坐轿子。◎茅堂：茅草盖的屋舍，对自己居处的谦称。◎“远林”句：诗人自注：“老杜《夏日李公见访》诗：‘远林暑气薄，公子过我游。’”老杜即杜甫；辱，谦辞，犹言承蒙。◎“小圃”句：诗人自注：“吴中有顾辟疆园，王献之径造。”按：自注提到的典故见《世说新语·简傲》，谓东晋顾辟疆有名园，著名书法家、名士王献之曾慕名造访。翻，副词，反而；致，达到，臻于。颔联二句大意是说，能承蒙顾、李二位大驾光临，自己小园圃蓬荜生辉，简直快赶上东晋时的名园辟疆园了。◎扶筇：扶杖。筇，竹名，适合制作手杖。◎幽居：僻静的居所。◎延款：接纳款待。

明·佚名《五同会图卷》

六月

明·项圣谟《孤山放鹤》

六月一日同姜白石泛湖

南宋·葛天民

六月西湖带雨山，小舟终日傍鸥闲。
风烟如许关情甚，宾主相推下语难。
几点送君归大雅，一凉今夜满长安。
江湖远思知多少，归去风前各倚栏。

◎姜白石：即姜夔（号白石道人），南宋著名词人。◎关情：牵动情怀。◎相推：相互推让。◎几点：谓雨。◎大雅：诗歌之正声，这里是夸赞姜夔的诗作。◎长安：代指南宋都城临安（今浙江杭州）。

（传）南宋·李唐《坐石看云图》

六月二日之夜复得小雨，而阴云四布，其势似犹未止，口占待之

清·赵翼

一雨群情散郁陶，尚愁河浅不容刀。
人如卖菜每求益，天肯发棠宁惮劳。
三百禾困殷望岁，十千耕耦待分曹。
痴翁却被山妻笑，一夕看云起几遭。

◎口占：指作诗时随口吟成，不打草稿。◎群情：众人的情绪。◎散郁陶：指忧郁的情绪消散。◎“尚愁”句：《诗经·卫风·河广》：“谁谓河广，曾不容刀。”刀，通“舠”，小船。◎“人如”句：原诗中“卖”似应作“买”，是说人们渴求雨水，如同买菜的人一样争多论少。“买菜求益”语本《高士传·严光》，益，增加。◎“天肯”句：老天爷不肯继续降下甘霖，难道是害怕劳累吗？肯，即不肯；发棠，本指开仓赈灾（孟子劝齐宣王发放棠邑的积谷以赈济灾民，见《孟子·尽心下》），这里指降雨；宁，岂，难道。◎三百禾困：三百言其多；禾困是偏正结构，偏指困，本义是圆形粮仓。语本《诗经·魏风·伐檀》：“不稼不穑，胡取禾三百困兮？”◎殷望岁：殷切地盼望丰收。◎十千耕耦：十千，即万人，这里是虚指；耕耦，即耦耕，指两人并肩用犁耕地，也泛指进行农活。语本《诗经·周颂·噫嘻》：“亦服尔耕，十千维耦。”◎分曹：分对。因耦耕时，需要二人并耕，故云。◎痴翁：愚翁，诗人的自称。◎山妻：对妻子的谦称。◎看云：指通过观看天上的云，来预判天气的变化。◎几遭：几回。

南宋·马麟《荷香清夏图》

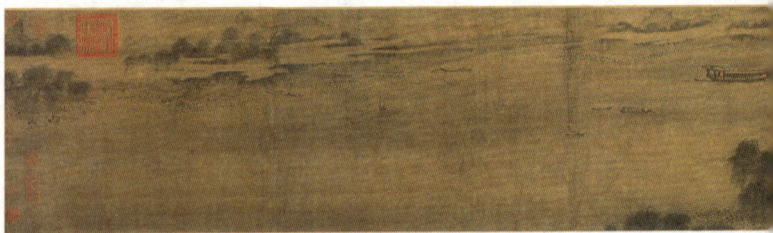

六月三日夜闻蝉

唐·白居易

荷香清露坠，柳动好风生。
微月初三夜，新蝉第一声。
乍闻愁北客，静听忆东京。
我有竹林宅，别来蝉再鸣。
不知池上月，谁拨小船行。

◎微月：新月，农历月初的月亮。◎“乍闻”二句：本诗作于唐敬宗宝历二年（八二六），此时诗人在苏州刺史任上。“北客”为诗人自指，“东京”指东都洛阳。◎竹林宅：指诗人在洛阳的宅子。◎“不知”二句：参见白居易《池上篇》：“十亩之宅，五亩之园。有水一池，有竹千竿。……有堂有亭，有桥有船。”

六月初四日往云际院，田间雨足，喜而赋之

南宋·杨万里

高下田畴水斗鸣，泥深路滑不堪行。
请君听取行人语，只个愁声是喜声。

去年今日政迎神，祷雨朝朝祷得晴。
今岁神祠免煎炒，更饶箫鼓赛秋成。

◎云际院：即云际寺，在诗人家乡（今江西吉水）。◎田畴：田地。◎行人：行旅之人。◎只个：如此，这般。◎政：通“正”。◎“今岁”句：意谓今年雨足，不必再准备祭品求雨。◎饶：另外增添。◎箫鼓：泛指乐奏。◎赛秋成：为庆祝既将到来的收获而祭神还愿。

元·倪瓒《容膝斋图》

六月五日偶成

元·倪瓒

坐看青苔欲上衣，一池春水霭余辉。
荒村尽日无车马，时有残云伴鹤归。

◎“坐看”句：贯休《春末寄周琏》：“寂寥莓翠上衣巾。”◎霭：笼罩貌。◎尽日：整日，终日。

六月六日夜

南宋·陈与义

蕴隆岂不坏，凉气亦徐还。
独立清夜半，疏星苍桧间。
晦明莽相代，天地本长闲。
四顾何寥落，微风时动关。

◎蕴隆：暑气郁积而隆盛。◎徐还：徐来，轻缓吹来。◎“晦明”句：晦明指黑夜与白昼。《庄子·齐物论》：“日夜相代乎前而莫知其所萌。”◎寥落：冷清，孤寂。◎动关：吹动门户。关指门闩，门扇。

六月七日，泊金陵阻风，得钟山泉公书，寄诗为谢

北宋·苏轼

今日江头天色恶，炮车云起风欲作。
独望钟山唤宝公，林间白塔如孤鹤。
宝公骨冷唤不闻，却有老泉来唤人。
电眸虎齿霹雳舌，为余吹散千峰云。
南行万里亦何事，一酌曹溪知水味。
他年若画蒋山图，为作泉公唤居士。

◎金陵：今江苏南京。宋哲宗绍圣元年（一〇九四）六月，苏轼被贬为宁远军节度副使，惠州（今属广东）安置。六月七日途经金陵，作此诗。◎钟山：即紫金山，在今南京市东北。◎泉公：即佛慧禅师，名法泉，此时住钟山。◎炮车云：一种预示暴风雨将来的云。查慎行《苏诗补注》引《王直方诗话》：“舟人占云，若炮车起，急避之。”◎宝公：指南朝梁高僧宝志，曾驻锡于钟山。◎老泉：钟山佛慧禅师，即诗题中提到的“泉公”。◎曹溪：在今广东韶关。六祖慧能曾在曹溪宝林寺演法，是南宗禅的发源地，后即以“曹溪水”喻佛法。◎蒋山：即钟山。◎居士：诗人自称。

宋·佚名 《宋人人物》

六月八日山堂试茶

北宋·蔡襄

湖上画船风送客，江边红烛夜还家。
今朝寂寞山堂里，独对炎晖看雪花。

◎山堂：即有美堂，在杭州吴山之上，今已不存。◎试茶：品茶。蔡襄不仅是北宋著名的书法家，也是一位茶学家，著有《茶录》。◎炎晖：炎热的阳光。◎雪花：指茶汤。苏轼《和钱安道寄惠建茶》："雪花雨脚何足道，啜过始知真味永。"

清·高凤翰《荷花图》

六月九日晓登连天观

南宋·杨万里

小立层台岸幅巾，雏莺作伴更无人。
晓风草草君知么？不为高荷惜水银。

◎连天观：在广州。诗人时任提举广东常平茶盐公事。◎岸幅巾：掀起幅巾（古时的一种头巾），露出前额，形容态度洒脱不羁。◎草草：草率。◎水银：比喻荷叶上滚动的水珠。施肩吾《夏雨后题青荷兰若》："微风忽起吹莲叶，青玉盘中泻水银。"

南宋·马麟《秉烛夜游图》

六月十日中伏，玉峰园避暑值雨

北宋·文同

南园避中伏，意适晚忘归。
墙外谷云起，檐前山雨飞。
兴余思秉烛，坐久欲添衣。
为爱东岩下，泉声通翠微。

◎中伏：参见《四月二十八日起，屡赐鲜笋、青梅、鲥鱼、枇杷、杨梅、雪梨、鲜藕》诗注。◎意适：心情舒畅。◎翠微：泛指青山。

六月十一日纪寒作

清·袁枚

六月披裘者，高风恐未真。
今年三伏日，沿路见斯人。
无定炎凉事，难调老病身。
箧中纨扇泣，时过尚横陈。

◎“六月”句：典出王充《论衡·书虚》。春秋时，吴国的延陵季子有一次出游，见到有遗落在地上的金子。这时正当五月（按：袁枚诗作六月，或为误记），季子看到有一个披着裘皮大衣的樵夫，就叫住他，让他把地上的金子拿走。樵夫很不高兴，说道：“吾当夏五月，披裘而薪，岂取金者哉？”（更早的出处见于《韩诗外传》卷十，但并未提到故事发生的月份）◎高风：指披裘者的风操，气节。◎三伏：参见《四月二十八日起，屡赐鲜笋、青梅、鲥鱼、枇杷、杨梅、雪梨、鲜藕》诗注。◎斯人：这样的人，指大夏天还身着厚衣的人。◎无定：没有定准。◎难调：难以调理。◎“箧中”二句：汉代班婕妤的《怨歌行》，写到纨扇“常恐秋节至，凉风夺炎热。弃捐箧笥中，恩情中道绝”，是说“秋扇见弃”；而袁枚借此发挥，写了“夏扇见弃”，说今年夏季寒冷反常，时令已过，扇子还被弃置在箱子里，只好独自哭泣难过。箧，小箱子；纨扇，绢制的团扇；横陈，横躺，横列。

六月十二日，酒醒步月，理发而寝

北宋·苏轼

羽虫见月争翾翾，我亦散发虚明轩。
千梳冷快肌骨醒，风露气入霜蓬根。
起舞三人漫相属，停杯一问终无言。
曲肱薤簟有佳处，梦觉琼楼空断魂。

◎理发：梳理头发。◎“羽虫”二句：语本杜甫《夏夜叹》：“昊天出华月，茂林延疏光。仲夏苦夜短，开轩纳微凉。虚明见纤毫，羽虫亦飞扬。”翾翾，翻飞；虚明，空透明亮。◎霜蓬：指散乱的白发。◎“起舞”二句：李白诗“举杯邀明月，对影成三人……我歌月徘徊，我舞影零乱”（《月下独酌》），“青天有月来几时，我今停杯一问之”（《把酒问月》），此处化用其语意。相属，互相劝酒。◎曲肱：弯臂以为枕。◎薤簟：用薤编成的席子。白居易《寄李蕲州》：“笛愁春尽梅花里，簟冷秋生薤叶中。”原注：“蕲州出好笛，并薤叶簟。”

去年久旱，六月十三日入境得雨；今年复旱，得雨亦六月十三日也

北宋·曾巩

去年六月焦原雨，入得东州第一朝。
今日看云旧时节，又来农畔听萧萧。

◎焦原：干旱的土地。◎东州：指齐州，即今山东济南。曾巩当时在齐州知州任上。◎农畔：田界，借指田间。◎萧萧：风雨声。

六月十四日宿东林寺

南宋·陆游

看尽江湖千万峰，不嫌云梦芥吾胸。
戏招西塞山前月，来听东林寺里钟。
远客岂知今再到，老僧能记昔相逢。
虚窗熟睡谁惊觉，野碓无人夜自舂。

◎东林寺：在今江西庐山，为东晋高僧慧远所创建，是佛教净土宗的发源地。◎“不嫌”句：语本司马相如《子虚赋》：“彷徨乎海外，吞若云梦者八九于其胸中，曾不蒂芥。”不嫌，不介意；云梦，云梦泽，古时湖湘一带的大水泽。◎西塞山：在今湖北省黄石市东，长江南岸边。◎“远客”二句：据陆游《入蜀记》，他于宋孝宗乾道六年（一一七〇）入蜀途中，曾游览庐山，借住东林寺。宋孝宗淳熙五年（一一七八）六月，陆游自蜀东归，再到东林寺，已相隔八年了。◎野碓：山野中的水碓（一种利用水力舂米的工具）。

南宋・李唐《长夏江寺图》

清·龚贤《夏山过雨图》

六月十五日诣水公庵雨作

南宋·朱熹

云起欲为雨，中川分晦明。
才惊横岭断，已觉疏林鸣。
空际旱尘灭，虚堂凉思生。
颓檐滴沥余，忽作流泉倾。
况此高人居，地偏园景清。
芳馨杂悄蒨，俯仰同鲜荣。
我来偶兹适，中怀澹无营。
归路绿泱漭，因之想岩耕。

◎中川：江中。◎分晦明：因乌云遮盖与否，而分出明暗。◎“才惊”二句：写夏雨之急骤。◎虚堂：高堂，大堂。◎滴沥：象声词，水下滴声。◎悄蒨：草木鲜明貌。◎兹适：即适兹，来到这里。◎中怀：心中。◎无营：无所求。白居易《咏怀》：“行立与坐卧，中怀澹无营。”◎泱漭：浓郁貌。◎岩耕：躬耕于山林，借指隐居。

南宋·卫昇《写生紫薇》

六月十六日宣锁

南宋·洪咨夔

禁门深钥寂无哗，浓墨淋漓两相麻。
唱彻五更天未晓，一池月浸紫薇花。

◎宣锁：宋时凡起草拜宰相和其他重大事项的诏书，例由皇帝当晚面谕当直翰林学士官，归院后，令内侍锁学士院，禁止出入。天明前由人将草拟诏书呈送皇帝，俟当日晨宣读后，方可开院。这被称作“宣锁”。◎禁门：宫门。◎钥：锁闭。◎相麻：唐宋时，拜相的诏书例用白麻纸书写，故称。◎“唱彻”句：五更天时，宫中专管更漏之人（即所谓“鸡人”）高声报晓，以警百官。王维《和贾舍人早朝大明宫之作》：“绛帻鸡人报晓筹。”◎一池月：写月华如一池清水。◎紫薇花：落叶小乔木，夏秋之间开花，花为淡红紫色或白色。唐代白居易为中书舍人（负责草拟诏令，别称“紫微郎”）时，入值宫中，写有一首《紫薇花》：“丝纶阁下文书静，钟鼓楼中刻漏长。独坐黄昏谁是伴，紫薇花对紫微郎。”洪咨夔“宣锁”时的情境，与白居易写《紫薇花》时极为相似，本诗末句或有白诗的影子。

六月十七日昼寝

北宋·黄庭坚

红尘席帽乌靴里，想见沧洲白鸟双。
马龁枯萁喧午枕，梦成风雨浪翻江。

◎昼寝：这里指午睡。◎“红尘”二句：大意谓自己浮游宦海，混迹红尘，心中仍向往归隐水滨的生活。席帽乌靴，指官服；沧洲，滨水处，借指隐士居处。◎“马龁”二句：任渊注：“闻马龁草声，遂成此梦也。……以言江湖之念深，兼想与因，遂成此梦。”龁，咬嚼；枯萁，枯萎的豆秸。

六月十八日夜大暑

北宋·司马光

老柳蜩螗噪，荒庭熠燿流。
人情正苦暑，物态已惊秋。
月下濯寒水，风前梳白头。
如何夜半客，束带谒公侯。

◎蜩螗：蝉的别名。◎荒庭：荒芜的庭院。◎熠燿：这里指萤火虫。
◎苦暑：苦于暑热。◎濯：洗。◎束带：整饬服饰。◎谒：进见。

六月十九日

清·王昶

山椒作雨山头雪，脚底惊雷山欲裂。
如墨浓云泼面来，电光一线从中掣。
似同巨炮斗神威，却与昨朝湔战血。
西峰忽见掩金乌，东岭犹看挂雌蜺。
飞雹宁容雕鹗藏，回飙半觉杉櫧折。

◎山椒：山陵（按：《汉书·外戚传上》："释舆马于山椒兮。"颜师古注引孟康曰："山椒，山陵也。"又，《文选·谢庄〈月赋〉》："菊散芳于山椒。"李善注："山椒，山顶也。"但与"山头"的意思重复，故不从此注）。◎掣：疾飞。萧纲《金錞赋》："野旷尘昏，星流电掣。"◎湔战血：周武王征商遇雨，认为是上天为其洗刷兵器，见刘向《说苑·权谋》，这里化用此典。刘禹锡《城西行》："雨洗血痕春草生。"湔，洗涤。◎金乌：传说中太阳中有三足乌，因用作太阳的代称。掩金乌，即太阳落山。◎雌蜺：日光与水气相映，呈现在天空中的弧形彩色光带叫作虹蜺。虹蜺常有内外二环，内环称虹，也称正虹或雄虹；外环称蜺，也称副虹或雌蜺。◎宁容：岂容，不容。◎雕鹗：泛指猛禽。◎回飙：旋转

横空积雾晦东西，转瞬严寒变炎热。
天识诗人例选懦，故教绝景供饕餮。
直疑大壑起蛟螭，俯视尘寰信蠓蠛。
黄昏开霁月徐生，隐约南箕仍翕舌。

的狂风。◎杉槠：两种常绿乔木。◎积雾：浓雾。◎晦：掩蔽，使之昏暗。◎例：大抵，通常。◎选懦：柔弱怯懦。选，通“巽”。◎教：令，让。◎饕餮：本义是传说中一种贪食而凶残的怪物，后借指贪婪地吞食。陆游《山行》：“山光秀可餐。”◎大壑：大海。◎蛟螭：蛟龙。◎尘寰：指人间。◎信：果真，的确。◎蠓蠛：即蠛蠓，一种身体微细的昆虫。◎开霁：放晴。◎徐生：徐徐出现。◎南箕：即箕宿，夏秋之间见于南方，形如簸箕，所以叫南箕。◎翕舌：语本《诗经·小雅·大东》：“维南有箕，载翕其舌。”高亨注：“翕，缩也。箕的前面部分叫做舌，箕的舌是向里缩的。”

六月二十日夜渡海

北宋·苏轼

参横斗转欲三更，苦雨终风也解晴。
云散月明谁点缀？天容海色本澄清。
空余鲁叟乘桴意，粗识轩辕奏乐声。
九死南荒吾不恨，兹游奇绝冠平生。

◎夜渡海：宋哲宗元符三年（一一〇〇），哲宗病死，苏轼自海南岛遇赦北还，此时诗人已年过花甲。海，指琼州海峡。◎参横斗转：参、斗，都是二十八星宿之一；横、转，指星宿的位置移动。◎“苦雨”句：久雨暴风也有放晴之时，这句既是写天时，也是暗指朝政。解，明白，解悟。◎“云散”二句：东晋时司马道子夜坐，见“天月明净，都无纤翳……叹以为佳”，而谢重却认为“不如微云点缀”，司马道子则说：“卿居心不净，乃复强欲滓秽太清邪？”（《世说新语·言语》）这里化用此典，上句是指斥弄权的小人，此时已如乌云吹散；下句是表明自己人品的高洁。◎鲁叟：鲁国的老叟，指孔子。◎乘桴：乘坐竹木小筏。孔子曾说：“道不行，乘桴浮于海。”（《论语·公冶长》）◎轩辕：上古帝王黄帝。传说他姓公孙，名轩辕。◎奏乐：传说黄帝曾“张咸池之乐于洞庭之野”（《庄子·天运》），这里是比喻海涛声。◎“九死”句：屈原《离骚》：“亦余心之所善兮，虽九死其犹未悔。”◎兹游：这次游历。这里不仅是指夜渡海峡，还应该包含诗人在海南度过的数年流放生活。

六月二十一日大雨，数里外旱如故，是岁淮浙皆大旱

元·汪炎昶

见说他州旱，孤怀尚惨然。
泉浤分脉细，稻垅斸泥坚。
墟落才连壤，阴晴若异天。
苍茫千里隔，甘泽固应怜。

◎是岁：这一年。◎见说：听说。◎他州：别的州。◎孤怀：孤傲高洁的情怀。◎泉浤：指泉源，水潭。浤，同“泓”。◎脉：泉脉，指伏行于地下的水流，因形如人体脉胳，故名。◎斸：挖。◎墟落：村落。◎连壤：接壤，交界。◎苍茫：广阔貌。◎甘泽：甘雨，指适时的好雨。

六月廿二夜热不能寐，五更起步庭下，徘徊到晓

清·查慎行

夜热不成眠，展转达五更。
开门上残月，适与微风迎。
大火将西流，银河去无声。
林亭散疏影，露叶涵虚明。
薨薨羽虫飞，喔喔村鸡鸣。
身如闲草木，受此旦气清。

◎寐：睡着。◎展转：翻身貌。◎适：正好，恰好。◎“大火”句：大火，即心宿。西流，指偏西向下。杜甫《立秋雨院中有作》：“山云行绝塞，大火复西流。”◎薨薨：虫飞声。《诗经·齐风·鸡鸣》：“虫飞薨薨，甘与子同梦。”◎旦气：清晨的空气。

六月二十三日立秋

南宋·杨万里

暑中剩喜立秋初，特地西风半点无。
旋汲井花浇睡眼，洒将荷叶看跳珠。

◎立秋：二十四节气之一，一般在农历七月初，但有的年份也会早至农历六月。◎剩喜：即甚喜，非常欣喜。◎特地：特别，格外。◎旋：随即，立即。◎汲：从井中打水。◎井花：井花水，又作“井华水”，指清晨初汲之水。李时珍《本草纲目》引汪颖曰：“平旦第一汲，为井华水，其功极广，又与诸水不同。”

近现代·于非闇《荷塘蜻蜓图》

六月二十四日夜分，梦范致能、李知几、尤延之同集江亭，诸公请予赋诗，记江湖之乐，诗成而觉，忘数字而已

南宋·陆游

露箬霜筠织短篷，飘然来往淡烟中。
偶经菱市寻溪友，却拣蘋汀下钓筒。
白菡萏香初过雨，红蜻蜓弱不禁风。
吴中近事君知否？团扇家家画放翁。

◎夜分：夜半。◎范致能、李知几、尤延之：陆游的好友范成大（字致能）、李石（字知几）、尤袤（字延之）。本诗作于宋宁宗庆元二年（一一九六），陆游此时已年过古稀，这几位好友皆已去世。◎“露箬”二句：大意谓自己乘坐一叶短篷小舟，来往于烟云缭绕的江湖中。箬，指箬竹的叶子；筠，竹子的青皮。二者都是编织船篷的材料。◎菱市：卖菱角的集市。◎蘋汀：生蘋草的浅水处。◎钓筒：毛竹制成的插在水里捕鱼的渔具。唐代陆龟蒙有《渔具诗·钓筒》。◎菡萏：荷花的别名。◎吴中：古代以吴兴、吴郡、会稽为“三吴”，此处指会稽（今浙江绍兴）。◎放翁：陆游的别号。

六月二十五日晓出郊

南宋·陆游

剑南作客岁再淹，正如病翼遭黐黏。
短衣射虎性所乐，不耐龌龊垂车幨。
今晨偶出得一快，欣然意若脱楚钳。
晓星已疏更磊磊，残月欲尽犹纤纤。
鸡鸣已与夜漏断，鸦起似逐朝阳暹。
扬鞭走马忘老惫，自笑狂疾何由砭。

◎“剑南”句：本诗作于宋孝宗淳熙元年（一一七四），诗人时任蜀州通判（蜀州的治所即今四川省崇州市，通判是州府的副长官）。从宋孝宗乾道六年（一一七〇）入蜀算起，除乾道八年曾在位于南郑（今陕西汉中市东，当时是南宋抗金前线）的四川宣抚使王炎的幕府任职数月，陆游在蜀中已历数年。剑南，本指唐代的剑南道（以位于剑阁之南得名），这里泛指蜀中；淹，淹留，滞留。◎“正如”句：黐同“黐”，木胶，可以黏物。韩愈《寄崔二十六立之》：“敦敦凭书案，譬彼鸟黏黐。”◎“短衣”句：陆游在诗词中常写到他在南郑军幕时，曾射虎、刺虎，后人亦有认为是文学夸张，并非写实（关于这些诗词的搜罗及考辨，可以参见钱仲联《剑南诗稿校注》第一册《书事》的注释，以及钱锺书《宋诗选注》关于陆游《醉歌》的注释）。本句的语典则源自杜甫《曲江三章章五句》：“短衣匹马随李广，看射猛虎终残年。”◎“不耐”句：南朝梁时名将曹景宗，性格粗豪，曾忆少年时，与同伴们骑马射猎，使人乐而忘死；后来做了大官，“路行开车幔，小人辄言不可；闭置车中，如三日新妇。遭此邑邑，使人无气”。（《梁书·曹景宗传》）不耐，不能忍受；龌龊，指拘于琐碎的小节；车幨，车四周的帷帐。◎得一快：谓一舒郁结的情怀。◎脱楚钳：西汉楚元王刘交敬重穆生，常设醴以待；到他的孙子刘戊即位，忘记设醴。穆生退曰：“可以逝矣！醴酒不设，王之意怠，不去，楚人将钳我于市。”（见《汉书·楚元王传》）钳是古代的一种刑法，指以铁器钳束人的颈项、手、足，“脱楚钳”意谓得获生天。王安石《和平甫舟中望九华山》（其一）：“近慕楚穆生，竟脱楚人钳。”◎磊磊：众多貌。◎纤纤：细微。◎夜漏：漏是古代的计时器，夜漏则指夜间的时刻。◎暹：指太阳升起。王安石《和平甫舟中望九华山》（其一）：“卧送秋月没，起看朝阳暹。”◎老惫：年老体乏。◎何由砭：犹言无可救药。砭是古代治病时用的石针、石片，这里引申为救治。

六月二十六日秀青亭初成，与客同集

南宋·张栻

亭成胜日好风光，佳客携将共一觞。
苍壁插空千古色，高松荫堤三伏凉。
网鱼缕脍寒水玉，剥莲煮鼎甘露浆。
便觉故园浑在眼，只应漓水似潇湘。

◎胜日：风光美好的日子。◎觞：饮。◎缕脍：将鱼肉细切成缕。◎寒水玉：形容缕脍后鱼肉的色泽。袁说友《泊吴江食莼鲈菰菜二首》："白雪堆盘缕脍鲈。"◎浑在眼：简直就在眼前。◎漓水：漓江。漓江属珠江水系，著名的桂林山水就在漓江上。张栻此时在静江（今广西桂林）知府任上，故拈出"漓水"二字。◎潇湘：潇水与湘水，借指今湖南地区。张栻是汉州绵竹（今属四川）人，生于今四川阆中；但他自幼即随父迁至永州（今湖南零陵），并在那里长大，后来更长期在潭州（今湖南长沙）的岳麓、城南两书院讲学。所以，张栻将"潇湘"视作自己的"故园"。

六月二十七日望湖楼醉书五绝（录二）

北宋·苏轼

黑云翻墨未遮山，白雨跳珠乱入船。
卷地风来忽吹散，望湖楼下水如天。

放生鱼鳖逐人来，无主荷花到处开。
水枕能令山俯仰，风船解与月徘徊。

◎本组诗作于宋神宗熙宁五年（一〇七二）杭州通判任上。望湖楼，在杭州西湖边，为五代时吴越王钱氏所建。◎“放生”句：北宋时，王钦若判杭州时，奏请西湖为放生池，禁止私捕，为皇帝祈福。◎“水枕”二句：钱锺书先生在《宋诗选注》中分析道：“躺在船里看山，不觉得水波起落，只见山头忽上忽下……‘水枕’等于‘载在水面的枕席’，正如下面一句的‘风船’等于‘飘荡在风里的船’。”

丁未六月廿八夜作

明·徐贲

西风作雨又仍休，卧起园斋夜更幽。
天黑露华凉不下，云疏河影淡还流。
阴虫齐响浑忘夏，落叶频飘预报秋。
乱后俄惊时节异，却将何计为消忧。

◎丁未：元末群雄并起，其中尤以陈友谅、朱元璋、张士诚等实力最强。元顺帝至正二十六年（一三六六）十一月，朱元璋的部下徐达围攻张士诚大周政权的都城平江（今江苏苏州），徐贲当时也被围城中。至第二年九月，平江城被攻破。徐贲此诗即作于城破前数月（丁未是干支纪年，即至正二十七年）。◎园斋：园中书斋。◎露华：清冷的月光。◎阴虫：指蟋蟀之类。颜延之《夏夜呈从兄散骑车长沙》："夜蝉当夏急，阴虫先秋闻。"◎浑忘：全然忘记。◎乱：兵乱，主要即指诗人这半年多所遭受的围城之苦。◎俄惊：忽惊。◎时节异：农历六月二十八日，已届夏秋之交，故云。

六月二十九日观雨

元·郭钰

青山山下是吾庐，六月丘园草尽枯。
凭仗西风吹雨去，官田今岁又添租。

◎丘园：指隐居之处。◎凭仗：依赖，凭靠。◎官田：属官府所有，由私人耕种而官府收租的田地。

北宋·范宽《溪山行旅图》

六月三十日水亭送华阴王少府还县得潭字

唐·岑参

亭晚人将别，池凉酒未酣。
关门劳夕梦，仙掌引归骖。
荷叶藏鱼艇，藤花罥客簪。
残云收夏暑，新雨带秋岚。
失路情无适，离怀思不堪。
赖兹庭户里，别有小江潭。

◎华阴：即今陕西华阴。◎王少府：岑参的好友王季友（参陈铁民、侯忠义《岑参集校注》；但陶敏等学者认为非是，参陶敏《全唐诗人名汇考》），岑参此时在虢州（治所在今河南灵宝）长史任上。少府，县尉的别称。◎得潭字：指众人分韵作诗，自己拈得的韵字为潭字。参见《三月三日宴王明府山亭得人字》。◎酣：畅快，尽兴。◎关：指潼关，在华阴东。◎仙掌：指华山（在华阴境内）的仙人掌峰。◎归骖：归车。骖，本指驾车时在两边的马。◎罥：挂。◎秋岚：秋日山林的雾霭。◎失路：喻不得志。◎无适：不快，不舒畅。◎不堪：不能承受。◎赖兹：幸亏有此。◎小江潭：或疑即岑参在虢州时屡及之南池。

七月

七月一日晓入太行山

唐·李贺

一夕绕山秋，香露溘蒙菉。
新桥倚云阪，候虫嘶露朴。
洛南今已远，越衾谁为熟。
石气何凄凄，老莎如短镞。

◎太行山：位于今山西与河北交界地区的重要山脉。唐宪宗元和九年（八一四），李贺从家乡昌谷（在今河南宜阳）出发赴潞州（治所在今山西长治），途经太行山作此诗。◎溘：附着。◎蒙菉：蒙即女萝、松萝，多附生在松树上的一种地衣类植物；菉即王刍，生长在草坡或阴湿地带的草本植物。◎云阪：被云气笼罩的山坡。◎候虫：应时而鸣的小虫，如蟋蟀、蝉等。◎露朴：带有露珠的丛生的林木。◎洛南：诗人的家乡昌谷在洛阳西南，故云。◎越衾：越地的布帛制作的衾被。◎熟：熟睡。因为要早起赶路，所以未能熟睡。◎凄凄：寒凉。◎莎：莎草，茎直立，三棱形。◎镞：箭头。

七月二日上沙夜泛

南宋·范成大

困倚船窗看斗斜，起来风露满天涯。
亭亭宿鹭明菰叶，闪闪凉萤入稻花。
月下片云应夜雨，山根炬火忽人家。
江湖处处无穷景，半世红尘老岁华。

◎上沙：地名，在今天江苏苏州。◎亭亭：独立貌。欧阳修《鹭鸶》："独立亭亭意愈闲。"◎菰：生在浅水里的一种草本植物，其嫩茎叫作"茭白"。◎山根：山脚。◎老岁华：坐令年华老去。

元·佚名《东山丝竹图》

宿关西客舍寄东山严、许二山人，时天宝初七月初三日，在内学见有高道举征

唐·岑参

云送关西雨，风传渭北秋。
孤灯然客梦，寒杵捣乡愁。
滩上思严子，山中忆许由。
苍生今有望，飞诏下林丘。

◎关西：指潼关（在今陕西省）以西的地区。◎东山：东晋谢安曾归隐会稽之东山，后经朝廷多次征召，才东山再起，出任要职。后以东山泛指隐居地。◎山人：指隐逸之士。◎天宝：唐玄宗年号。本诗作于唐玄宗天宝元年（七四二）七月。◎内学：本谓仙道之学，这里指崇玄学，即唐代官办的道教学校。◎高道举征：即道举。崇玄学里的学生，被教授老、庄等道家经典，学成后准予考试，称作道举。◎渭北：渭水以北。◎然：同“燃”。◎杵：捣衣（用木杵在砧上捶击衣料，使之绵软以便裁缝）用的木棒。◎“滩上”句：严子陵少时与东汉光武帝刘秀同学，刘秀当皇帝后，严子陵却跑去富春江边垂钓，隐居不仕。后人把他垂钓的地方称作“严陵滩”。◎“山中”句：许由是传说中的隐士。相传尧想把天下禅让给许由，许由不接受，隐于箕山。颈联二句，是借同姓的古代两位著名的隐士，来喻严、许二山人。◎“苍生”二句：东晋谢安隐居东山，朝廷屡次征召而不肯出，当时人谓：“安石不肯出，将如苍生何！”（见《世说新语·排调》）这里暗用此典，称朝廷正发出诏书征用贤才，天下苍生有望，有鼓励严、许二山人出山为官之意。

七月初四日赋紫薇花

南宋·舒岳祥

蹙罗红线紧，镕蜡粉须黄。
野寺花开日，平畴稻熟香。
曾陪红药省，相对紫薇郎。
尚忆丝纶阁，新秋雨露凉。

◎紫薇花：诗人自注云："俗名怕痒树，皮薄枝弱，人以手搔之，无风自动。又名稻熟花，开时早稻熟也。僧寺多喜种之，亦名宝相。"◎平畴：平坦的原野。◎红药省：指中书省，因其中多植红药，故云。谢朓《直中书省》："红药当阶翻，苍苔依砌上。"陆游《听事前紫薇花二本甚盛，戏题绝句》："红药紫薇西省春，从来惟惯对词臣。"◎紫薇郎：用白居易《紫薇花》典，详见六月十六日诗注。◎丝纶阁：撰写诏令的地方。白居易《紫薇花》："丝纶阁下文书静，钟鼓楼中刻漏长。"

七月初五日赐食蜜渍荔枝二首

清·查慎行

岭外未曾尝小绿，闽南犹记擘轻红。
而今拜赐来天上，他日尝新叹转蓬。

蜡封蜜渍味全融，秋暑初回却扇风。
领取一襟冰雪意，白银盘映荔枝红。

◎“岭外”二句：诗人自注：“石屏诗：‘新来尝小绿。’少陵诗：‘轻红擘荔枝’。”石屏诗，指南宋戴复古（号石屏）的《赵敬贤送荔枝》；少陵诗，指唐杜甫（号少陵野老）的《宴戎州杨使君东楼》。◎来天上：因为是皇帝御赐，故云。◎转蓬：随风飘转的蓬草，比喻人的漂泊不定。◎领取：获得。

早秋苦热，堆案相仍

唐·杜甫

七月六日苦炎蒸，对食暂餐还不能。
每愁夜中自足蝎，况乃秋后转多蝇。
束带发狂欲大叫，簿书何急来相仍。
南望青松架短壑，安得赤脚踏层冰。

◎诗题下作者自注云："时任华州司功。"按：本诗作于唐肃宗乾元元年（七五八），司功即司功参军。◎足：多。◎况乃：况且。◎簿书：官署中的文书簿册。◎相仍：连续不断。◎架：指松树横生。

秋夕

唐·杜牧

银烛秋光冷画屏，轻罗小扇扑流萤。
天阶夜色凉如水，坐看牵牛织女星。

◎秋夕：秋天的夜晚。诗题一作《七夕》。七夕节又名乞巧节，在农历七月初七。◎画屏：有图画装饰的屏风。◎轻罗小扇：用质地轻薄的丝织品制成的团扇。◎天阶：指皇宫中的石阶。◎“坐看”句：《文选》李善注引曹植《九咏》注：“牵牛为夫，织女为妇，织女、牵牛之星，各处一旁，七月七日得一会同矣。”牵牛星，俗称牛郎星。

（传）明·仇英《乞巧图》局部

七月八日夜雨偶成

清·黄景仁

今年洗车雨，应作洗尘看。
岂是分襟泪，犹怜隔岁欢。
星光添黯惨，汉影助迷漫。
不寐怀儿女，幽堂一夜寒。

◎洗车雨：旧称七夕前后下的雨为洗车雨。杜牧《七夕》："最恨明朝洗车雨，不教回脚渡天河。"◎洗尘：洗去尘土，即接风洗尘。◎分襟：指离别。◎隔岁：去岁，去年。相传牛郎织女一年相会一次，故云。◎黯惨：昏暗惨淡。◎汉：星汉、云汉，即银河。◎不寐：睡不着。◎怀儿女：本诗作于乾隆三十七年（一七七二），此时诗人在安徽学政朱筠处做幕僚，因此怀念远在家乡武进（今江苏常州的武进区）的儿女。◎幽堂：幽深的厅堂，指客居处。

七月九日二首（录一）

南宋·刘克庄

樵子俄从间路回，因言溪谷响如雷。
分明雨怕城中去，只隔前峰不过来。

◎樵子：砍柴的人。◎俄：俄而，忽然。◎间路：僻道，小道。

七月十日雨，炎暑顿解，有感

北宋·张耒

空山风雨夕，微雨凄房栊。
徂年兆摇落，感叹白头翁。
谪居困炊玉，无田愿年丰。
欲持一杯酒，旁舍庆老农。
烈日辞纨扇，高林坠晚风。
青灯夜斋静，不睡独闻蛩。

◎房栊：窗棂。◎徂年：光阴，流年。◎摇落：凋零。宋玉《九辩》："悲哉，秋之为气也！萧瑟兮草木摇落而变衰。"◎谪居：被贬官到偏远之地居住。◎炊玉：用贵如玉的米做饭，谓生活困窘。《战国策·楚策三》："楚国之食贵于玉，薪贵于桂……今令臣食玉炊桂。"◎旁舍：邻舍。◎纨扇：细绢制成的团扇。◎蛩：蟋蟀。闻蛩，听到蟋蟀鸣叫。

七月十一夜，凉风聚至，即事书怀三绝句（录一）

北宋·傅察

窗外时闻一叶落，槐阴惊起几蝉鸣。
秋风定是多情物，解作离肠欲断声。

◎即事书怀：以当前事物为题材，作诗书写情怀；多用作诗题，如杜甫有《草堂即事》《旅夜书怀》等。◎解：能够，会。

元・赵雍《澄江寒月图》

和韦潘前辈七月十二日夜泊池州城下先寄上李使君

唐·李商隐

桂含爽气三秋首，蓂吐中旬二叶新。
正是澄江如练处，玄晖应喜见诗人。

◎池州：在今安徽省西南部。◎李使君：李方玄，时任池州刺史。使君，对刺史的尊称。◎三秋首：七月为孟秋，八月为仲秋，九月为季秋，合称三秋。三秋之首，即指七月孟秋。◎“蓂吐”句：点出时间为十二日。蓂即蓂荚，传说中的瑞草。参见二月十五日诗注。◎“正是”句：南朝齐诗人谢朓《晚登三山还望京邑》：“余霞散成绮，澄江静如练。”◎“玄晖”句：“玄晖”是谢朓的字。因为谢朓曾任宣城太守，而历史上池州又隶属宣城郡，所以这里用“玄晖”借指李方玄，“诗人”则指韦潘。

七月十三日对月小集

北宋·郭印

露坐仍盘斝，澄澄夜色清。
酒如君子厚，月似故人明。
短舞天然态，长歌格外声。
欢情殊未极，楼鼓发深更。

◎露坐：坐在露天里。◎仍盘斝：形容推杯换盏的欢宴场面。仍，接连，频繁；斝，古代的一种青铜酒器，这里泛指酒杯。◎澄澄：清澈貌。◎殊未极：谓尚未尽兴。陈子昂《上元夜效小庾体》："芳宵殊未极。"◎楼鼓：古代筑楼悬鼓，定时而击，起报时的作用。◎深更：深夜。

七月十四夜观月

南宋·陆游

不复微云滓太清，浩然风露欲三更。
开帘一寄平生快，万顷空江著月明。

◎“不复”句：典出《世说新语·言语》，详见《六月二十日夜渡海》诗注。◎快：快意。◎空江：浩瀚空寂的江面。◎著：安置，放置。

中元夜泊淮口

唐·罗隐

木叶回飘水面平，偶停孤棹已三更。
秋凉雾露侵灯下，夜静鱼龙逼岸行。
欹枕正牵题柱思，隔楼谁转绕梁声。
锦帆天子狂魂魄，应过扬州看月明。

◎中元：农历七月十五日为中元节，佛教称为盂兰盆节，民间又称作鬼节、七月半，有祭祖、放河灯等习俗。◎木叶：树叶。◎孤棹：独桨，借指孤舟。◎“夜静”句：俞陛云《诗境浅说》：“谓游鱼避舟楫往来，当昼潜伏，至夜静乃游泳岸边；用一‘逼’字，见鱼龙之近也。”鱼龙，泛指鳞介类的动物。◎欹：同“攲”，斜靠。◎题柱：常璩《华阳国志·蜀志》：“（成都）城北十里有升仙桥……司马相如初入长安，题市门曰：‘不乘赤车驷马，不过汝下也。’”后因以“题柱”比喻对功名有所抱负。岑参《升仙桥》：“长桥题柱去，犹是未达时。”◎绕梁声：指歌声。《列子·汤问》：“昔韩娥东之齐，匮粮，过雍门，鬻歌假食。既去，而余音绕梁欐，三日不绝。”◎锦帆天子：指隋炀帝。颜师古《大业拾遗记》：“（隋）炀帝幸江都……至汴，帝御龙舟，萧妃乘凤舸，锦帆彩缆，穷极侈靡。”

壬辰七月十六日侵晨真率会，石湖路中书事

南宋·范成大

白葛乌纱称老农，溪南溪北水车风。
稻头的皪粘朝露，步入明珠翠网中。

◎壬辰：即宋孝宗乾道八年（一一七二）。◎侵晨：拂晓。◎真率会：据邵伯温《邵氏闻见录》卷十，北宋司马光退居洛阳时，与众友人聚会，相约“酒不过五行，食不过五味，惟菜无限”，这种提倡俭省率直的雅集称作“真率会”，颇为后世文人所效仿。◎书事：书写眼前所见，诗题中多见，如王维《书事》，白居易《病中书事》等。◎“白葛”句：苏轼《病中游祖塔院》：“紫李黄瓜村路香，乌纱白葛道衣凉。”称，相称，适合。◎的皪：鲜明、光亮貌。

七月十七夜五更起坐至旦

南宋·陆游

秋容淡如水，昨暮到江城。
世事违高枕，年华入短檠。
书中固多味，身外尽浮名。
倚壁方清啸，蓬窗已送明。

◎旦：早晨。◎秋容：秋色。◎“世事”二句：谓自己乡居多年，悠闲度日，不觉间，世事更易，年华逝去。高枕，垫高枕头睡觉，形容隐居之闲适；短檠，矮灯架，借指小灯。

七月十八夜枕上作

南宋·陆游

电掣光如昼，雷轰意未平。
乱云俄卷尽，孤月却徐行。
露草蛩相语，风枝鹊自惊。
一凉吾事足，美睡到窗明。

◎俄：俄顷，片刻。◎蛩：蟋蟀。◎吾事足：谓别无他求。

南宋·马远《观瀑图》

七月十九日大风雨雷电

南宋·陆游

雷车动地电火明，急雨遂作盆盎倾。
强弩夹射马陵道，屋瓦大震昆阳城。
岂独鱼虾空际落，真成盖屐舍中行。
明朝雨止寻幽梦，尚听飞涛溅瀑声。

◎雷车：指雷声。◎盎：古代一种腹大口小的盆。◎“强弩”句：据《史记·孙子吴起列传》，战国时齐国与魏国交战，齐国军师孙膑“令齐军善射者万弩”，在马陵“夹道而伏”，庞涓率领魏国军队来到设伏地，“齐军万弩俱发，魏军大乱相失。庞涓自知智穷兵败，乃自刭”。这里是形容雨点之密，如万弩激射。◎“屋瓦”句：据《后汉书·光武帝纪》，新莽地皇四年，刘秀（即后来建立东汉的光武帝）与王莽军战于昆阳，“莽兵大溃，走者相腾践，奔殪百余里闲。会大雷风，屋瓦皆飞，雨下如注，滍川盛溢，虎豹皆股战，士卒争赴，溺死者以万数，水为不流。”◎“真成”句：张盖着屐，雨行屋中，见雨势之大。

七月二十日夜

清·袁枚

寒风萧萧打窗急，半夜书翻床脚湿。
直疑天压银河奔，又恐地动海潮入。
披衫开门欲唤人，一峰瘦影灯前立。

◎直：简直。

七月二十一夜闻韩玉汝宿城北马铺

北宋·梅尧臣

暗树秋风摆叶鸣，桃枝竹簟冷逾清。
孤灯淡淡短亭客，半夜萧萧闻雨声。

◎韩玉汝：即韩缜（字玉汝），他是梅尧臣的好友。◎马铺：即驿铺，驿站。◎竹簟：竹席。◎逾：甚，更加。◎短亭：古时城外大道边，五里一短亭，十里一长亭，作为休息和送行的场所。李白《菩萨蛮》："何处是归程，长亭更短亭。"

元·吴镇《山窗听雨图》

七月二十二日遣怀

南宋·王炎

寥落求凰凤，凄凉舐犊牛。
有时追往事，无处着清愁。
世故今犹古，年华春复秋。
西风乘一舸，归去理菟裘。

◎遣怀：抒发情怀。◎求凰凤：凤凰为传说中的神鸟，其中雄为凤，雌为凰（又写作皇）。相传司马相如鼓琴歌向卓文君求爱，琴歌中有“凤兮凤兮归故乡，遨游四海求其凰”等句。诗句中以凤凰喻夫妻，此时诗人妻子汪氏已亡故，故云“寥落”；诗人在另一首怀念亡妻的诗中说“蜀乡有凤空求凰”（《鳙溪行》），也是化用这一典故。◎舐犊牛：老牛用舌头舔牛犊，比喻爱护子女。诗人有七子，其中六子早夭，只剩一子王恕在身边，故云“凄凉”。◎着：附着，安放。◎“西风”二句：表示想归隐的心情。“西风”即秋风，典出《世说新语·识鉴》：“（张季鹰）在洛，见秋风起，因思吴中菰菜羹、鲈鱼脍，曰：‘人生贵得适意尔，何能羁宦数千里以要名爵！’遂命驾便归。”舸，泛指船；菟裘，典出《左传·隐公十一年》。春秋时，鲁国的鲁惠公死后，嫡子鲁桓公年幼，因此由庶出的鲁隐公即位。隐公十一年，鲁国大夫羽父要求隐公杀掉桓公，以便自己能获得太宰的职位。鲁隐公拒绝他道：“当初我得以即位，是因为我弟弟年少的缘故；现在，我将把鲁国国君的位置交还给他，并叫人在菟裘这个地方营建屋舍，我准备就在那里终老。”白居易《重修香山寺毕，题二十二韵以纪之》：“可怜终老地，此是我菟裘。”

七月二十三日题李亨之墨梅

南宋·杨万里

夏热秋逾甚，寒梅暑亦开。
无尘管城子，幻出雪枝来。

◎这是一首题画诗。李亨之，生平不详。◎逾甚：更甚，尤甚。◎管城子：韩愈作《毛颖传》，戏称笔为“管城子”，后世遂以为笔的别称。◎幻：幻化，这里指作画。

七月二十四日作

南宋·陆游

闲拂青铜一惘然，此生应老海云边。
凉飔入袂诗初就，幽鸟呼人梦不全。
天上鹊归星渚冷，月中桂长露华鲜。
射胡羽箭凋零尽，坐负心期四十年！

◎青铜：指青铜镜。白居易《照镜》："皎皎青铜镜，斑斑白丝鬓。"◎凉飔：凉风。◎袂：衣袖。◎就：写就，写完。◎"天上"句：七夕已过，搭桥的喜鹊飞散，只剩下冷寂的银河。星渚，银河中的小洲，也代指银河。◎月中桂：传说月宫中长有桂树。◎露华：清冷的月光。◎"射胡"二句：宋高宗绍兴二十八年（一一五八），陆游初入仕途，满怀报国的热情；到写作本诗的宋宁宗庆元二年（一一九六），时间已匆匆过了近四十年。此时的诗人年过古稀，闲居于故乡越州山阴（今属浙江绍兴）。他抚今追昔，不禁感慨万千，其心绪正如他在《诉衷情》（当年万里觅封侯）中所写的："胡未灭，鬓先秋，泪空流。此生谁料，心在天山，身老沧洲。"坐，空，徒然；心期，心愿，抱负。

七月二十五日晓登多稼亭

南宋·杨万里

风将烟雨入亭寒，城引山林拓眼宽。

六月登临浑觉热，朝来不敢傍危栏。

◎多稼亭：在常州（今属江苏省），杨万里时任常州知州。◎将：携，领。◎浑：还，依旧。◎危栏：高栏，这里指多稼亭的护栏。

清·恽冰《蒲塘秋艳图》

七月廿六日登四望亭小酌，和赵守韵二绝（录一）

南宋·陈文蔚

为爱黄云到晚晴，一樽高兴寄危亭。
风荷卷水高低绿，烟树连山远近青。

◎小酌：小饮，多指非正式的饮宴。◎和赵守韵：依照他诗的韵脚用字而作诗，称作“和韵”，又称“步韵”；守是州、府等地方长官的省称。◎黄云：指傍晚的云。杜甫《晚秋长沙蔡五侍御饮筵，送殷六参军归澧州觐省》：“高鸟黄云暮，寒蝉碧树秋。”◎晚晴：指天色晴朗的傍晚。◎高兴：高雅的兴致。殷仲文《南州桓公九井作》：“独有清秋日，能使高兴尽。”◎危亭：建在高处的亭子，即指诗题中的四望亭。◎风荷：风中的荷叶。◎烟树：烟雾缭绕的树木。

不知田廬畔相去幾多
遠一行千萬行斷來

何處

項舍謨作

明·項聖謨 《画芦雁》

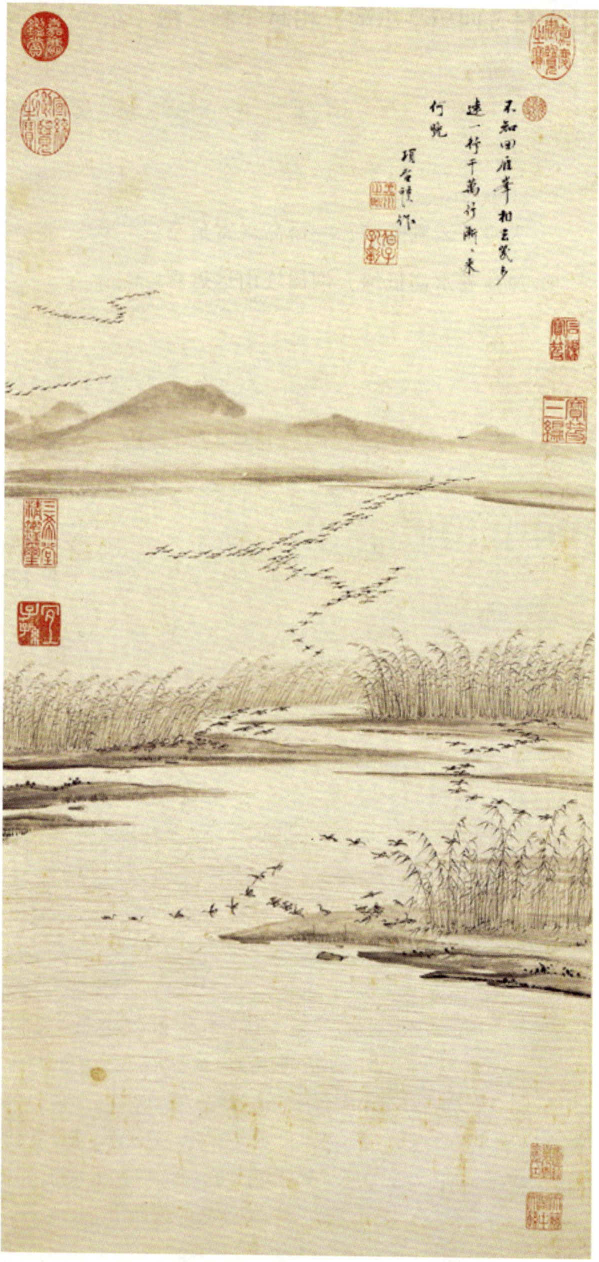

七月二十七日

北宋·宋祁

客雁归何处，寒螀鸣不休。
兼之清夜永，副以长年愁。
家令有移带，中郎余白头。
此怀诚自感，何赖怨高秋。

◎客雁：大雁随季节变化而南北迁徙，就像行旅之客，所以叫客雁。◎寒螀：寒蝉。◎永：长。◎副：辅，助。◎“家令”句：家令是指南朝文学家、史学家沈约，因其曾任太子家令。沈约曾给人写信，说自己年老多病，腰围瘦减，以致“百日数旬，革带常应移孔”（见《梁书·沈约传》）。◎“中郎”句：中郎是指西晋文学家潘岳，因其曾以太尉掾兼虎贲中郎将。潘岳在《秋兴赋》的序言中写道：“余春秋三十有二，始见二毛。”所谓二毛，是说头发斑白有二色，而该赋的正文里也有“斑鬓髟以承弁兮，素发飒以垂领”等字句。诗人这里用沈约、潘岳的典故，是为形容自己憔悴忧愁的心怀。参见李煜《破阵子·四十年来家国》：“沈腰潘鬓销磨。”◎怀：心怀，心中所感。◎高秋：秋高气爽的时节。

秋旱方甚，七月二十八夜忽雨，喜而有作

南宋·陆游

嘉谷如焚稗草青，沉忧耿耿欲忘生。
钧天九奏箫韶乐，未抵虚檐泻雨声。

◎方甚：正甚，正严重。◎嘉谷：嘉禾，生长茁壮的禾稻。◎稗草：一种杂生在稻田里，有害稻子生长的杂草。◎耿耿：忧思不安的样子。◎钧天：天的中央，是传说中天帝的居所。◎箫韶：上古舜帝时的乐名，这里泛指仙乐。◎虚檐：凌空的房檐。

七月二十九日崇让宅宴作

唐·李商隐

露如微霰下前池，风过回塘万竹悲。
浮世本来多聚散，红蕖何事亦离披？
悠扬归梦唯灯见，濩落生涯独酒知。
岂到白头长只尔，嵩阳松雪有心期。

◎崇让宅：李商隐的岳父王茂元在洛阳崇让坊的宅院。◎微霰：小雪珠。◎回塘：回曲的池塘。◎万竹悲：姚宽《西溪丛语》引《韦氏述征记》："崇让宅出大竹及桃。"悲，风吹竹丛发出的萧萧声。◎浮世：人世。◎蕖：芙蕖，即荷花。◎何事：因何，何故。◎离披：零落衰残貌。◎悠扬：钱起《送钟评事应宏词下第东归》："世事悠扬春梦里。"◎濩落：犹瓠落，廓落，指潦倒无用。白居易《村居寄张殷衡》："生涯濩落性灵迂。"◎尔：如此，这样。◎嵩阳：嵩山之南，借指归隐之地。◎心期：心愿，夙愿。刘学锴、余恕诚《李商隐诗歌集解》本诗笺评引黄侃曰："此诗盖悼亡后失意无憀之作。五六极写凄凉之况；七八则言世涂之乐已尽，惟有空山长往，趋向无生而已。"

元·赵雍《青影红心图》

七月晦日闻莺

南宋·喻良能

忆得东风泛蕙兰，晓窗红树听绵蛮。
如何却到深秋节，尽日犹啼修竹间。

◎晦日：农历每月的最后一天。◎泛：指吹拂，摇动。《楚辞·招魂》：“光风转蕙，泛崇兰些。”◎蕙兰：兰科草本植物，春末夏初开花，花香浓烈。◎红树：盛开红花的树木。◎绵蛮：鸟叫声。《诗·小雅·绵蛮》：“绵蛮黄鸟，止于丘阿。”◎尽日：整日，终日。◎修竹：高大的竹子。

八月

八月一日微雨骤凉

南宋·陆游

流汗沾衣喘不供，孰知有此快哉风！
新凉忽觉从天下，残暑真成扫地空。
恰转轻雷过林坞，已吹好雨到帘栊。
幽人病愈闲无事，剩赋歌诗乐岁丰。

◎孰知：谁知，怎知。◎快哉风：宋玉《风赋》："快哉此风！"苏轼《水调歌头·黄州快哉亭赠张偓佺》："一点浩然气，千里快哉风。"快，畅快，舒适。◎下：降，落。◎轻雷：隐隐的雷声。◎林坞：林中低洼处。◎帘栊：泛指门窗的帘子。◎幽人：幽隐之人。本诗作于宋光宗绍熙二年（一一九一），诗人此时已罢官归隐于故乡山阴。◎歌诗：泛指诗歌。◎岁丰：年谷丰收。

八月二日

明·郑善夫

曲巷疏篱小院幽，荒村独夜竹桐秋。
星河正直销魂地，鸿雁还过何处楼。
卧病岂堪闻木叶，息机犹自着羊裘。
碧霄万里风云气，起凭危栏歌四愁。

◎曲巷：偏僻的小巷。◎疏篱：稀疏的篱笆。杜甫《又呈吴郎》："即防远客虽多事，使插疏篱却甚真。"◎独夜：独处之夜。王粲《七哀诗》："独夜不能寐，摄衣起抚琴。"◎直：当，对着。◎"卧病"二句：木叶即树叶，闻木叶是指听着萧萧的落叶声；息机是指停息机巧功利之心；犹自，尚且；羊裘，羊皮做的衣服。杜甫《江上》："高风下木叶，永夜揽貂裘。"◎凭：凭靠。◎危栏：高处的栏杆。◎四愁：东汉张衡有《四愁诗》，后借指抒发愁思的诗歌。马周《凌朝浮江旅思》："羁望伤千里，长歌遣四愁。"

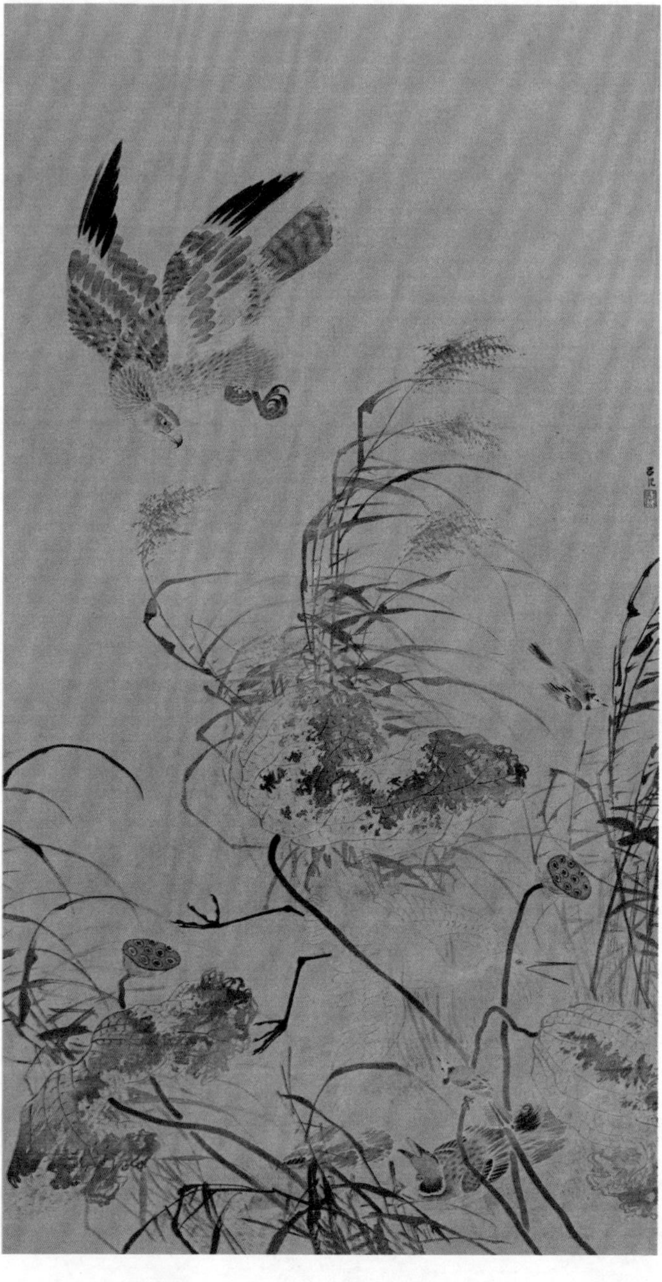

明·吕纪《残荷鹰鹭图》

八月三日夜作

唐·白居易

露白月微明，天凉景物清。
草头珠颗冷，楼角玉钩生。
气爽衣裳健，风疏砧杵鸣。
夜衾香有思，秋簟冷无情。
梦短眠频觉，宵长起暂行。
烛凝临晓影，虫怨欲寒声。
槿老花先尽，莲凋子始成。
四时无了日，何用叹衰荣。

◎珠颗：指露水。◎玉钩：指弯弯的新月。◎健：飘举。◎砧杵：捣衣的石板和木棒。◎衾：被子。◎簟：竹席。◎“烛凝”二句：倒装句式，即“临晓烛影凝，欲寒虫声怨”。◎槿：木槿。夏秋开花，其花朝开暮谢。◎子：莲子。◎了日：终了之日。◎何用：何必，不须。◎衰荣：枯荣。本诗作于唐文宗开成元年（八三六），白居易此时已是六十五岁的老人，末四句亦是他晚年对时光、生命的感悟之语。

嘉泰辛酉八月四日，雨后殊凄冷，新雁已至，夜复风雨不止，是岁八月一日白露

南宋·陆游

残暑方炎忽痛摧，无情风雨亦奇哉！
但嗟不为贫人计，未动秋砧雁已来。

◎嘉泰辛酉：即宋宁宗嘉泰元年（一二〇一），这一年的干支为辛酉。◎新雁：刚从北方迁徙来的大雁。◎是岁：这一年。◎白露：二十四节气之一，征兆天气已经转凉。《逸周书·时训》："白露之日鸿雁来。"◎方：正，正当。◎嗟：感叹。◎计：打算。◎秋砧：秋天的捣衣声。◎雁已来：犹言秋凉已来。

千秋节有感二首（录一）

唐·杜甫

自罢千秋节，频伤八月来。
先朝常宴会，壮观已尘埃。
凤纪编生日，龙池堑劫灰。
湘川新涕泪，秦树远楼台。
宝镜群臣得，金吾万国回。
衢樽不重饮，白首独余哀。

◎千秋节：《新唐书·礼乐志》："千秋节者，（唐）玄宗以八月五日生，因以其日名节。"◎"自罢"二句：本诗作于唐代宗大历四年（七六九），距唐玄宗去世的宝应元年（七六二）已有七年，故曰"频伤"。伤，哀悼，伤感。◎"先朝"句：据《旧唐书·玄宗纪》，千秋节当日，唐玄宗"宴百僚于花萼楼下……天下诸州咸令宴乐，休暇三日"。◎凤纪：犹言凤历，即年历。◎龙池：即兴庆宫池。兴庆宫是唐玄宗作藩王时的宅邸，后来做太上皇的头几年，也居于此。◎堑：挖掘。◎劫灰：慧皎《高僧传》："昔汉武穿昆明池底，得黑灰，以问东方朔。朔云：'不委，可问西域人。'后（竺）法兰既至，众人追以问之，兰云：'世界终尽，劫火洞烧，此灰是也。'"后指经历战火或变乱后的残迹或灰烬。◎"湘川"二句：本诗作于潭州（治所在今湖南长沙），故曰"湘川"。赵次公云："公自言其身之所在，而感泣也。下句言去长安之远，遥望其树与楼台，俱不见也。"◎"宝镜"句：唐玄宗于千秋节上赠四品以上大臣金镜等物，并写有《千秋节赐群臣镜》诗。◎"金吾"句：张溍云："言禁军不复侍卫，故散而回万国也。"金吾，即金吾卫，负责皇帝大臣警卫、仪仗及维护京师治安。◎衢樽：谓在通衢设酒，任人自饮。◎白首：诗人此时已年近花甲，故云。

元·吴镇《芦花寒雁图》

八月六日西风极凉如十月间，晨起偶题

北宋·张耒

初过三伏暑初归，风景谁知遽惨凄。
短日旅愁消美酒，五更乡梦托晨鸡。
江天水冷鱼龙蛰，野泽风多鸿雁稀。
尘箧敝貂犹得在，过冬偶免叹无衣。

◎三伏：见六月十日诗注。◎遽惨凄：呼应诗题的“西风极凉如十月间”。遽，谓天气转凉之速。◎旅愁：羁旅者的愁闷心情。◎晨鸡：清晨报晓的雄鸡。◎鱼龙：泛指鳞介类的动物。◎蛰：潜伏。◎尘箧：沾满灰尘的小箱。◎敝貂：破旧的貂皮大衣。

八月七日初入赣过惶恐滩

北宋·苏轼

七千里外二毛人，十八滩头一叶身。
山忆喜欢劳远梦，地名惶恐泣孤臣。
长风送客添帆腹，积雨浮舟减石鳞。
便合与官充水手，此生何止略知津。

◎惶恐滩：赣江十八滩之一，在今江西省万安县境内，滩水湍急，最为凶险。◎七千里：宋哲宗绍圣元年（一〇九四），苏轼被远贬惠州（今属广东），途经惶恐滩而作此诗。七千里，极言被贬之远。◎二毛人：发有黑白二色，代指老年人。苏轼当时已年近花甲，故云。◎“山忆”句：作者自注：“蜀道有错喜欢铺，在大散关上。”◎孤臣：被疏远的失势之臣。◎帆腹：帆中部受风鼓起，其形如腹，故云。◎石鳞：水流石上，其纹如鱼鳞，故云。◎合：应该。◎知津：知道渡口。典出《论语·微子》：孔子让子路向两位隐士长沮、桀溺问路。隐士问是鲁国的孔丘吗？子路回答说是。隐士说：“是知津矣！”诗人引用此典，语带双关，意谓自己一生经风见浪，这次的贬谪并不算什么。

八月八日发潭州后得绝句四十首（录一）

南宋·赵蕃

湘神知我爱湘中，故遣舟迟匪厄穷。
可笑儿曹不解事，故云常值打头风。

◎潭州：治所即今湖南长沙。◎湘神：湘江之神。湘江是湖南省最大的河流。◎匪：同“非”，不是。◎厄穷：指艰难困苦。◎儿曹：儿辈，孩子们。◎解事：懂事，通晓事理。◎值：遇到，逢着。◎打头风：逆风的俗称。作者自注云：“是日逆风，舟行寸寸而上。”

八月九日晚赋

南宋·陆游

薄晚悠然下草堂，纶巾鹤氅弄秋光。
风经树杪声初紧，月入门扉影正方。
一世不知谁后死，四时可爱是新凉。
从今觅醉其当勉，酒似鹅儿破壳黄。

◎赋：赋诗。本诗作于宋宁宗庆元五年（一一九九），此时陆游闲居于故乡山阴。◎薄晚：傍晚。◎纶巾鹤氅：纶巾是用青色丝带做的头巾，鹤氅是鸟羽制成的裘衣。这里只是对穿着的泛写。《晋书·谢万传》：“（谢）万着白纶巾，鹤氅裘，履版而前。既见，与帝共谈移日。”◎弄：玩赏。◎树杪：树梢。◎“酒似”句：杜甫《舟前小鹅儿》：“鹅儿黄似酒，对酒爱新鹅。”

五凤楼晚望

唐·白居易

晴阳晚照湿烟销，五凤楼高天泬寥。
野绿全经朝雨洗，林红半被暮云烧。
龙门翠黛眉相对，伊水黄金线一条。
自入秋来风景好，就中最好是今朝。

◎诗题下有作者小注："六年八月十日作。"六年，即唐文宗大和六年（八三二）。五凤楼，在洛阳。◎湿烟销：因朝雨而起的水雾，在阳光的照射中，消散掉了。◎泬寥：清朗旷荡貌。◎"龙门"二句：龙门在洛阳南，其地两山对峙（所以白居易将其比作相对的两弯眉毛），伊水从中间流过，如同天然门阙，所以又叫伊阙。◎就中：其中。

清·张宗苍《白云红叶图》

八月十一日晨兴三首（录一）

北宋·张耒

江上秋阴合，柯山晓雨来。
貂裘欲辞箧，纨扇已生埃。
落叶湿相藉，晚花寒未开。
殷勤探黄菊，九日泛清杯。

◎晨兴：早起。◎柯山：在黄州（今属湖北黄冈），参见三月二十五日诗注。◎“貂裘”二句：貂皮大衣将要从箱子中拿出来，而细绢质地的团扇（因为久不使用）已经沾上了尘埃。点出秋凉时节。◎藉：衬垫。◎“殷勤”二句：农历九月初九，民俗有赏菊花、饮菊花酒等习俗；目下虽只八月，诗人已频频探看菊花，揣想二十多天后的重阳佳节了。泛清杯，即饮酒之意。陶渊明《饮酒二十首》（其七）：“秋菊有佳色，裛露掇其英。泛此忘忧物，远我遗世情。”

八月十二日夜，诚斋望月

南宋·杨万里

才近中秋月已清，鸦青幕挂一团冰。
忽然觉得今宵月，元不粘天独自行。

◎诚斋：杨万里的书斋名。◎鸦青幕：喻夜空。鸦青，暗青色。◎一团冰：喻圆月。◎元：同“原”，本来。

（传）五代南唐·周文矩《仙女乘鸾图》

八月十三夜，仲季二弟弄月亭对饮

南宋·喻良能

今宵端正月，故故向湖山。
玉兔窥杯凸，冰娥怪鬓斑。
诗情甪里逸，酒胆夏黄悭。
兴罢度桥处，天风松桂间。

◎仲季二弟：即诗人的两位弟弟喻良材（字仲文）、喻良弼（字季直）。◎端正月：时近中秋，故云。◎故故：特意。◎玉兔：传说月亮中有白兔。◎杯凸：犹言杯满。◎冰娥：霜娥，即月里嫦娥。◎“诗情”二句：秦末东园公、绮里季、夏黄公、甪里先生，避乱隐于商山，人称“商山四皓”，后世作为隐士的典故；此处借甪里先生和夏黄公来比喻“仲季二弟”。悭，稀少。◎兴罢：兴尽。

明·钟礼《举杯玩月图》

八月十四日夜玩月

唐·元稹

犹欠一宵轮未满，紫霞红衬碧云端。
谁能唤得姮娥下，引向堂前子细看。

◎玩月：赏月。◎轮未满：月未圆。轮，月轮。◎姮娥：传说中的月中神女。因避汉文帝刘恒讳，改称常娥，即嫦娥。◎子细：同“仔细”。

南宋·马和之《月色秋声图》

十五夜望月

唐·王建

中庭地白树栖鸦，冷露无声湿桂花。
今夜月明人尽望，不知秋思落谁家？

◎十五夜：据“人尽望”“秋思”等字眼，可知即八月十五中秋之夜。◎地白：指月光照射在地面上。◎“冷露”句：中秋节有赏桂花的习俗，又传说中月中亦有桂树。徐竹心先生分析道：“（诗人）仰望明月，凝想入神，丝丝寒意，轻轻袭来，不觉浮想联翩：那广寒宫中，清冷的露珠一定也沾湿了桂花树吧？”（《唐诗鉴赏辞典》）◎秋思：这里指秋日怀人的情思。

八月十六日夜月

唐·唐彦谦

断肠佳赏固难期，昨夜销魂更不疑。
丹桂影空蟾有露，绿槐阴在鹊无枝。
赖将吟咏聊惆怅，早是疏顽耐别离。
堪恨贾生曾恸哭，不缘清景为忧时。

◎“丹桂”句：传说月中有桂树、蟾蜍。◎鹊无枝：曹操《短歌行》：“月明星稀，乌鹊南飞。绕树三匝，何枝可依？”◎疏顽：固执，顽钝。◎“堪恨”句：贾生即西汉初著名文学家、政论家贾谊。贾谊在《治安策》中写道：“臣窃惟事势，可为痛哭者一，可为流涕者二，可为长太息者六。”这里贾生是诗人的自喻。恸哭，即痛哭。◎缘：因为。◎忧时：忧念时事。

八月十七日天竺山送桂花，分赠元素

北宋·苏轼

月缺霜浓细蕊干，此花元属玉堂仙。
鹫峰子落惊前夜，蟾窟枝空记昔年。
破衲山僧怜耿介，练裙溪女斗清妍。
愿公采撷纫幽佩，莫遣孤芳老涧边。

◎天竺山：在今浙江杭州。本诗作于宋神宗熙宁七年（一〇七四），苏轼时任杭州通判。◎元素：杨绘，字元素，时任杭州知府。◎元：原，本。◎玉堂：神仙的居处。◎"鹫峰"句：鹫峰即俗称的飞来峰。《苏轼诗集合注》冯应榴注引王注厚云："天竺山，昔有梵僧云：'此山自天竺鹫山飞来，八月十五夜，尝有桂子落。'"◎"蟾窟"句：蟾窟即蟾宫，月宫。古人将科举及第称作"蟾宫折桂"，杨绘宋仁宗皇祐五年（一〇五三）登进士第，"蟾窟枝空"即指此事。◎破衲：破旧的僧衣。◎练裙：女性穿的白绢裙。◎清妍：美好。◎采撷：摘取。◎纫幽佩：用幽兰连缀，以为佩饰。屈原《离骚》："纫秋兰以为佩。"◎老：枯萎，凋谢。

清·袁江《观潮图》

十八日观潮四首（录一）

北宋·陈师道

一年壮观尽今朝，水伯何知故晚潮。

海浪肯随山俯仰，风帆长共客飘摇。

◎观潮：观赏涌潮，特指观赏钱塘江大潮，以农历八月十八日为最佳观赏时间。◎水伯：水神。

至和杂书五首·八月十九日

北宋·蔡襄

潮头出海卷秋风，风豪潮起苍海空。
弄潮船旗出复没，腾身潮上争骁雄。
沙头万目注江水，晴雷干雹来无穷。
窗外帘旌飞猎猎，新醅翠斝行坐中。
欲作吴歌弄清昼，回看满眼西阳红。
六曲屏深映云母，珠盘缕缕青鸦茸。
山移海转有变化，生缘长短须相逢。

◎至和：宋仁宗年号，时间为一〇五四年三月至一〇五六年九月。◎风豪：风势强大。◎“弄潮”二句：弄潮是观潮时流行的一种民俗，可参阅吴自牧《梦粱录》卷四的描写：“临安风俗……每岁八月内，潮怒胜于常时，都人自十一日起，便有观者，至十六、十八日倾城而出，车马纷纷，十八日最为繁盛，二十日则稍稀矣……其杭人有一等无赖不惜性命之徒，以大彩旗，或小清凉伞、红绿小伞儿，各系绣色缎子满竿，伺潮出海门，百十为群，执旗泅水上，以迓子胥弄潮之戏，或有手脚执五小旗浮潮头而戏弄。”◎“沙头”句：形容观潮人数之多。◎晴雷干雹：潮声如晴天霹雳，激起的水珠像冰雹。◎帘旌：帘幕。◎猎猎：随风飘拂貌。◎新醅：新酿的酒。◎翠斝：翠玉酒杯。◎行：行酒，依次斟酒。◎坐中：座席之中。◎吴歌：泛指江南民歌。◎清昼：白天。◎西阳：夕阳。◎“六曲”句：形容涌起的海潮如镶嵌着云母的六曲屏风。屏风两扇叠为一曲，六曲即十二扇。李商隐《屏风》：“六曲连环接翠帷。”又《嫦娥》：“云母屏风烛影深。”◎珠盘：形容翻腾着浪花的水面。◎青鸦茸：鸦青色的细毛，形容水中披散着头发的弄潮儿。周密《武林旧事》卷三：“吴儿善泅者数百，皆披发文身……出没于鲸波万仞中。”◎生缘：佛教语，指俗世的缘分。

梦微之

唐·白居易

晨起临风一惆怅，通川湓水断相闻。

不知忆我因何事，昨夜三回梦见君。

◎诗题下有作者自注：“十二年八月二十日夜。”十二年，即唐宪宗元和十二年（八一七）。微之，指白居易的好友元稹（字微之）。
◎通川：在通州（治所在今四川达州），此时元稹在通州司马任上。
◎湓水：在江州（治所在今江西九江），此时白居易在江州司马任上。

元・方从义《云山图卷》

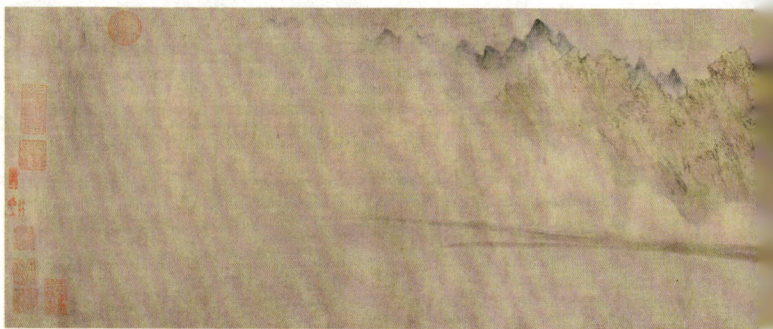

八月廿一日出凤冈

元·倪瓒

江上来寻西郭山，山人留我白云间。
风飘云去他山雨，云本无心亦未闲。

◎山人：山野之人，借指隐士等世外高人。◎无心：无意，没有打算。陶渊明《归去来兮辞》："云无心以出岫，鸟倦飞而知还。"

八月二十二日回过三沟

北宋·梅尧臣

不见沙上双飞鸟，莫取波中比目鱼。

重过三沟特惆怅，西风满眼是秋蕖。

◎宋仁宗庆历四年（一〇四四）七月七日，梅尧臣途经高邮（今属江苏）的三沟，妻子谢氏病逝于此。庆历八年（一〇四八），诗人又一次经过三沟，触景伤情，写下了这首悼念亡妻的诗篇。◎“不见”二句：双飞鸟、比目鱼（古人认为此鱼只生一目，需要两两相并才能游于水中），都是形容恩爱的夫妻。潘岳《悼亡诗三首》：“如彼翰林鸟，双栖一朝只。如彼游川鱼，比目中路析。”沙，沙洲，沙滩。◎西风：指秋风。◎秋蕖：秋天枯败的荷花。李璟《摊破浣溪沙》：“菡萏香销翠叶残，西风愁起绿波间。还与韶光共憔悴，不堪看！”可参读。

明·吕纪《秋鹭芙蓉图》

八月廿三日芙蓉花下留南宫岳山人饮。明日岳山人过玉山。南宫老矣，不知复几聚首。观花听琴，情不能堪，因赋长句，并柬玉山

元·倪瓒

芙蓉著花已烂熳，浊酒弹琴聊少停。
数声别鹄隔江渚，一醉秋天空玉瓶。
况当宾客欲行迈，忍使风雨即飘零。
攀条掇英重惆怅，但愿花开长不醒。

◎芙蓉花：即木芙蓉，落叶灌木，秋季开花，花大，花色受光照影响会一日数变。◎南宫岳山人：即袁矩。袁矩，字子方，善琴，是倪瓒的忘年交。◎过：前往拜访。◎玉山：即顾瑛。顾瑛是昆山富室，当时的众多文人雅士都爱在他的别墅“玉山草堂”聚会，被称作“玉山雅集”。◎柬：指寄送写有诗作的柬帖。◎著花：长出花朵。◎“浊酒”句：嵇康《与山巨源绝交书》：“时与亲旧叙阔，陈说平生，浊酒一杯，弹琴一曲，志愿毕矣。”◎别鹄：《别鹄操》，即《别鹤操》，琴曲名。◎江渚：江中小洲，亦指江边。◎行迈：远行。《诗经·黍离》：“行迈靡靡，中心如醉。”◎攀条：攀折枝条。◎掇英：摘花。

惠山煮泉圖
庚午冬十二月九日寫于遼安
遼中
錢穀

古香齋

朓月景和暢同人試煮
泉有停云有道汲方圖
汲圖此地誠遠俗名產
惟是仇雲前一印詳以
與予周旋
甲辰暮春袁陽彤

明·錢穀 《惠山煮泉圖》

登惠山二首（录一）

元·顾瑛

对郭依山千古寺，穿云路径石崚嶒。
殿前树落桫椤子，墙上花牵薜荔藤。
遗像俨存尝水庙，长廊亦有注茶僧。
荒苔旧刻无人打，岩壑秋清尽日登。

◎诗题后有小注："至正辛卯八月二十四日。"至正是元顺帝的年号，至正辛卯，即至正十一年（一三五一）。惠山，山名，在今江苏无锡。◎"对郭"句：惠山寺位于无锡西郊，背靠惠山东麓，所以说是"对郭依山"（郭本义指外城墙，也可泛指城市）；它始建于南北朝，历史悠久，所以说是"千古寺"。◎崚嶒：山势高耸貌。◎桫椤：常绿木本蕨类植物。传说佛祖释迦牟尼圆寂于桫椤双树下，所以佛寺中多种此树。◎薜荔：又名木莲，常绿蔓茎灌木，常密布在山壁、墙体上。柳宗元《登柳州城楼寄漳汀封连四州》："惊风乱飐芙蓉水，密雨斜侵薜荔墙。"◎"遗像"句：唐代"茶圣"陆羽精于茶道，曾论天下煎茶之水优劣，分为二十等，以"惠山寺石泉水"为天下第二；后人为纪念陆羽，在惠山寺内建有陆子祠，并陈列有他的画像。杨万里《题陆子泉上祠堂》："惠泉遂名陆子泉，泉与陆子名俱传。一瓣佛香炷遗像，几多衲子拜茶仙。"◎打：指对碑刻进行捶拓。◎岩壑：山峦溪谷。◎尽日：整日，终日。

（传）五代·佚名《丹枫呦鹿图》

二十五日晓发舒库里口

清·查慎行

曈曈初日上天东，一片秋光照耀同。
好是万株红叶满，已经霜后未经风。

◎清康熙四十二年（一七〇三）五月，查慎行作为翰林院编修，随驾康熙帝避暑口外，“始而行宫检书，既而围场观猎，往返计百二十日。每有所作，辄呈御览”（查慎行《敬业堂诗集》卷三十《随辇集》小序），本诗即作于这次随驾途中，时间是八月二十五日。晓发，拂晓出发。舒库里口，清时属宣化府，治所在今河北省张家口市的宣化区。◎曈曈：日出时温暖光明的样子。王安石《元日》：“千门万户曈曈日。”◎初日：旭日，指初生的太阳。◎好是：正是，恰是。◎经霜：经过秋霜。杜甫《怀锦水居止二首》：“层轩皆面水，老树饱经霜。”

八月二十六日雨后呈沅陵教授

南宋·赵蕃

秋风比已凉如水，秋日还能热似焚。
骤对碧云成突兀，忽看快雨洒缤纷。
梧应留响中宵听，菊为韬香九日闻。
排遣羁愁消底物，要君诗律张吾军。

◎沅陵教授：赵蕃集中有《沈沅陵生日》《送沈沅陵》《赠沈沅陵》等诗，或即此人。◎比：近来。◎“骤对”二句：突兀，高耸貌。诗人这里描写的应即今人所谓的积雨云。积雨云的云层厚大，往往耸立如山，常产生雷暴、阵雨等。◎留响：指梧桐叶上蓄积了雨水。◎中宵：半夜。◎韬香：收敛香气。◎九日：指十余日后的九九重阳节。因重阳节有赏菊花的民俗，故云。◎羁愁：羁旅他乡的愁思。◎底物：何物。◎张吾军：指张大、壮大我辈的声势。语本《左传·桓公六年》：“我张吾三军，而被吾甲兵。”韩愈《醉赠张秘书》：“诗成使之写，亦足张吾军。”

八月二十七日，梦与宋侍读同赋泛伊水诗，觉而录之

北宋·梅尧臣

遨游非昔时，轻舸偶同泛。
山水心有慕，屡往如有欠。
平生共好尚，饮食未尝厌。
兹日不言多，醉如春酒酽。

◎宋侍读：朱东润先生说："宋侍读未详，疑即宋敏求，字次道，史略其官。"（见《梅尧臣集编年校注》本诗的"补注"）◎伊水：即伊河，流经今河南省境内，是洛河的支流。◎觉：睡醒。◎轻舸：轻舟，快船。◎有欠：犹言"不足"。◎好尚：喜好。◎厌：吃饱，满足。◎兹日：此日。◎"醉如"句：典出《三国志·周瑜传》裴松之注引《江表传》："（程普）乃告人曰：'与周公瑾交，若饮醇醪，不觉自醉。'"这里是喻指与宋侍读为友，为其品德、才学所折服。酽，指酒味醇厚。

元·方从义《武夷放棹图》

八月二十八日出游武夷

清·袁枚

半生梦想武夷游，此日裁呼江上舟。
山抱文心传九曲，水摇花影正三秋。
神仙半面何时露，锦幔诸君识我不？
拟唱宾云最高调，支筇直上碧峰头。

◎武夷：武夷山，在今福建省武夷山市南郊，是福建第一名山。本诗作于清乾隆五十一年（一七八六），袁枚时年七十岁。◎裁：通“才”。◎九曲：武夷山溪流曲折，其中武夷宫至星村一段，三弯九曲，被称作九曲溪，是武夷山风景最胜之处。◎三秋：指秋季。◎“神仙”四句：传说武夷君与皇太姥等仙人，在武夷山的峰顶张幔为亭，结彩为屋，大宴乡人，席间奏仙乐《宾云曲》助兴。武夷山的幔亭峰即由此得名。锦幔，锦制的帐幕；支筇，撑着竹杖。

八月二十九日宿怀

唐·赵嘏

秋天晴日菊还香，独坐书斋思已长。
无奈风光易流转，强须倾酒一杯觞。

◎思：思绪，情思。◎杯觞：酒杯。

宝历二年八月三十日夜梦后作

唐·白居易

尘缨忽解诚堪喜，世网重来未可知。
莫忘全吴馆中梦，岭南泥雨步行时。

◎宝历：唐敬宗年号。宝历二年，即公元八二六年。◎缨：系冠的带子，解缨则指去官。本年白居易在苏州刺史任上，二月落马伤足，卧床三旬；五月末，又以眼病伤肺，请了百日长假。作此诗时，尚在休假疗养中，暂无公务烦劳。◎世网：指礼法、道德等对人的束缚。◎全吴馆：吴地的八所馆驿之一。◎“岭南”句：本句是描写梦境。唐代置岭南道，辖今福建、两广及云南东南部及越南北部，为贬谪流放之地。

九月

九月一日过孟十二仓曹、十四主簿兄弟

唐·杜甫

藜杖侵寒露，蓬门启曙烟。
力稀经树歇，老困拨书眠。
秋觉追随尽，来因孝友偏。
清谈见滋味，尔辈可忘年。

◎本诗作于唐代宗大历二年（七六七），杜甫此时寓居于夔州（今重庆奉节）。过，拜访。孟家兄弟一个排行十二，一个排行十四（唐人多以行辈相称），分别担任仓曹（管仓谷）、主簿（管簿册文书）之类地方上的佐官。◎藜杖：用藜的老茎制作的手杖。◎蓬门：蓬草为门，形容贫苦之家。杜甫《客至》："花径不曾缘客扫，蓬门今始为君开。"◎启：开。◎曙烟：清晨时的烟霭。◎"力稀"二句：杜甫本年已五十六岁，在古时已为老人，写倦态如画。拨书，撇开书卷。◎"秋觉"二句：清代学者黄生云："五六倒叙，因重其孝友，故偏来此追随，不觉一秋将尽。"孝友，本指善待父母和兄弟，这里偏指对兄弟友爱。◎尔辈：你辈，指孟氏兄弟。◎忘年：忘年交。

九月初二日雨

清·袁枚

淅淅声何急，萧萧意独长。
山中三日雨，世上几重凉。
云影过深竹，秋容满画堂。
孤花无赖甚，态似望残阳。

◎淅淅：雨声。◎深竹：茂密的竹林。◎秋容：秋色。◎画堂：泛指华丽的屋舍。◎无赖：烦闷，无聊。◎态：情状，神态。

元·高克恭《秋山暮霭图》

明·蓝瑛《白云红树图》

九月三日泛舟湖中作

南宋·陆游

儿童随笑放翁狂，又向湖边上野航。
鱼市人家满斜日，菊花天气近新霜。
重重红树秋山晚，猎猎青帘社酒香。
邻曲莫辞同一醉，十年客里过重阳。

◎湖：指诗人家乡山阴（今属浙江绍兴）的镜湖。◎放翁：诗人的自号。《宋史·陆游传》："范成大帅蜀，游为参议官，以文字交，不拘礼法，人讥其颓放，因自号'放翁'。"◎野航：田家的渡船。◎斜日：斜晖，傍晚西斜的阳光。◎新霜：初霜，一般出现在秋季最后一个节气"霜降"前后。◎红树：指枫树，其叶秋季会变成红色。◎猎猎：飘拂貌。◎青帘：青色的酒旗，酒幌。◎社酒：社日的酒。古代春秋两季祭祀土地神的日子叫作春社和秋社，秋社在立秋后第五个戊日。◎邻曲：邻居。◎"十年"句：陆游自注云："予自庚寅至辛丑，始见九日于故山。"庚寅和辛丑是干支名，即宋孝宗乾道六年（一一七〇）至宋孝宗淳熙八年（一一八一）。陆游于乾道六年入蜀，后又去了建安、抚州，直到淳熙七年年底才回到家乡，所以说是"十年客里"。九日，即九月九日重阳节。

九月四日过增口道中

南宋·洪咨夔

秋光拍塞小村墟，高下人家意自如。
屋底四蚕抽蛹细，墙头三桂着花疏。
握儿早秫酒无限，杓子晚菘虀有余。
大似元丰年界好，天应容我老樵渔。

◎拍塞：充满。◎村墟：村庄，墟落。◎高下：参差起伏。王安石《即事》："纵横一川水，高下数家村。"◎四蚕：蚕结茧化蛹前一般要蜕皮四次，每次蜕皮前会有一段时间不动不食，称作"蚕眠"。四蚕即"四眠"后开始吐丝结茧的熟蚕。叶茵《蚕妇吟二首》："九日三眠火力齐，五朝又报四眠时。"◎三桂：三秋时节的桂树。三秋，秋季的第三个月，即农历九月。◎握儿：似指结籽。◎秫：黏高粱，多用于酿酒。陶渊明《和郭主簿》："舂秫作美酒，酒熟吾自斟。"◎杓子：不详。疑杓字为传写之误，从文意看，应是指白菜生长中产生的侧芽。◎晚菘：秋末的白菜。◎虀：这里指腌白菜。◎元丰：宋神宗年号（一〇七八至一〇八五）。当时王安石有《元丰行示德逢》《后元丰行》《歌元丰五首》等多首诗作，称赞元丰年间"麦行千里不见土，连山没云皆种黍"，"丰年处处人家好"的景象。◎年界：年景，年成。◎老樵渔：指终老于村居生活。

九月五日晴暖，步后园

南宋·范成大

海气烘晴入断霞，半空云影界山斜。
轻罗小扇游蜂畔，只比东风有菊花。

◎海气：这里指水面上的雾气。◎断霞：片段的云霞。◎界：毗连。◎轻罗小扇：参见七月七日诗注。◎“只比”句：这日天气晴暖，除了有秋菊开放，诗人觉得简直跟春天一样了。东风，即春风。

同卫尉崔少卿九月六日饮

唐·姚合

酒熟菊还芳，花飘盏亦香。
与君先一醉，举世待重阳。
风色初晴利，虫声向晚长。
此时如不饮，心事亦应伤。

◎卫尉崔少卿：卫尉即卫尉寺，官署名，掌器械文物等；其长官为卫尉卿，副长官为卫尉少卿。◎举世：全天下。◎待重阳：重阳节在农历九月九日，因此这里说“待重阳”。◎向晚：傍晚。

九月七日江上阻风

南宋·戴复古

舣棹依乔木，扶筇涉浅沙。
云山多态度，水月两光华。
白首吟诗客，青帘卖酒家。
明朝风不定，来此醉黄花。

◎舣棹：使船靠岸为舣；棹本指船桨，也可借指船。所以舣棹犹言停船。◎扶筇：扶着竹杖。◎多态度：谓姿态多端。◎青帘：青色的酒幌。◎定：平，止。◎醉黄花：醉于黄花丛中。黄花，即菊花。李清照《醉花阴》："莫道不销魂，帘卷西风，人比黄花瘦。"

南宋·米友仁《云山图》

九月八日

唐·司空图

已是人间寂寞花，解怜寂寞傍贫家。
老来不得登高看，更甚残春惜岁华。

◎解：能够。◎“老来”二句：大意谓因年老行动不便，对着家畔的这朵“寂寞花”，其不舍之情，更胜于暮春时节的惜花之情。岁华，这里是指花。陈子昂《感遇》（其二）：“岁华尽摇落，芳意竟何成！”

九月九日忆山东兄弟

唐·王维

独在异乡为异客，每逢佳节倍思亲。
遥知兄弟登高处，遍插茱萸少一人。

◎诗题下有作者自注：“时年十七。”这一年是唐玄宗开元五年（七一七）。九月九日，即重阳节（九为阳数，二九相重，所以叫重阳），又称重九，是中国重要的传统节日。这一天有登高、远游、赏菊、喝菊花酒、吃重阳糕、佩戴茱萸以辟邪等习俗。山东，指华山以东。王维是蒲州（今山西永济）人，当时在长安。因为蒲州地处华山东北，而长安在华山之西，所以称其在家乡的兄弟为“山东兄弟”。◎“遥知”二句：清代学者张谦宜《絸斋诗谈》卷五云：“不说我想他，却说他想我，加一倍凄凉。”

九月十日即事

唐·李白

昨日登高罢，今朝更举觞。
菊花何太苦，遭此两重阳。

◎即事：用当前事物做题材的诗。◎举觞：举杯。杜甫《饮中八仙歌》："举觞白眼望青天。"◎"菊花"二句：清代学者王琦注释道："《岁时杂记》：'都城重九后一日宴赏，号小重阳。'菊以两遇宴饮，两遭采掇，故有'太苦'之言。"

九月十一日夜

清·袁枚

金灯淡淡映书楼，银蒜沉沉押画钩。
一霎秋风吹落叶，波涛都在树梢头。

◎“银蒜”句：银质的帘钩，形如蒜条，用以压住帘子，以免为风吹动。苏轼《哨遍》：“睡起画堂，银蒜押帘，珠幕云垂地。”◎一霎：顷刻，指时间极短。◎波涛：波涛声，用以形容风声。

清・恽寿平《山水花鸟图册・菊花》

九月十二日折菊

南宋·陆游

黄菊芬芳绝世奇，重阳错把配萸枝。
开迟愈见凌霜操，堪笑儿童道过时。

◎萸枝：茱萸枝。重阳节有赏菊、饮菊花酒、佩戴茱萸的习俗。◎愈见：更见。◎凌霜操：抵御霜雪的操守。◎堪笑：可笑。

九月十三日出善利门

北宋·陈师道

十载都城客，孤身冒百艰。
一饥非死所，万里有生还。
去国吾何意，归田病不关。
共看霜白鬓，似得半生闲。

◎善利门：北宋都城开封的城门。◎十载：十年。◎死所：死的地方。◎“去国”二句：离开京城并不是我的本意，回返故乡也与生病无关。国，指首都。

九月十四日小会

北宋·孔武仲

带露葵花贮漆盘，周遭仍簇小鸡冠。
人生爱赏无时足，但作姚黄魏紫看。

◎葵花：应指黄蜀葵，花大，呈淡黄色；今人俗称葵花的向日葵，原产美洲，宋朝时尚未传入中国。张祜《黄蜀葵花》："名花八叶嫩黄金，色照书窗透竹林。"◎周遭：周围。◎簇：聚集，簇拥。◎鸡冠：鸡冠花，花色多为深红或紫红，形如鸡冠。罗邺《鸡冠花》："晓景乍看何处似，谢家新染紫罗裳。"◎"但作"句：姚黄、魏紫是两种名贵的牡丹花（详见《三月十三日本约潘郎同游安园，以雨不果，因饮于家，为说宛丘木芍药之盛，作此篇》和《真觉院有洛花，花时不暇往，四月十八日与刘景文同往赏枇杷》诗注），黄蜀葵和鸡冠花的颜色分别与之相近，所以诗人说暂且可以把它们当作姚黄魏紫来欣赏。

明·陶成《蟾宫玉兔图》

九月十五夜月，细看桂枝北茂南缺，未经古人拈出，纪以二绝句

南宋·杨万里

桂树冰轮两不齐，桂圆不似月圆时。
吴刚玉斧何曾巧，斫尽南枝放北枝。

青天如水月如空，月色天容一皎中。
若遣桂花生塞了，姮娥无殿兔无宫。

◎桂枝：古人仰望明月时，把看到的月中阴影（实际是月球表面低洼的平原部分，即所谓月海），想象成是桂花树。◎拈出：指出。◎冰轮：指明月。◎吴刚：传说中月中的仙人。段成式《酉阳杂俎》："旧传月中有桂，有蟾蜍，故异书言月桂高五百丈。下有一人，常斫之，树创随合。人姓吴名刚，西河人，学道有过，谪令伐树。"◎斫：这里指用斧砍。◎皎：洁白，明亮。◎"若遣"二句：意谓如果没有吴刚时时修整桂花树，而任由其充塞整个月亮，那么嫦娥和玉兔的广寒宫殿，都会没地方安置了。姮娥，即嫦娥。

九月十六日夜梦驻军河外，遣使招降诸城，觉而有作

南宋·陆游

杀气昏昏横塞上，东并黄河开玉帐。
昼飞羽檄下列城，夜脱貂裘抚降将。
将军枥上汗血马，猛士腰间虎文韔。
阶前白刃明如霜，门外长戟森相向。

◎本诗作于宋孝宗乾道九年（一一七三），诗人此时在嘉州（今四川乐山）任上。河外，这里泛指北方的金人占领区；觉，醒来。◎横：弥漫，充满。◎塞上：边塞，边境。◎并：通“傍”，依傍。◎玉帐：主帅所居的军帐。◎羽檄：古代的军事文书，插鸟羽以示紧急。◎列城：众多边塞上的城堡。◎貂裘：貂皮大衣。◎抚：安抚。◎枥：马槽。◎汗血马：产于今中亚地区，这里是泛指骏马。◎虎文韔：指绘有虎皮花纹的弓袋，“文”同“纹”。◎“门外”句：语本杜甫《李潮八分小篆歌》：“快剑长戟森相向。”森，森然，众多、盛大貌。◎朔风：北风。◎转盼：转眼间。◎玉花：指雪花。◎“谁言”

朔风卷地吹急雪，转盼玉花深一丈。
谁言铁衣冷彻骨，感义怀恩如挟纩。
腥臊窟穴一洗空，太行北岳元无恙。
更呼斗酒作长歌，要遣天山健儿唱。

句：岑参《白雪歌送武判官归京》：“都护铁衣冷难着。”欧阳修《晏太尉西园贺雪歌》：“须怜铁甲冷彻骨，四十余万屯边兵。”◎挟纩：裹着丝绵。《左传·宣公十二年》：“申公巫臣曰：‘师人多寒。’王巡三军，拊而勉之，三军之士皆如挟纩。”◎腥臊窟穴：指金人盘踞的地方。◎太行北岳：太行山和北岳恒山，这些山脉所在的地区当时被金人占领。◎元：同“原”。◎“更呼”二句：典出《旧唐书·薛仁贵传》：“（薛仁贵）领兵击九姓突厥于天山……时九姓有众十余万，令骁健数十人逆来挑战，仁贵发三矢，射杀三人，自余一时下马请降。……军中歌曰：‘将军三箭定天山，战士长歌入汉关。’九姓自此衰弱，不复更为边患。”

九月十七夜与周国雍话旧

明·顾大典

霜满蒹葭月满地，断烟疏树影参差。
天涯莫道相逢易，昨岁今宵是别离。

◎周国雍：即周光镐（字国雍），著有《明农山堂集》。◎蒹葭：即芦苇，多年生草本植物，多生长于湿地或浅水地区。◎参差：不齐貌。

九月十八日梦中作闻雁诗

北宋·张耒

何日离燕碛，来投江上洲。
高鸣云际夜，冷度雨中秋。
缯缴远须避，稻粱寒未收。
春风归翼便，容易一冬留。

◎燕碛：同“雁碛”，泛指北方边塞。梅尧臣《送马仲途司谏使北》：“貂裘不见风霜劲，雁碛遥知道路艰。”◎缯缴：即“矰缴”，系有丝绳，用以猎取飞鸟的短箭。

九月十九夜

清·袁枚

漏转三更万籁空，霜华满地树摇风。
老鸱窥户干笑去，中有一灯坐一翁。

◎漏：漏壶，古代利用水或沙来计算时间的一种仪器。◎万籁：各种声音。籁本指孔穴中发出的声音。◎霜华：同“霜花”，即霜。◎老鸱：鸱鸮，即猫头鹰，其叫声似笑。

九月二十日微雪，怀子由弟二首（录一）

北宋·苏轼

江上同舟诗满箧，郑西分马涕垂膺。
未成报国惭书剑，岂不怀归畏友朋。
官舍度秋惊岁晚，寺楼见雪与谁登。
遥知读易东窗下，车马敲门定不应。

◎本诗作于宋仁宗嘉祐七年（一〇六二），这时苏轼在凤翔（今属陕西），而苏辙则在都城汴梁（今河南开封）。子由弟，苏轼的胞弟苏辙（字子由）。◎“江上”句：指嘉祐四年（一〇五九）兄弟二人由蜀赴京的那段旅途。箧，小箱子。◎“郑西”句：嘉祐六年（一〇六一），苏轼出任签书凤翔府判官，苏辙送兄长至郑州西门外而回。膺，胸。◎书剑：借指所学的文武技艺。◎“岂不”句：语本《左传·庄公二十二年》引逸诗：“岂不欲往，畏我友朋。”怀归，思归故里。◎“遥知”二句：悬想兄弟苏辙闭门读书的情状，写法略同王维《九月九日忆山东兄弟》：“遥知兄弟登高处，遍插茱萸少一人。”

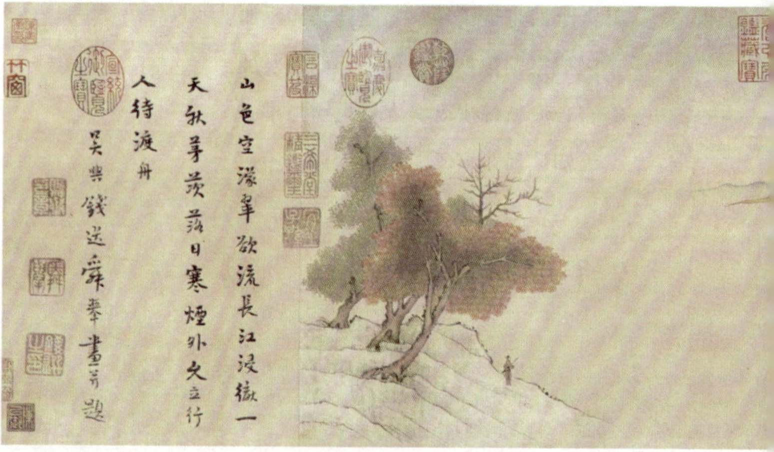
山色空濛翠欲流長江浸徹一
天秋茅茨落日寒煙外久立行
人待渡舟
吴興錢選舜舉畫并題

元・钱选《秋江待渡图》

白霧注茫
蒲秋煙暖
碧湖芳情
空誰氏媚亭
賦印須倒
影山銜景
欺霜板深
朱炎誇杭
葦渡彼岸
卻戚雅
丁卯春月
御題

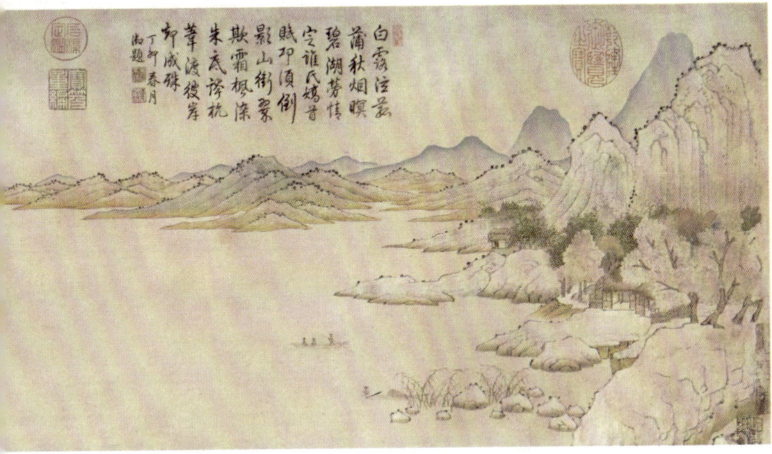

九月廿一日为金焦之游二首（录一）

清·阮元

扬州箫管卧听回，瓜步红船雾里催。
渡口有人共帆楫，江心何地起楼台。
桥痕挂水夜潮落，塔影横空秋日开。
解识坡公留带意，百年能得几回来。

◎本诗作于清嘉庆八年（一八〇三），诗前原有序言，文长不录。金焦，金山和焦山，在今江苏镇江。◎箫管：泛指音乐。◎瓜步：本指瓜步山（在今江苏南京的六合区），这里据诗意，实际指的是今天扬州市南的瓜洲古渡。瓜洲渡位于长江北岸，与镇江的金山隔江相对，所谓“京口瓜洲一水间”（王安石《泊船瓜洲》，京口即镇江的古称）。◎“渡口”句：本诗诗序云：“康山主人江表叔、文叔鸿送余至江上，乃同为金焦之游。”帆楫，船帆和船桨，泛指船只。◎“解识”句：本诗诗序云：“是日，秋雾晓敛，澄江无浪，遂登金山，步玉带桥，憩水月庵，观坡公玉带……”解识，知晓；坡公，即北宋著名文学家苏东坡。据《五灯会元》卷十六记载，佛印禅师住持金山寺时，好友苏东坡有一次以“腰下玉带子”为注，与佛印辩论禅理；结果苏东坡输了，于是玉带也就留在金山寺，成为了镇寺之宝。

九月二十二日夜雨

清·罗汝怀

萧骚久不作，急响送残秋。
旅馆重听雨，孤灯静照愁。
客怀蕉下榻，归梦竹间楼。
岂不虞淹滞，江村稻未收。

◎“萧骚”句：指之前久不下雨。萧骚，象声词，多形容风雨声，与下句的“急响”都是指这场夜雨。杜牧《夜雨》：“点滴侵寒梦，萧骚著淡愁。”◎残秋：农历九月为秋季的最后一个月，故云。◎客怀：客居异乡的情怀。◎榻：床榻。◎归梦：归乡之梦。◎岂不：怎么不。◎虞：忧虑。◎淹滞：指长年滞留、漂泊在外。

九月二十三夜，小儿方读书而油尽，口占此诗示之

南宋·陆游

彻骨贫来累始轻，孤村月上正三更。
汝缘油尽眠差早，我亦尊空醉不成。
南陌金羁良自苦，北邙麟冢半无名。
书生事业期千载，得丧从来未易评。

◎口占：指作诗时随口吟成，不打草稿。◎缘：因为。◎差早：略早。◎尊：指酒杯。◎南陌：南郊。◎金羁：金饰的马络头，代指马。◎良自苦：诚然自寻烦恼。◎北邙：参见二月五日诗注。◎麟冢：麒麟冢，指权贵们的坟墓。杜甫《曲江二首》："苑边高冢卧麒麟。"◎得丧：得失。

九月二十四日大风

北宋·梅尧臣

秋飙无踪迹，空中声奔驰。
枯桑因已验，老病仍先知。
惊沙入破隙，危叶堕绿枝。
幽怀聒不寐，山岳将恐移。

◎秋飙：秋风。◎枯桑：老桑树。汉乐府《饮马长城窟行》："枯桑知天风，海水知天寒。"◎惊沙：飞沙。鲍照《芜城赋》："孤蓬自振，惊砂坐飞。"◎破隙：缝隙。◎危叶：将落未落的枯叶。◎聒：烦扰。◎不寐：睡不着。《诗经·柏舟》："耿耿不寐，如有隐忧。"

清·龚贤《十二月令山水册页》其九

九月二十五日鸡鸣前起待旦

南宋·陆游

堪笑枯肠渐畏茶，夜阑坐起听城笳。
炉温自拨深培火，灯暗犹垂半结花。
断梦不妨寻枕上，孤愁还似客天涯。
扫尘拾得残诗稿，满纸风鸦字半斜。

◎待旦：等候天明。◎枯肠：饥肠，空腹。卢仝《走笔谢孟谏议寄新茶》："三碗搜枯肠。"陆游《幽居即事》："枯肠不禁搅，戒婢罢煮茗。"◎夜阑：夜尽，夜残。◎城笳：笳是古代的一种管乐器，似笛，由西域传入，后作为军乐器。城笳，指城头的胡笳声。◎"炉温"句：炉子仍然温暖，是因为自己拨动了深掩的炉灰。◎花：灯花，油灯的灯芯余烬结成的花状物。◎"满纸"句：谓字迹潦草，如风中乱飞的乌鸦。卢仝《示添丁》："忽来案上翻墨汁，涂抹诗书如老鸦。"陆游《斋中杂题》："须臾忽满纸，翩翩若风鸦。"又《舍北行饭书触目》："风鸦零乱字横斜。"

明·戴进《溪桥策蹇图》

九月二十六日河上雪

北宋·强至

昨朝今日尽天风，九月长河雪片中。
云外谁偷榆荚种，人间自满菊花丛。
群阴已鼓先时勇，万井应愁卒岁穷。
亦欲蹇驴乘逸兴，灞桥何处觅诗翁。

◎云外：天外，比喻仙境。◎榆荚：榆树的果实，形似铜钱，俗称榆钱。榆荚在暮春时节会变为白色，并随风飘落；所以韩愈曾将它比作飞雪（《晚春》："杨花榆荚无才思，惟解漫天作雪飞。"），而强至这里则反用其意，将飞雪比作榆荚了。◎鼓：鼓起。◎万井：古代以地方一里为一井，万井比喻千家万户。◎卒岁：度过年终。卒，终。◎"亦欲"二句：典出孙光宪《北梦琐言》卷七："唐相国郑綮虽有诗名，本无廊庙之望……或曰：'相国近有新诗否？'对曰：'诗思在灞桥风雪中驴子上，此处何以得之。'盖言平生苦心也。"蹇驴，跛脚的驴子；逸兴，超脱尘俗的意兴；灞桥，在长安（今陕西西安）东。

五代南唐·董源 《寒林重汀图》

九月二十七日与客游龙山

南宋·王铚

野服芒鞋步步同，天寒酒薄客情浓。
身如萍水同千里，路入烟萝更几重。
沧海清江共今古，黄花红叶杂秋冬。
暝云自与千峰合，送我归鞍寺寺钟。

◎野服：平民朴素的服装。◎芒鞋：用芒草编织的鞋子。◎薄：指酒味淡，度数不高。◎萍水：浮萍随水漂泊，聚散无定，因以比喻人的偶然相遇。◎烟萝：指草木丰茂，烟聚萝缠。武元衡《山居》："身依泉壑将时背，路入烟萝得地深。"◎暝云：黄昏时的云彩。◎归鞍：归骑。

九月二十八日湖上检校篱落

南宋·范成大

村北村南打稻声，荒园屐齿亦嬉晴。
菊边更觉朝阳好，松下偏闻晚吹清。
一岁无非吾乐事，千金不博此闲行。
周遭踏遍芙蓉岸，足痹腰顽栩栩轻。

◎检校：核查，查检。◎篱落：篱笆。◎屐齿：指足迹、游踪。◎嬉晴：弄晴，在晴日中玩赏。◎晚吹：吹拂的晚风。韦庄《雨霁池上作呈侯学士》："雨歇池边晚吹清。"◎不博：得不到，换不来。◎闲行：漫步。◎周遭：周围。◎足痹腰顽：犹言腰酸腿麻。苏轼《送张天觉得山字》："我亦老且病，眼花腰脚顽。"◎栩栩：欢欣舒畅貌。

立冬闻雷九月二十九日

北宋·苏辙

阳淫不收敛，半岁苦常燠。禾黍饲蝗螟，粳稻委平陆。
民饥强扶耒，秋晚麦当宿。闵然候一雨，霜落水泉缩。
荟蔚山朝跻，滂沱雨翻渎。经旬势益暴，方冬岁愈蹙。
半夜发春雷，中天转车毂。老夫睡不寐，稚子起惊哭。
平明视中庭，松菊半摧秃。潜发枯草萌，乱起蛰虫伏。
薪槱不出市，晨炊午未熟。首种不入土，春饷难满腹。
书生信古语，洪范有遗牍。时无中垒君，此意谁当告。

◎阳淫：指酷热。阳，阳气；淫，过甚，过度。◎燠：热。◎蝗螟：蝗虫、螟虫，泛指破坏庄稼的害虫。◎委：散落，委弃。◎强：勉强。◎扶耒：泛指耕种。耒，古代耕地的一种农具。◎秋晚：深秋。◎麦：宿麦，即秋冬播种，次年成熟的麦子，也叫冬麦。◎闵然：忧愁貌。◎“荟蔚”句：形容早晨云雾弥漫。《诗经·曹风·候人》：“荟兮蔚兮，南山朝跻。”◎翻渎：形容雨势大。渎，泛指沟渠。◎蹙：迫近。◎转车毂：形容雷声。车毂，泛指车轮。◎平明：黎明。◎萌：萌动，萌发。◎蛰虫：蛰伏在泥土里过冬的虫豸。◎薪槱：木柴。◎首种：最先播种的庄稼，这里指上文提到的宿麦。◎春饷：泛指来春的口粮。◎中垒君：指西汉学者刘向，因其官至中垒校尉，故云。《洪范》本为《尚书》中的一篇，后刘向著《洪范五行传论》，以“天人感应”学说来讨论自然界的变化、灾异与国家兴亡、人事成败间的对应关系。古人认为冬雷罕见，乃征兆不祥之事，所以诗人立冬闻雷，心生忧虑，因而想起了刘向。

五代后梁·关仝《秋山晚翠图》

大历二年九月三十日

唐·杜甫

为客无时了，悲秋向夕终。
瘴余夔子国，霜薄楚王宫。
草敌虚岚翠，花禁冷叶红。
年年小摇落，不与故园同。

◎大历二年：大历为唐代宗年号，大历二年即公元七六七年，本年诗人客居在夔州（治今重庆奉节）。◎“为客”二句：了，终了，终结；九月三十日为秋季最后一天，所以说是“向夕终”。清代学者浦起龙分析道：“客无了时，秋有了时……然则悲生于秋者虽可终，而悲生于客者仍不了矣。”◎“瘴余”二句：夔子国是周朝的一个小国，故地在今湖北秭归、重庆奉节一带，春秋时为楚国所灭。楚王宫，楚襄王所游之地。浦起龙道：“贴夔土气候说。‘瘴余’，仍得暖也；‘霜薄’，有轻寒也。”◎“草敌”句：谓草色与山雾之翠色相匹敌。岚翠，山雾所呈现的翠色。◎禁：禁受，耐得。◎小摇落：摇落指凋残、零落，而夔州气候多暖，所以诗人称其为“小摇落”。

十月

十月一日

唐·杜甫

有瘴非全歇，为冬不亦难。
夜郎溪日暖，白帝峡风寒。
蒸裹如千室，焦糟幸一柈。
兹辰南国重，旧俗自相欢。

◎本诗作于唐代宗大历二年（七六七），诗人此时客居于夔州（治今重庆奉节）。◎“有瘴”二句：宋代学者赵次公说：“时已十月矣，而瘴尚未全歇，所以为冬候之难也。”不亦，不也是，用反问语气表肯定。◎“夜郎”二句：清代学者仇兆鳌说：“溪暖犹带瘴，峡寒则涉冬矣。”夜郎，我国西南古国名，唐代属珍州，在夔州西南；白帝，即白帝城，在夔州。◎蒸裹：也叫裹蒸，一种用竹箨裹着糯米、糖、松子、胡桃仁等蒸成的食品。◎如千室：家家户户如此。◎焦糟：一种糖制食品。◎幸一柈：有幸被馈赠一盘。柈，同“盘”。◎“兹辰”二句：兹辰，这个日子，指十月一日；南国，南方，这里指夔州一带。明代学者汪瑗说：“尾句‘自’字要重看，言楚俗自相遗馈，自相欢悦而已，独牢落无与往来者也。”

十月二日初到惠州

北宋·苏轼

仿佛曾游岂梦中，欣然鸡犬识新丰。
吏民惊怪坐何事，父老相携迎此翁。
苏武岂知还漠北，管宁自欲老辽东。
岭南万户皆春色，会有幽人客寓公。

◎宋哲宗绍圣元年（一〇九四），苏轼被贬为宁远军节度副使，惠州（今属广东）安置。◎“欣然”句：用汉高祖刘邦的典故。刘邦是沛郡丰邑中阳里（在今江苏徐州丰县）人，称帝后，见父亲思乡心切，于是把长安附近一个叫骊邑的地方，依故乡丰邑街市风貌改建，并迁来丰邑的百姓，改名新丰（故地在今陕西临潼西北）。据说在建成后的新丰，“士女老幼相携路首，各知其室；放犬羊鸡鸭于通涂，亦竞识其家”（《西京杂记》）。苏轼用此典，是说他远来惠州，有一种回到家乡的感觉。◎坐：因为，由于。◎此翁：苏轼此时已年近六旬，故云。◎“苏武”二句：西汉苏武奉命出使匈奴，被困漠北十九年，才回到中原；东汉末天下大乱，管宁避乱辽东，三十七年后才返回中原。这里苏轼以二人自比，则是表达愿意在这南荒之地终老的感情。◎“岭南”句：苏轼自注云：“岭南万户酒。”这酒又叫作“万家春”（唐宋时人多称酒为“春”），苏轼《和陶己酉岁九月九日》：“持我万家春，一酬五柳陶。”◎幽人：幽居之人。◎客寓公：寄寓、客居在他乡的人。幽人与客寓公都是诗人自称。

十月初三日自邑夜归

南宋·舒岳祥

北风茅店晚炊迟，吠犬声中踏黑归。
溪上人家应夜绩，松明一点出疏篱。

◎邑：泛指城镇。◎茅店：用茅草盖成的简陋旅舍。温庭筠《商山早行》："鸡声茅店月，人迹板桥霜。"◎绩：绩麻，把麻搓捻成线绳。◎松明：老松多油脂，劈成细条后，可用以照明，称作"松明"。梅尧臣《宣州杂诗》："野粮收橡子，山屋点松明。"

十月四日往关南二首（录一）

金·元好问

行路见新月，独行还独谣。
劳生尘衮衮，晚色鬓萧萧。
野旷无遗穗，林疏有堕樵。
回头麦山岭，更觉马蹄遥。

◎关：应指石岭关。石岭关在元好问的家乡秀容（今山西忻州）之南，自古是太原和忻州间的交通要塞。◎新月：农历月初的弯月。◎谣：不用乐器伴奏的歌唱。韩愈《春雪》："看雪乘清旦，无人坐独谣。"◎劳生：指辛劳的生活。语本《庄子·大宗师》："夫大块载我以形，劳我以生，佚我以老，息我以死。"◎衮衮：尘雾频起貌。◎萧萧：稀疏。◎遗穗：遗落在田地里的谷穗。◎堕樵：散落的细柴。王安石《悼王致处士》："弱子松间拾堕樵。"◎麦山岭：不详。

己卯十月五日，予入燕狱，今三十有六旬，感兴一首

南宋·文天祥

石晋旧燕道，钟仪新楚囚。
山河千古痛，风雨一年周。
过雁催人老，寒花送客愁。
卷帘云满座，抱膝意悠悠。

◎己卯：即元世祖至元十六年（一二七九）。本年二月，在元军的围攻下，南宋军队兵败于崖山（在今广东省江门市新会区），左丞相陆秀夫背负宋末帝赵昺跳海而死，南宋灭亡。之前即被俘的枢密使文天祥被押送一路北上，十月一日至元大都（今北京）；十月五日，又被移送至兵马司关押（因北京别称“燕京”，所以诗题称作“入燕狱”）。在大都关押期间，文天祥宁死不降元，终于在至元十九年十二月初九日从容就义，享年四十七岁。◎三十有六旬：十日为一旬，三十六旬，即三百六十日，指一年。◎“石晋”句：公元九三六年，后唐河东节度使石敬瑭勾结契丹，以割让燕云十六州（燕指幽州，治所即今北京）为代价，在契丹的扶持下登基称帝，史称后晋，别称石晋。◎“钟仪”句：钟仪是春秋时楚国人，曾被郑国俘虏，并献给了晋国。晋侯问是谁，有司回答道：“郑人所献楚囚也。”（见《左传·成公九年》）诗人此处是以楚囚自喻。

十月六日园丁置墨紫

南宋·方岳

已是年时欲雪天，谁回冷落作芳妍。
极知品在群葩上，忽与梅争一着先。
颜色依然香墨重，花头不减暮春圆。
人言桃李多如此，有底能移造化权。

◎墨紫：牡丹花的名种。欧阳修《洛阳牡丹记》："叶底紫者，千叶紫花，其色如墨，亦谓之墨紫花。"◎年时：去年，往年。◎"谁回"句：大意是说，谁让本应冷落的墨紫花，在这个时节盛开的？◎"极知"句：极知，深知；群葩，群花。牡丹花大而香，姿态雍容，号称"国色天香"，又有"富贵花"和"花中之王"的美称，所以诗人说它"品在群葩上"。◎"忽与"句：梅本于众花之前而开，而此墨紫竟于十月开花，又先于梅花一着了。◎花头：花朵。苏辙《次迟韵千叶牡丹二首》："花头种种斗尖新。"◎有底：有何，有什么。◎造化：自然。

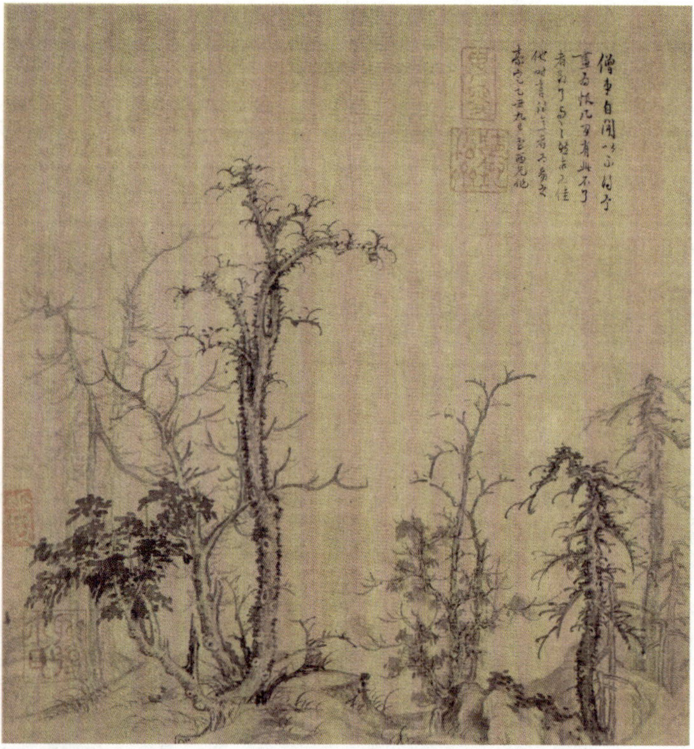

元·曹知白《寒林图》

十月七日晨起

北宋·张耒

山鸦鸣晓晴，寒日在蓬荜。
老人欣然起，构火温小室。
室中空无有，扫榻对像佛。
还观旧文字，尘土暗编帙。
一杯径就醉，四体寒若失。
隔窗即山麓，寒木鸣瑟瑟。
江民早累岁，流冗东就食。
秋蝗食陈蔡，千里无草色。
客来谈世事，亹亹语千百。
客去深闭门，颓然无我责。

◎蓬荜：蓬门荜户，指陋室。◎构火：聚木生火。◎扫榻：拂拭床榻。◎像佛：佛像。黄庭坚《次韵师厚病间十首》："僧屋对像佛。"◎编帙：书籍卷册。◎径就：马上，立即。陆游《村醉》："一尊径就村翁醉。"◎山麓：山脚。◎瑟瑟：拟声词。刘桢《赠从弟》："亭亭山上松，瑟瑟谷中风。"◎累岁：连年。◎流冗：流离失所。◎东就食：谓往东边谋生。◎陈蔡：陈国与蔡国是春秋时期两个诸侯国，其国境主要在今河南省境内，这里是泛指中原地区。◎亹亹：滔滔不绝貌。

十月八日九日连夕雷雨

南宋·陆游

雨声聒耳不停点，云气冒山殊未开。
敢恨终年惟短褐，但惊十月有奔雷。
牵萝且复补茆屋，饭豆何妨羹芋魁。
莫笑赋诗无杰句，年来万事学低摧。

◎聒耳：指声音杂响刺耳。◎冒：覆盖，笼罩。◎敢：岂敢，不敢。◎短褐：粗布短衣。杜甫《冬日有怀李白》："短褐风霜入。"◎"但惊"句：冬季打雷，俗称"雷打冬"，是比较少见的天气现象，所以诗人才会"惊"。◎"牵萝"句：语本杜甫《佳人》："牵萝补茅屋。"萝，藤萝；茆屋，同"茅屋"。◎"饭豆"句：以豆为饭，以芋魁（芋的块茎）为羹，比喻粗劣的饭食。语本《汉书·翟方进传》引童谣："坏陂谁？翟子威。饭我豆食羹芋魁。"陆游很爱在诗中用此典，如"朱门莫羡煮羊脚，粝食且安羹芋魁"（《示诸孙》），"香分豆子粥，美啜芋魁羹"（《春雨》）等等。◎年来：近年以来。◎低摧：低首摧眉，劳瘁貌。

十月九日

南宋·陆游

酒开瓮面扑人香，菊折霜余满把黄。

我是化工君信否？放迟一月作重阳。

◎满把：一整把。白居易《禁中九日对菊花酒忆元九》："赐酒盈杯谁共持，宫花满把独相思。"◎化工：大自然的造化者。语本贾谊《鹏鸟赋》："且夫天地为炉兮，造化为工。"◎"放迟"句：重阳节为九月九日，故云。

十月十日夕同文安君对月

北宋·张耒

林外霜风作夜声，入檐寒月似多情。
灯前炉畔深杯暖，更听昭君出塞行。

◎文安君：张耒妻子的封号。◎对月：向月，观月。◎霜风：刺骨的寒风。◎檐：屋檐，房顶伸出墙外的部分。◎深杯：满杯。◎“更听”句：西汉时，匈奴呼韩邪单于向汉元帝求亲，宫女王昭君主动请求出塞和亲。“昭君出塞”的故事被后世广为传颂，并被作为乐府诗、古曲等的题材。

十月十一日雷雨

清·袁枚

蛟龙忍寒九渊起，雷火烧霜照窗紫。
飞雹如麻万瓦鸣，浮天十月江南水。
老夫夜坐独自叹，世事难测如波澜。
君不见，川原萧瑟隆冬日，天意还当盛夏看。

◎九渊：深渊。贾谊《吊屈原文》："袭九渊之神龙兮，沕深潜以自珍。"◎浮天：水浮天幕，形容水势浩大。许浑《汉水伤稼》："江村夜涨浮天水。"◎"君不见"三句：盛夏雷雨天多，而冬雷少见，故云。川原，指原野；萧瑟，凄清冷落。

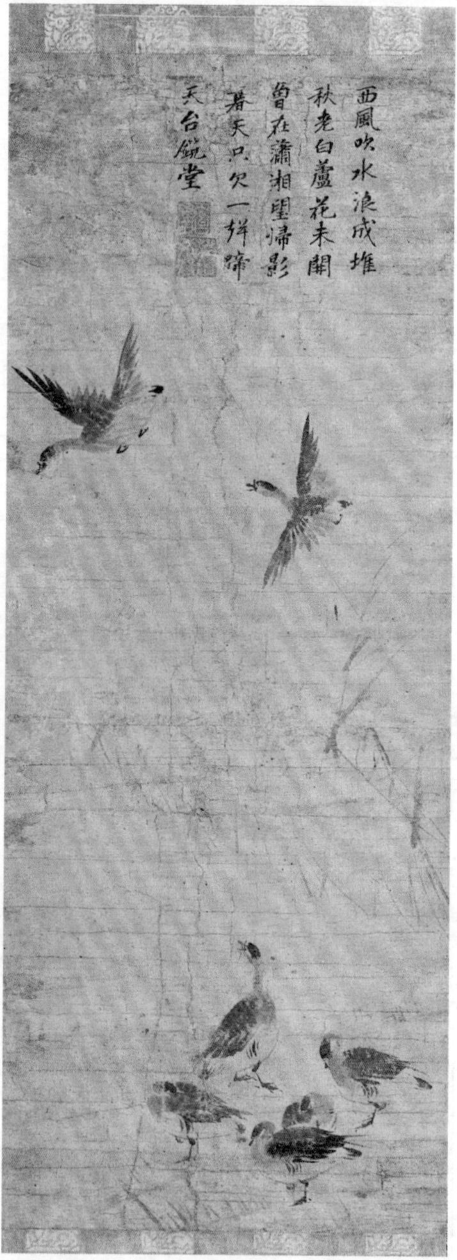
西風吹水浪成堆
秋老白蘆花未開
曾在瀟湘望歸影

（传）南宋·牧溪《芦雁图》

十月十二日夜，务宿寄内

北宋·张耒

夜寒欺老人，展转睡不足。
长年怕为客，况此空斋宿。
噫噫度云雁，瑟瑟受霜竹。
冻骹冷如植，未觉重衾燠。
天明起盥栉，淡日初照屋。
寄声家具酒，买鱼烹雁鹜。

◎务宿：宋代管理贸易、税收的机关叫作“务”，其中有关榷酒酤酒事务的则叫“酒务”。张耒曾在地方上任酒税监督的小官，“务宿”应指其在酒务官署上值夜。张耒另有《黄州酒务税宿房北窗新种竹，戏题于壁》七绝，可参。◎寄内：指寄给妻子。内即内人、内子。◎展转：翻身，睡不着。◎空斋：指冷落的屋舍。◎噫噫：鸟类的和鸣声。◎瑟瑟：寒凉萧索貌。◎骹：小腿。◎重衾：两层被子。◎燠：暖和。◎盥栉：盥，洗手；栉，梳头，泛指梳洗。◎寄声：托人传话。◎具：准备，置办。◎雁鹜：指鹅鸭。

十月十三日泊舟白沙江口

北宋·黄庭坚

岸江倚帆樯，已专北风权。
飞霜挟月下，百笮直如弦。
绿水去清夜，黄卢摇白烟。
篙人持更柝，相语闻并船。
平生濯缨心，鸥鸟共忘年。
风吹落尘网，岁星奔回旋。
险艰自得力，细故可弃捐。
至今梦汹汹，呼禹济黄川。

◎白沙：本诗原注云："真州，唐永正县之白沙镇也。"真州的治所即今江苏仪征。◎帆樯：挂帆的桅杆。白居易《夜闻歌者》："独倚帆樯立。"◎"百笮"句：南宋学者史容说："引竹索缆船如弦直。"笮，即用竹篾绞拧而成的竹索、竹缆。◎黄卢：枯黄的芦苇。◎篙人：撑船的船夫。◎更柝：打更的梆子。◎濯缨：濯，洗；缨，系冠的带子。《孟子·离娄上》："沧浪之水清兮，可以濯我缨。"后以"濯缨"比喻超凡脱俗，操守高洁。◎"鸥鸟"句：谓与鸥鸟为忘年之友，比喻有隐居之心。◎尘网：指身心受到拘束的俗世。陶渊明《归园田居》："误落尘网中，一去三十年。"◎"岁星"句：岁星即木星，约十二年运行一周天。句谓时光匆匆流逝。◎细故：不值得计较的小事。◎弃捐：不顾，弃置。◎汹汹：水汹涌貌。◎"呼禹"句：用大禹治水的典故。黄川，即黄河。本诗原注云："河出昆仑墟，色白；所渠并千七百一川，色黄。见《尔雅·释水》。"

十月十四日立冬，菊花方盛

南宋·朱翌

黄菊一何好，持觞惟尔从。
名应称晚秀，色岂为人容。
正似花重九，休论月孟冬。
霜威占清晓，直欲犯其锋。

◎立冬：二十四节气之一，被认为是冬季的开始。◎一何：多么，何其。◎持觞：举杯。◎惟尔从：只有你作陪。尔，你，指菊花。◎容：打扮。◎花重九：农历九月初九重阳节（又名重九节），菊花盛开，民间有观赏菊花的习俗。◎月孟冬：冬季第一个月为孟冬，即农历十月。◎霜威：寒霜肃杀的气息。◎清晓：清晨。◎直：竟然，居然。◎锋：锋芒，势头。

十月十五日早饭清都观逍遥堂

北宋·黄庭坚

心游魏阙鱼千里，梦觉邯郸黍一炊。
蔬食菜羹吾亦饱，逍遥堂下叶辞枝。

◎“心游”句：“魏阙”是古代宫门外高耸的楼观，也用来借指朝廷。《庄子·让王》：“身在江海之上，心居乎魏阙之下。”“鱼千里”典出《关尹子》：“以盆为沼，以石为岛，鱼环游之，不知其几千万里而不穷也。”◎“梦觉”句：唐代沈既济《枕中记》云：有一位卢生在邯郸客店中偶遇道士吕翁，吕翁给他一个青瓷枕。卢生枕之而睡，梦中遍历荣华富贵。等醒来时，店主人的“蒸黍”还没熟。卢生问：“岂其梦寐也？”吕翁道：“人生之适，亦如是矣。”黍即黄粱，黄米。头两句诗大意是说，汲汲于功名仕途，是徒劳无益之举，最终不过如黄粱一梦。◎叶辞枝：指叶落。

十月十六日记所见

北宋·苏轼

风高月暗云水黄，淮阴夜发朝山阳。
山阳晓雾如细雨，炯炯初日寒无光。
云收雾卷已亭午，有风北来寒欲僵。
忽惊飞雹穿户牖，迅驶不复容遮防。
市人颠沛百贾乱，疾雷一声如颓墙。
使君来呼晚置酒，坐定已复日照廊。
恍疑所见皆梦寐，百种变怪旋消亡。
共言蛟龙厌旧穴，鱼鳖随徙空陂塘。
愚儒无知守章句，论说黑白推何祥。
惟有主人言可用，天寒欲雪饮此觞。

◎淮阴：即今江苏省淮安市淮阴区。◎山阳：即今淮安市淮安区。◎亭午：正午。◎户牖：门窗。◎迅驶：迅疾。◎市人：街市上的行人。◎百贾：各行各业的商人。◎颓墙：墙壁倒塌，形容雷声。◎使君：对州郡长官的尊称。◎置酒：摆下酒宴。◎恍疑：仿佛。◎旋：旋即，立即。◎“共言”二句：写当时众人猜测刚才这场飞雹疾雷的反常天气的原因。韩愈《龙移》：“天昏地黑蛟龙移，雷惊电激雄雌随。”陂塘，池塘。◎愚儒：事理不明的儒者。◎章句：分析儒家经典的章节、句读的学问。颜之推《颜氏家训·勉学》：“空守章句，但诵师言，施之世务，殆无一可。”◎祥：吉凶的征兆。◎此觞：此杯。

十月十七日予生日也，孤村风雨萧然，偶得二绝句。予生于淮上，是日平旦，大风雨骇人，及予堕地，雨乃止

南宋·陆游

少傅奉诏朝京师，舣船生我淮之湄。
宣和七年冬十月，犹是中原无事时。

我生急雨暗淮天，出没蛟鼍浪入船。
白首功名无尺寸，茅檐还听雨声眠。

◎淮：淮河。◎平旦：清晨。◎少傅：指诗人的父亲陆宰。陆宰曾被赠少傅的加衔（与少师、少保合称“三少”），故云。◎舣：使船靠岸。◎湄：岸边。◎宣和：宋徽宗年号。宣和七年（一一二五）冬，陆宰从淮南路转运副使任上，进京朝见，途中泊船淮河岸边，陆游即生于此时。◎“犹是”句：此时中原虽然“无事”，但北宋王朝已危在旦夕。宣和七年十二月，宋徽宗让位给太子，是为宋钦宗。宋钦宗靖康元年（一一二六），金兵大举进攻宋朝，闰十一月，首都开封被攻破；靖康二年，金兵俘虏了徽钦二帝及后妃、宗室、贵戚等数千人北返，史称“靖康之变”，北宋也因此灭亡。◎蛟鼍：泛指凶猛的水生动物。蛟，蛟龙；鼍，鼍龙，即扬子鳄。◎茅檐：借指茅屋。

十月十八日

北宋·梅尧臣

霜梧叶尽枝影疏，井上青丝转辘轳。
西厢舞娥艳如玉，东楯贵郎才且都。
缠头谁惜万钱锦，映耳自有明月珠。
一为辘轳情不已，一为梧桐心不枯。
此心此情日相近，卷起飞泉注玉壶。

◎“井上”句：青丝，指井绳；辘轳，井上用于汲水的装置。顾况《悲歌》：“新系青丝百尺绳，心在君家辘轳上。”◎西厢：古时称位于正房两旁的房屋叫厢房，西厢即正房西侧的厢房。◎楯：楯轩，即有栏杆的长廊或小屋。◎都：俊美，娴雅。《诗经·有女同车》：“彼美孟姜，洵美且都。”◎缠头：《太平御览》卷八一五引《唐书》：“旧俗，赏歌舞人，以锦彩置之头上，谓之‘缠头’。”◎“映耳”句：《陌上桑》：“头上倭堕髻，耳中明月珠。”◎情不已：辘轳回转不停，因以为喻。

清·任颐《公孙大娘舞剑图》

观公孙大娘弟子舞剑器行并序

唐·杜甫

大历二年十月十九日，夔府别驾元持宅，见临颍李十二娘舞剑器，壮其蔚跂，问其所师，曰："余，公孙大娘弟子也。"开元五载，余尚童稚，记于郾城观公孙氏舞剑器浑脱，浏漓顿挫，独出冠时。自高头宜春、梨园二伎坊内人，洎外供奉，晓是舞者，圣文神武皇帝初，公孙一人而已。玉貌锦衣，况余白首；今兹弟子，亦匪盛颜。既辨其由来，知波澜莫二。抚事慷慨，聊为《剑器行》。往者吴人张旭善草书书帖，数尝于郫县见公孙大娘舞西河剑器，自此草书长进，豪荡感激，即公孙可知矣。

◎公孙大娘：唐玄宗开元年间著名的舞蹈家。◎剑器：当时一种身着军装的武舞。◎行：歌行，古代的一种诗歌体裁。◎大历：唐代宗年号。大历二年，即公元七六七年。◎夔府：指夔州，治所在今重庆奉节。◎别驾：州长官的佐吏。◎临颍：在今河南临颍西北。◎蔚跂：光彩蔚然，姿态雄健。◎开元：唐玄宗年号。开元五载，即公元七一七年。杜甫此时六岁，所以说"尚童稚"。◎郾城：今河南省漯河市郾城区。◎剑器浑脱：指综合"剑器"与"浑脱"二舞而成的舞蹈。◎浏漓顿挫：指舞姿流畅而富有节奏感。◎独出冠时：出类拔萃，冠绝当时。◎高头：指在皇帝面前。◎伎坊：即教坊，这里是特指皇宫内训练歌舞人员的机构。◎洎：及，到。◎外供奉：区别于宜春院、梨园这样的内教坊，指皇宫之外左右教坊等的歌舞人员。◎晓：通晓。◎圣文神

昔有佳人公孙氏，一舞剑器动四方。
观者如山色沮丧，天地为之久低昂。
㸌如羿射九日落，矫如群帝骖龙翔。
来如雷霆收震怒，罢如江海凝清光。
绛唇珠袖两寂寞，晚有弟子传芬芳。
临颍美人在白帝，妙舞此曲神扬扬。
与余问答既有以，感时抚事增惋伤。

武皇帝：唐玄宗的尊号。◎玉貌锦衣：指公孙大娘当年的相貌衣着。◎匪：非。◎波澜莫二：指公孙大娘师徒二人的艺术风格一脉相承，没有两样。◎抚事慷慨：追忆往事，心情激动。◎吴人张旭：张旭，吴县（今江苏苏州）人，唐代著名书法家，擅长草书，被尊为“草圣”。◎数：屡次。◎邺县：在今河南安阳。◎西河剑器：以西河（黄河以西地区）乐曲伴奏的剑器舞。◎豪荡感激：豪放跌宕，激动人心。◎即：则。◎动：轰动。◎如山：形容人数之多。◎色沮丧：因舞蹈的精彩而面色改变。◎低昂：高低起伏。◎“㸌如”句：尧帝时，十日当空，大地草木枯焦，尧帝命羿射日，中其九而留一日至今。㸌，指剑光闪烁。◎“矫如”句：矫健如众天神驾龙车飞翔。骖，驾驭。屈原《涉江》：“驾青虬兮骖白螭。”◎“来如”二句：写起舞时动如雷霆之震怒，收舞时静如波光之凝聚。收、凝，这里都是聚集的意思。◎“绛唇”二句：绛唇珠袖，形容当年的公孙大娘和她的舞姿。清代学者仇兆鳌说：“寂寞，伤公孙已逝；芬芳，喜李氏犹存。”◎临颍美人：即李十二娘。◎白帝：白帝城，指夔州。◎有以：有根

先帝侍女八千人，公孙剑器初第一。

五十年间似反掌，风尘澒洞昏王室。

梨园弟子散如烟，女乐余姿映寒日。

金粟堆南木已拱，瞿唐石城草萧瑟。

玳筵急管曲复终，乐极哀来月东出。

老夫不知其所往，足茧荒山转愁疾。

由，即诗序所谓“辨其由来”。◎时：时局。◎事：指观李十二娘舞。◎惋伤：哀伤。◎先帝：指唐玄宗。◎初第一：谓自始即为第一。初，本，始。◎“五十”句：从开元五年（七一七）观公孙大娘舞，至大历二年（七六七）观李十二娘舞，正五十年。反掌，形容时间流逝之快。◎风尘：指安史之乱。◎澒洞：弥漫无际貌。◎梨园弟子：程大昌《雍录》：“梨园在光化门北……开元二年正月，置教坊于蓬莱宫，上（按：指玄宗）自教法曲，谓之梨园弟子。”◎余姿：指流传下来的舞姿。◎金粟堆：即金粟山，在今陕西浦城东北，唐玄宗的泰陵位于此。◎木已拱：拱，合抱。大历二年，离唐玄宗去世已近五年，泰陵前新栽的树木已经长大，故云。《左传·僖公三十二年》：“尔何知？中寿，尔墓之木拱矣。”◎瞿唐石城：石城即白帝城，下临瞿塘峡。瞿唐，同“瞿塘”。◎玳筵：形容元持宅邸中的豪华筵席。◎急管：节奏急促的音乐。◎“老夫”二句：清代学者浦起龙说：“结二语，所谓对此茫茫，百端交集，行失其所往，止失其所居，作者读者，俱欲嗷然一哭。”老夫，杜甫自称。

十月二十日夜，天雨雹震电，先是数日极暖，至是方稍晴

北宋·张耒

江乡节候异中州，十月狂雷震未休。
二年到耳同常事，一夜雨声如蚤秋。
想见麦畦添宿润，更欣蔬甲长新柔。
东堂晚望无氛祲，洗出樊山紫翠浮。

◎先是：在此之前。◎稍晴：据上下文意，似应作“稍清”。清，指清凉。◎江乡：滨临江水的地方，这里指黄州（今湖北省黄冈市黄州区），张耒此时贬谪在此。◎节候：时令气候。◎中州：指中原地区。◎蚤秋：同“早秋”，指初秋。◎想见：推想而见。◎麦畦：麦田。◎蔬甲：菜甲，指蔬菜初生的叶芽。◎氛祲：雾气。◎樊山：即今天湖北鄂州的西山。樊山位于长江之南，与黄州隔江相望。张耒黄州时诗多写到樊山，如“谁似樊山偏得意，倚天紫翠照空虚”（《东堂即事》），“黄州望樊山，秀色如可揽”（《宿樊溪》）等。

十月二十一日得许昌晏相公书

北宋·梅尧臣

哀忧向二年，朋戚谁与书。
敢意大丞相，尺题传义庐。
从来凤凰鸣，不厌寒竹疏。
茂林多翔鸟，要路盛高车。
穷巷一如此，江深无鲤鱼。

◎许昌晏相公：即北宋著名词人、有“太平宰相”之称的晏殊。晏殊于宋仁宗皇祐元年（一〇四九）出知许州（今河南许昌），本诗作于皇祐二年，晏殊仍在许州（参夏承焘《唐宋词人年谱》）。相公，对宰相的敬称。◎书：书信。◎“哀忧”句：皇祐元年正月，梅尧臣的父亲梅让去世，诗人归家居丧；至皇祐二年十月，已快两年了。哀忧，居丧中的悲伤；向，近。◎朋戚：亲戚朋友。◎敢意：没有想到。◎尺题：书信。◎义庐：居丧期间，临时搭建在坟墓旁的小屋。◎“从来”二句：以凤凰喻晏殊，以寒竹自喻。不厌，不嫌。◎“茂林”四句：意谓权贵之家门庭若市，而自己僻居穷巷，却连一个送信之人都没有。要路，重要的道路；高车，显贵所乘的高大之车；鲤鱼，本指书信（典出汉乐府《饮马长城窟行》：“客从远方来，遗我双鲤鱼。呼儿烹鲤鱼，中有尺素书。”），这里指送信之人。元稹《苍溪县寄扬州兄弟》：“凭仗鲤鱼将远信，雁回时节到扬州。”

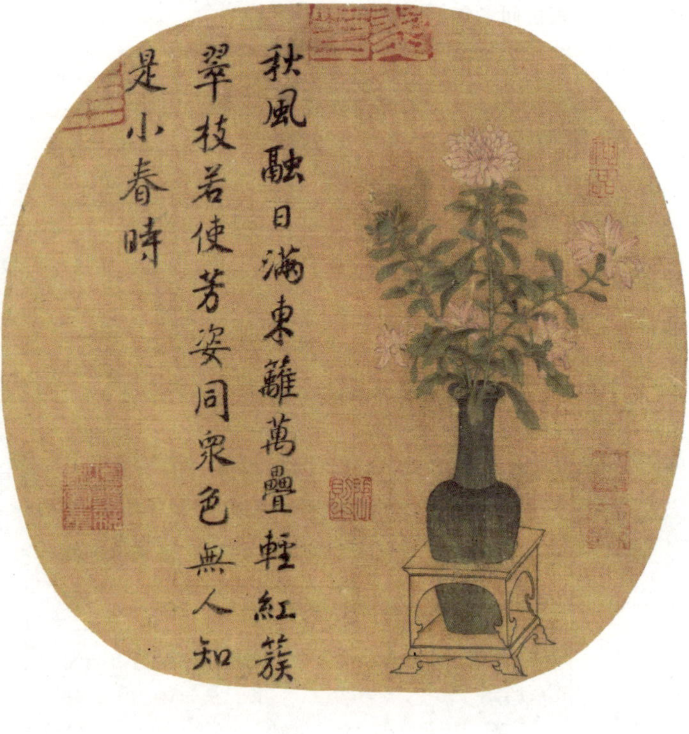
秋風融日滿東籬萬疊輕紅簇
翠枝若使芳姿同衆色無人知
是小春時

宋·佚名《胆瓶秋卉图》

十月廿二日园西樱桃数花，便有蝶至二首（录一）

明·徐渭

令节初冬逼下旬，樱桃数杪着花新。
天寒翠袖宜深幕，日莫红帘讶美人。
小颊预施三月粉，微脂未褪昨宵唇。
梨花定不开天上，百姓人家借小春。

◎花：指着花，开花。杜甫《逼仄行赠毕曜》：“辛夷始花亦已落。”◎令节：即节令。◎逼：迫近。◎杪：树枝的细梢。◎“天寒”句：语本杜甫《佳人》：“天寒翠袖薄，日暮倚修竹。”◎“日莫”句：日莫，同“日暮”，傍晚；讶，惊诧，疑怪；美人，指樱花。◎“小颊”二句：皆在形容樱花的花容。施，涂抹；脂，胭脂。◎梨花：喻雪。◎小春：指农历十月，“以其温暖如春，故谓之小春，亦云小阳春”（《岁时广记》卷三十七引《初学记》）。

南宋·扬无咎《四梅图》其二

十月二十三日携家游裴园

南宋·喻良能

笋舆趁晓踏铜驼，休暇仍逢景色和。
闲挈壶觞游翠霭，尽呼儿女看沧波。
茫茫烟渚群鸥下，隐隐晴虹短棹过。
最是小春奇绝处，梅花破萼未全多。

◎裴园：裴禧的私家园林，在杭州西湖边，今已不存。◎笋舆：即竹舆，竹轿。◎趁晓：趁早，清晨。◎铜驼：铜驼街，本是古代洛阳的一条街道，以道旁有相对的两头铜铸骆驼而得名。这里是泛指繁华游乐之所。◎休暇：闲暇。◎挈：提，携。◎壶觞：酒器。陶渊明《归去来兮辞》："引壶觞以自酌。"◎霭：烟雾，云气。◎烟渚：烟雾笼罩的小洲。孟浩然《宿建德江》："移舟泊烟渚，日暮客愁新。"◎晴虹：喻桥。张昌宗《奉和圣制夏日游石淙山》："川平桥势若晴虹。"◎短棹：划船的小桨，这里借指小船。◎小春：见《十月廿二日园西樱桃数花，便有蝶至二首（录一）》"小春"条。◎破萼：破蕾，开花。

十月二十四日早始见雪，登白云台闲望，乱道走书，呈尧夫先生

北宋·富弼

气候随时应，初寒雪已盈。
乾坤一色白，山水万重清。
是处人烟合，无穷鸟雀惊。
忻然不成下，连把玉罍倾。

◎乱道：妄说，这里是对自己文字的谦称。◎走书：走笔，指挥笔疾书。◎尧夫先生：即北宋著名哲学家邵雍（字尧夫）。◎随时：顺应季节时令。◎盈：满，盛。◎是处：处处。◎人烟合：指炊烟缭绕。◎忻然：喜悦貌。◎不成下：（因流连雪景）而不肯下来。宋祁《齐云亭》：“凭高徙倚不成下，把酒直送斜阳曛。”◎玉罍：玉制的酒器。◎倾：斜，指倒酒。

九月雪十月雷记异

元·方回

九月二十五夜雪，南天稻粱未全结。
十月二十五夜雷，东风桃李俱误开。
七十三翁骇何谓，雷旧惯闻雪则未。
水旱国家有仓储，人能寡欲疫疠无。

◎结：结实。◎骇：惊惧。◎何谓：为什么。◎寡欲：节制欲望。◎疫疠：瘟疫。

南宋·刘松年《四景山水图·冬》

十月二十六日夜，梦行南郑道中，既觉恍然，揽笔作此诗，时且五鼓矣

南宋·陆游

孤云两角不可行，望云九井不可渡。
嶓冢之山高插天，汉水滔滔日东去。
高皇试剑石为分，草没苔封犹故处。
将坛坡陀过千载，中野疑有神物护。
我时在幕府，来往无晨暮。
夜宿沔阳驿，朝饭长木铺。
雪中痛饮百榼空，蹴踏山林伐狐兔。
耽耽北山虎，食人不知数。
孤儿寡妇仇不报，日落风生行旅惧。

◎宋孝宗乾道八年（一一七二），四十八岁的陆游受四川宣抚使王炎征召，赴位于南郑（今陕西汉中市东。当时是兴元府的治所，也是南宋抗金的前线）的王炎幕府任职。宋孝宗淳熙八年（一一八一）冬，诗人闲居故乡山阴（今属浙江绍兴），作此诗，回忆起在南郑幕府的这段军旅生活。◎孤云两角：孤云山、两角山，在陕西汉中南。◎望云九井：望云滩、九井滩，在四川广元北。陆游《公无渡河》："望云九井兮白浪嵯峨。"◎嶓冢：嶓冢山，在陕西宁强北。陆游由夔州赴南郑，路经广元、宁强等地。◎汉水：即汉江，长江支流，发源于陕西宁强境内，东流至汉中始称汉水。◎"高皇"句：西汉开国君主刘邦，谥号高皇帝。陆游诗"剑分苍石高皇迹"（《偶怀小益南郑之间怅然有赋》）下自注云："嶓冢庙傍，有高皇试剑石，中分如截。"◎将坛：陆游诗"淡烟芳草汉坛平"（《南郑马上作》）下自注云："近郊有韩信拜大将坛。"韩信，古代著名军事家，汉初三

我闻投袂起，大呼闻百步，
奋戈直前虎人立，吼裂苍崖血如注。
从骑三十皆秦人，面青气夺空相顾。
国家未发度辽师，落魄人间傍行路。
对花把酒学酝藉，空辱诸公诵诗句。
即今衰病卧在床，振臂犹思备征戍。
南人孰谓不知兵，昔者亡秦楚三户。

杰之一。◎坡陀：不平坦。◎中野：荒野，原野。◎晨暮：早晨和傍晚。◎沔阳驿：沔阳是今陕西勉县的古称，南宋时叫西县。驿，驿站。◎长木铺：长木为村庄名，或谓在今陕西宁强一带；铺也是指驿站。陆游《长木夜行抵金堆市》：“夜行长木村，重雾杂零雨。”◎榼：盛酒的器具。◎蹴踏：踩踏。◎耽耽：同“眈眈”，凶狠注视貌。《周易·颐卦》：“虎视眈眈，其欲逐逐。”◎风生：起风，古人认为老虎出没必伴有大风，所谓“云从龙，风从虎”。◎行旅：旅客。◎投袂：甩袖，形容激动奋发。◎“奋戈”二句：语本杜甫《北征》：“猛虎立我前，苍崖吼时裂。”奋戈，挥舞戈矛，谓奋勇战斗；直前，径直向前。◎秦人：即今陕西一带的人。◎空：徒然，只。◎“国家”二句：据《汉书·昭帝纪》：“（汉昭帝元凤）三年……冬，辽东乌桓反，以中郎将范明友为度辽将军。”这里是说朝廷不再兴兵北伐，诗人只能闲居家乡，无所报效。◎酝藉：蕴藉，指言谈举止含蓄、文雅。◎征戍：从军戍守边疆。◎“昔者”句：典出《史记·项羽本纪》：“自怀王入秦不反，楚人怜之至今，故楚南公曰：‘楚虽三户，亡秦必楚’也。”三户，一说指三户人家，极言人数之少；一说指楚国的屈、景、昭三大姓。

将离柯山十月二十七日

北宋·张耒

去此定有期，逝将泛扁舟。
千里须聚粮，尚复少迟留。
虽有隶囚籍，聊喜脱遐陬。
问我行何之，岱宗古东州。
念我所居堂，蓬茅委荒丘。
西窗两芭蕉，谁见春萌抽。
园梅粲已发，门掩懒重游。
今晨一长叹，离思浩难收。

◎柯山：在黄州（今属湖北黄冈），张耒贬谪黄州时，居于此。◎去：离开。◎逝：通“誓”，诀别之辞。《诗经·硕鼠》：“逝将去女，适彼乐土。”◎“千里”句：语本《庄子·逍遥游》：“适千里者，三月聚粮。”聚粮，这里泛指为远行做准备。◎少：稍微。◎迟留：逗留，停留。◎隶囚籍：宋哲宗亲政后，新党得势，大肆报复反对变法的元祐旧党，张耒也以罪官的身份，被频频贬谪至地方为官。隶，附属，隶属；囚籍，本义为犯人的名册。◎聊：姑且。◎脱遐陬：离开僻远之地。遐陬，指黄州。◎何之：去哪里。◎“岱宗”句：宋哲宗元符三年（一一〇〇）正月，哲宗崩，宋徽宗即位。本年，张耒被任命为兖州（治所在今山东省济宁市兖州区）知州。岱宗（即泰山）和东州（泛指东方的州郡）在这里都是借指兖州。◎蓬茅：遮蔽屋顶的蓬草、茅草。◎委：交付，舍弃。◎春萌：春芽。◎抽：抽芽，发芽。◎粲：鲜明貌。◎离思：离别的情思。

十月二十八日夜，风雨大作

南宋·陆游

风怒欲拔木，雨暴欲掀屋。
风声翻海涛，雨点堕车轴。
拄门那敢开，吹火不得烛。
岂惟涨沟溪，势已卷平陆。
辛勤蓺宿麦，所望明年熟。
一饱正自艰，五穷故相逐。
南邻更可念，布被冬未赎。
明朝甑复空，母子相持哭。

◎“风声”句：风声像翻滚的海浪声。◎“雨点”句：谓掉落的雨点大如车轴，这是夸张的写法。陆游《雨中短歌》：“昨夕雨大如车轴，今旦雨细如牛毛。”◎拄：支撑，顶着。◎烛：点燃。◎岂惟：何止。◎平陆：平地。◎蓺：种植。◎宿麦：冬天播种，次年成熟的麦子，即冬麦。◎五穷：指智穷、学穷、文穷、命穷、交穷五个穷鬼，典出韩愈《送穷文》，后泛指厄运。◎甑：蒸饭用的炊具。◎相持：互相抱着。

十月二十九日雪四首（录一）

北宋·苏辙

鹞子一飞超涨海，蜂儿终日透晴窗。
心空莫著书千卷，客到长留酒半缸。
性命早知元有分，文章谁信旧无双。
何年结束寻归路，还看蟆颐下饮江。

◎“鹞子”句：与下句都是化用禅宗语录的话。《碧岩录》：“云门道：如击石火，似闪电光。这个些子，不落心机、意识、情想，等尔开口，堪作什么？计较生时，鹞子过新罗。”鹞子，似鹰而小的一种猛禽；涨海，南海的古称，与《碧岩录》中提到的“新罗”（古国名，在今朝鲜半岛），都是比喻极远之地。◎“蜂儿”句：《景德传灯录·福州古灵神赞禅师》：“其师又一日在窗下看经，蜂子投窗纸求出。师睹之曰：‘世界如许广阔不肯出，钻他故纸，驴年去得！’”晴窗，明亮的窗户。◎元：原，本。◎分：缘分，福分。◎结束：指整治行装。◎蟆颐：指位于苏辙家乡四川眉山的蟆颐山。◎饮江：就江水而饮，比如安于隐退，不求荣华。

十月晦过巫山二首（录一）

南宋·洪咨夔

客里年华老，船头日色曛。
天寒催雨雪，地远隔飞云。
为吏徒三尺，于民未一分。
重惭豪杰士，度外立奇勋。

◎晦：晦日，农历每月的最后一日。◎巫山：泛指长江三峡中巫峡段的山。诗人在《十月晦过巫山二首》的另一首中写道："巫峡逢初度，平生一段奇。"◎客里：指离家在外期间。◎曛：昏暗。◎"为吏"二句：意谓做官只会墨守法律条规，但对老百姓却无什么实际的裨益。吏，对官员的通称；徒，仅，只；三尺，借指法律。《史记·酷吏列传》："客有让（杜）周曰：'君为天子决平，不循三尺法……"裴骃集解云："《汉书音义》曰：'以三尺竹简书法律也。'"◎重惭：甚惭，极惭。◎度外：法度之外，指不循常法。◎奇勋：卓绝的功勋。

十一月

十一月一日作

北宋·苏辙

昼短图书看不了，夜长鼓角睡难堪。
老怀骚屑谁为伴？心地空虚成妄谈。
酒少不妨邻叟共，病多赖有衲僧谙。
积阴深厚阳初复，一点灵光勤自参。

◎鼓角：指用以记时打更的鼓声、号角声。◎难堪：难以忍受。◎老怀：老人的心怀。◎骚屑：凄凉愁苦。◎心地：佛教语，指心，即思想、意念等。◎空虚：佛教语，指虚无形质，空无障碍。◎邻叟：邻家的老者。◎“病多”句：作者自注：“觉师识病，善用药。”衲僧，和尚；谙，熟悉，精通。◎灵光：佛教用语，指人良善的本性。◎参：探究，参悟。

十一月二日至紫极宫，诵李白诗及坡、谷和篇，因念苏、李听竹，时各年四十九，予今五十九矣，遂次其韵

南宋·刘克庄

翰林两仙人，偶来听风竹。
萧萧玉千竿，采采绿一掬。
少时负不群，中岁乃见独。
嗟予长十年，所至恋三宿。
径当还笏归，奚俟揲蓍卜。
夜郎与儋耳，老大费往复。
宜州殿其后，路险车又覆。
山中采芝去，舍下炊粱熟。

◎紫极宫：在今江西九江。◎李白诗：即李白《寻阳紫极宫感秋作》。◎坡、谷和篇：即苏轼（号东坡居士）《和李太白》和黄庭坚（号山谷道人）《次苏子瞻和李太白浔阳紫极宫感秋诗韵，追怀太白、子瞻》。◎苏、李听竹：因李诗有“何处闻秋声，翛翛北窗竹”，苏诗有“寄卧虚寂堂，月明浸疏竹”等句，故云。◎次韵：依次按照所和诗的韵脚用字而作诗，又称“步韵”“和韵”。◎“翰林”句：指李白、苏轼。李白曾为翰林供奉，被称为“诗仙”“谪仙人”；苏轼曾为翰林学士，被称为“苏仙”“坡仙”。◎采采：盛多貌。◎一掬：满捧。◎不群：卓尔不群，超出常人。◎见独：见道。◎恋三宿：指对世俗的爱恋之情。《后汉书·襄楷传》李贤注：“浮屠之人寄桑下者，不经三宿便即移去，示无爱恋之心也。”◎还笏：指辞官。笏，官员上朝时手中记事的手板。◎奚俟：为何要等。◎揲蓍：数蓍草，古代一种占卜的方式。◎夜郎：李白晚年曾被判长流夜郎，后遇赦得还。◎儋耳：儋州的古称，即今海南儋州。苏轼晚年曾贬谪于此。◎老大：指年老。◎宜州：即今广西壮族自治区河池市宜州区。黄庭坚晚年因罪被送至宜州管制，并客死于此。◎殿后：指居后。◎采芝：采摘灵芝。古人认为服食灵芝可得长生，所以也用“采芝”指求仙或隐居。◎“舍下”句：化用“黄粱一梦”的典故。

十一月三日过升仙桥作三首（录一）

南宋·陆游

桥边沙水绿蒲老，原上烟芜黄犊闲。
老子真成兴不浅，凭鞍归梦绕家山。

◎升仙桥：常璩《华阳国志·蜀志》："（成都）城北十里有升仙桥，有送客观。司马相如初入长安，题其门曰：'不乘赤车驷马，不过汝下也。'"◎沙水：沙上之水。杜甫《送覃二判官》："天寒沙水清。"◎烟芜：烟霭中的草丛。◎"老子"句：语本《世说新语·容止》："庾太尉（亮）在武昌，秋夜气佳景清，使吏殷浩、王胡之之徒登南楼理咏。……俄而（庾亮）率左右十许人步来，诸贤欲起避之。公徐云：'诸君少住，老子于此处兴复不浅。'"◎凭鞍：指乘马。◎家山：指家乡。

十一月四日风雨大作

南宋·陆游

风卷江湖雨暗村，四山声作海涛翻。
溪柴火软蛮毡暖，我与狸奴不出门。

僵卧孤村不自哀，尚思为国戍轮台。
夜阑卧听风吹雨，铁马冰河入梦来。

◎溪柴：陆游《家居》：“溪柴胜炽炭。”诗人自注：“小束柴。自若耶溪出，名溪柴。”◎蛮毡：南方少数民族地区出产的毛毡。◎狸奴：猫的别称。◎孤村：孤寂的村庄。陆游当时已六十多岁，闲居在家乡山阴（今浙江绍兴）乡下。◎戍：戍守，防卫。◎轮台：古地名，即今新疆维吾尔自治区轮台县。这里是泛指边塞。◎夜阑：夜深，夜尽。◎铁马：披着铁甲的战马。◎冰河：结冰的河流。令狐楚《从军词五首》：“却望冰河阔，前登雪岭高。”

北宋·范宽《雪景寒林图》

十一月五日暂往西张

金·元好问

城隈细路入沙汀，絮帽冲风日再经。
歉岁村虚更荒恶，穷冬人影亦伶俜。
林烟漠漠鸦边暗，山骨稜稜雪外青。
四十年来此寒苦，冻吟犹记陇关亭。

◎西张：村庄名，在今山西忻州。◎城隈：城中偏僻处。◎沙汀：水畔或水中的平沙地。◎絮帽：棉帽。◎歉岁：荒年，庄稼歉收的年头。◎村虚：同"村墟"，乡村。◎穷冬：隆冬，寒冬。◎伶俜：孤单貌，漂泊貌。◎漠漠：迷蒙貌。◎山骨：山中岩石。◎稜稜：山石突起貌。◎"四十"二句：元好问出生不久，就过继给了叔父元格，在青年时代，曾随元格居住在甘肃陇城。此二句是回忆居陇城时的往事。

元·黄公望《九峰雪霁图》

十一月六日雨，至次月一日始霁

南宋·曾丰

数自初旬至末旬，雨犹未了雪相寻。
千山草木收元气，万里乾坤入太阴。
城郭谯楼吹冻角，郊原驿舍捣寒砧。
静听年少心须折，幸我已无年少心。

◎霁：指雨雪停歇，天气晴和。◎未了：未尽，未完。◎元气：自然之气。◎太阴：借指阴寒的冬季。◎谯楼：城门上的望楼。◎角：号角。◎郊原：郊外的原野。◎驿舍：驿站供住宿的房屋，也泛指旅店。◎砧：捣衣石。◎折：摧折，心惊。

魚窺人影躍清池挂秋風

柳萬絲水岸影閒立久碧

楊陰下納涼時

丙寅禊一石谷王子國安王峯

園池無耶悅源翰墨暇与石

谷五沏上高論繪事越賞以

娱持至漢晶然清思弔手暗視

楊影靜大叫曰好墨葉八因

知北苑臣董房山海默點墨家

淋漓愛忘流滿掬魚平明半墻

乃造化光有此境古匠力為靜微

至于得景忘言恰悅脫呋往有自

坐之妙真非我筆無二三師王

郎酒雕典裁裁為造化當

此景殘人聽琴音抽壺漭墨之

漫頰漭髮時也

歸晤蕭先生見而愛之因以為贈他

修竹

文孫蕭凡咸世契

南田揮壽平

清·王翬 《晚梧秋影圖》

十一月七日五首（录一）

北宋·张耒

山与晴天晚，江连夕照红。
高鸿知夜渚，乔木要霜风。
买酒缸须满，温炉火屡供。
穷通定何物，随意乐衰翁。

◎夕照：傍晚的阳光。◎高鸿：高飞的大雁。◎渚：水中的小洲。◎乔木：高大的树木。◎穷通：困厄与显达。◎随意：任情适意。◎衰翁：老翁。

和十一月八日圃人献小桃花二绝（录一）

北宋·梅尧臣

当时开向杏花后，今日绽当梅萼前。
不畏雪霜何太甚，繁英如火满枝燃。

◎圃人：指种植、看管花木的人。◎“当时”句：桃花本开于春季，花期稍晚于杏花，故云。◎绽：绽放，盛开。◎梅萼：梅花的花蕾。◎太甚：太过。◎繁英：繁花。

十一月九日夜，梦与人论神仙道术，因作一诗八句。既觉，颇记其语，录呈子由弟。后四句不甚明了，今足成之耳

北宋·苏轼

析尘妙质本来空，更积微阳一线功。
照夜孤灯长耿耿，闭门千息自蒙蒙。
养成丹灶无烟火，点尽人间有晕铜。
寄语山神停伎俩，不闻不见我何穷？

◎觉：睡醒。◎子由：苏轼的弟弟苏辙（字子由）。◎足成：补足凑成。◎“析尘”句：苏轼自注云：“梦中于此句若了然有所得者。”句谓人的肉身本为虚空。◎“更积”句：谓修道应重视点滴积累。微阳，指阳气始生。◎耿耿：明亮貌。◎千息：指修道者的呼吸吐纳之气。《晋书·许迈传》：“（许迈）常服气，一气千余息。”◎蒙蒙：浓盛貌。◎丹灶：炼丹用的炉灶。◎“点尽”句：《云笈七签·金丹部》有“赤铜去晕法”，这里是比喻超越世俗之情。◎“寄语”二句：化用道树禅师的语录。据《传灯录》记载，道树禅师居于寿州三峰山，有一野人，经常变化作佛、菩萨等形象，并弄出各种神光声响，如此过了十年，即再无动静。道树禅师对众人说：“野人作多色伎俩，眩惑于人，只消老僧不见不闻，伊伎俩有穷，吾不见不闻无尽。”本诗作于宋哲宗绍圣二年（一〇九五），当时新党重新得势，苏轼兄弟分别被贬谪在惠州、筠州。这首诗，名为纪梦，其实是寓有互相勉励之意。

十一月十日海云赏山茶

南宋·范成大

门巷欢呼十里村，腊前风物已知春。
两年池上经行处，万里天边未去人。
客鬓花身俱岁晚，妆光酒色且时新。
海云桥下溪如镜，休把冠巾照路尘。

◎海云：指海云寺，在成都城东。陆游《人日偶游民家小园，有山茶方开》自注云：“成都海云寺山茶花，一树千苞，特为繁丽。”◎门巷：门庭街巷。◎腊：腊月，指农历十二月。◎“两年”二句：范成大在四川为官已两年，故云。池上，见《三月二十三日海云摸石》诗注。◎“客鬓”句：由山茶花开于岁末，联想到自己双鬓斑白，年华已老。◎妆光：盛装的容貌。◎“休把”句：意谓希望溪水不要将冠巾上粘着的飞尘也给映照出来了。含有极力夸赞溪水清澈如镜的意思。路尘，道路上飞扬的灰尘。

十一月十一日夜闻雨声

南宋·陆游

入冬殊未寒，尘土冒原野。
沟溪但枯萍，不闻清湍泻。
今夕复何夕，急雨鸣屋瓦。
岂惟宿麦长，分喜到菜把。
明朝开衡门，想见泥溅踝。
丰年傥可期，击壤歌豳雅。

◎殊：尚，犹。◎冒：覆盖。◎但：唯有，仅有。杜甫《无家别》：“寂寞天宝后，园庐但蒿藜。”◎清湍：清澈湍急的水流。◎泻：倾泻。◎岂惟：岂止，何止。◎宿麦：冬麦。◎菜把：蔬菜。杜甫《园官送菜》：“清晨蒙菜把，常荷地主恩。”◎衡门：以横木为门，借指诗人乡居屋舍之门。◎想见：推想而知。◎泥溅踝：揣想雨后的情状。陆游《七月十七日大雨极凉》：“老夫挑灯北窗下，山童夜归泥过踝。”◎傥：同“倘”，假若。◎击壤：参见三月十一日诗注。◎豳雅：指《诗经·豳风·七月》。《七月》描写了一年四季的农事劳作，所以这里用来借指农事之歌。

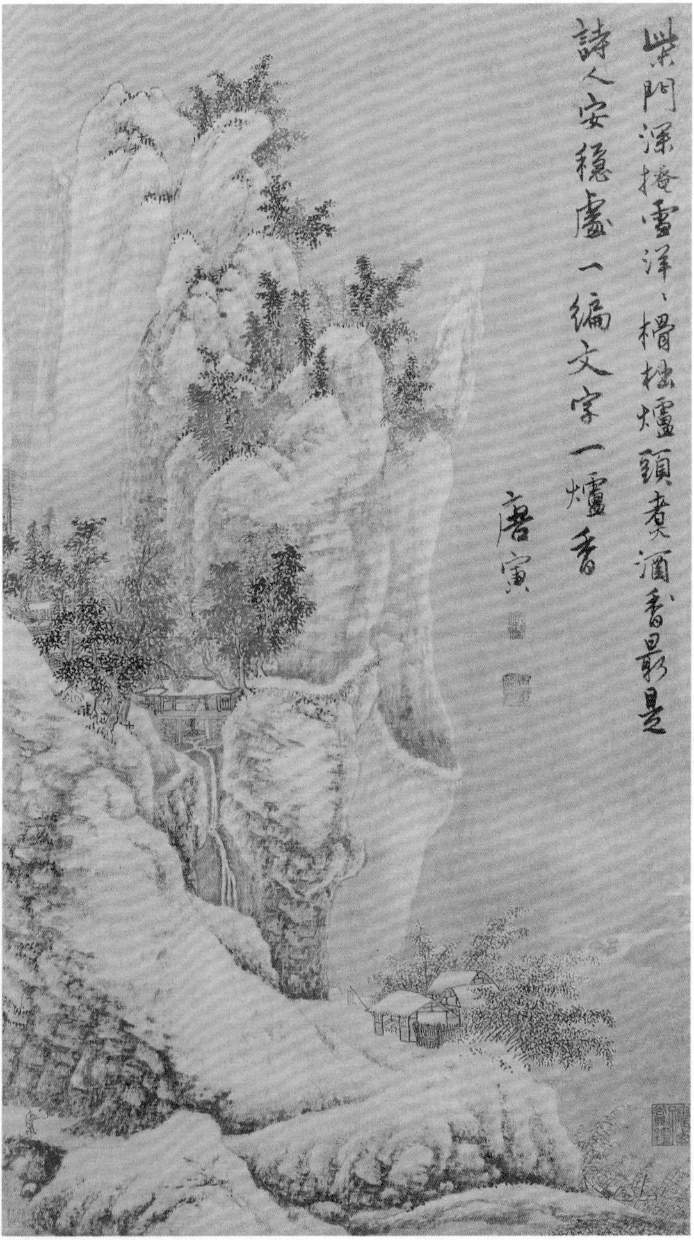
柴門深掩雪洋洋，榾柮爐頭煮酒香。最是詩人安穩處，一編文字一爐香。
唐寅

明·唐寅《柴门掩雪图》

十一月十二日枕上晓作

南宋·范成大

竹响风成阵，窗明雪已花。
柴扉吟冻犬，纸瓦啄饥鸦。
宿酒欺寒力，新诗管岁华。
日高犹拥被，蓐食愧邻家。

◎柴扉：柴门。◎纸瓦：天窗的窗纸。范成大《睡觉》："寻思断梦半瞢腾，渐见天窗纸瓦明。"◎"宿酒"句：谓借酒力以御寒。宿酒，隔夜未退的酒力。◎"新诗"句：谓以做诗排遣时光。管，管领；岁华，岁时，时光。◎蓐食：在褥席上进食，喻早起。"蓐"通"褥"。◎愧邻家：邻居早起劳作，而自己日上三竿还拥被而卧，所以为"愧"。

石谷此畫雖倣山樵而用筆措
思全以右丞為宗故風骨高奇迥
出山樵規格之外春晚過婁攜以
見眎余初欲留之知其意頗自珍不
庚戌穀雨後一日西廬老人王時敏題

清·王翚《溪山红树图》

十一月十三日，与几先自竹西来访庆老不见，独与君卿供奉、蟾知客东阁道话久之

北宋·苏轼

卷卷长廊走黄叶，席帘垂地香烟歇。
主人待来终不来，火红销尽灰如雪。

◎几先：诗人的好友杜介（字几先）。◎竹西：竹西寺，遗址在今江苏扬州。◎庆老：不详。◎君卿供奉：时君卿。供奉，武职阶官名。◎蟾知客：不详。知客，寺庙中负责接待宾客的僧人。◎道话：谈话。◎卷卷：干缩蜷曲貌。韩愈《秋怀诗十一首》："卷卷落地叶，随风走前轩。"

十一月十四夜发南昌月江舟行四首（录一）

近代·陈三立

露气如微虫，波势如卧牛。
明月如茧素，裹我江上舟。

◎清光绪二十九年（一九〇三）十一月，陈三立从江西南昌出发，去往南京，夜宿舟中，作此诗。四句连用三喻，与通常的五绝大不相类，因此狄葆贤说："奇语突兀，二十字抵人千百。"（转引自钱仲联选注《清诗三百首》）◎茧素：蚕茧抽出的白色蚕丝。

十一月十五日忽苦舌疡甚，不能饮食，惫卧一榻戏成

南宋·岳珂

君不见东坡昔步虎溪月，夜听溪声广长舌。
溪声不断流不枯，此段磊落真丈夫。
一生吾伊换喑呜，嗟哉三寸予岂无。
公子搢绅陈礼法，枕曲无思噤如蛤。
辩士说客谈纵横，叱牛惟解供力耕。

◎苦舌疡甚：意谓对舌头严重溃疡感到苦恼。◎惫卧：犹言倦卧，病卧。◎榻：床榻，泛指卧具。◎“君不见”四句：苏东坡作《赠东林总长老》，其中有句云：“溪声便是广长舌，山色岂非清净身。”步月，在月下散步；虎溪，溪水名，在庐山东林寺前；广长舌，指佛祖之舌（因其广而长，故名）。苏东坡是以诗阐发禅理，而岳珂则仅是因为自己舌有病恙，而联想到苏东坡将潺潺溪声和说法不绝的佛舌联系到一起的新奇比喻。◎吾伊：同“咿唔”，读书声。◎喑呜：犹言喑哑，指嗓子干涩，不能说话。◎嗟哉：叹词。◎三寸：指舌头。◎“公子”四句：相较于能言会道的公子缙绅、辩士说客，大人先生因为醉酒而闭口不言，种地的（因为嘴笨）只会呵斥着牛努力耕种，其实都是借喻因患舌疡而说不出话来的诗人自己。前两句语本刘伶《酒德颂》：“有贵介公子、搢绅处士……陈说礼法，是非蜂起。（大人）先生于是方捧罂承槽，衔杯漱醪，奋髯箕踞，枕曲藉糟，无思无虑，其乐陶陶。”搢绅，本指插笏

尔来更自作奇痛，昼苦吟呻夜妨梦。
伏床啜粥犹漓浪，脔肉持将堪底用。
太仓受禾三百廛，大官烹羊俱鼎膻。
瀛洲给膳称学士，饱食端居今六年。
生平元不负此舌，欲办一奇了无说。

板于束腰的绅带间，诗中是借指士大夫；陈，陈说；枕曲，枕着酒曲，谓醉酒；噤，闭口，谓不能出声。◎尔来：近来。◎更自：更加。◎啜粥：喝粥。◎漓浪：犹言淋漓，指沾湿、流滴得四处都是。◎脔肉：一小块肉。◎堪底用：有何用。◎“太仓”句：太仓是古代京师储谷的大仓；廛本指农民的住房，三百廛即三百户农民收获粮食的数量，三百言其多也。《诗经·魏风·伐檀》：“胡取禾三百廛兮？”岳珂曾历任司农寺的主簿、丞、少卿乃至司农寺的最高长官司农寺卿，而司农寺主要职能即为掌管粮食储藏管理及朝官禄米供应等，故云。◎“大官”句：这里大官即“太官”。宋代光禄寺下设有太官署，主要负责祭祀朝会的膳食。岳珂曾任光禄寺丞、太官令等。◎“瀛洲”句：“瀛洲”本是传说中的仙山，这是用李肇《翰林志》上的典故：“唐兴，太宗始于秦王府开文学馆，擢房玄龄、杜如晦一十八人，皆以本官兼学士，给五品珍膳，分为三番更直，宿于阁下，讨论坟典，时人谓之‘登瀛洲’。”后人于是用“瀛洲”或“登瀛洲”形容士人得到荣宠，如登仙界。给膳，指

更憎此舌工负予，乃复累我七尺躯。
鸱夷榼载鸬鹚杓，向口低眉辄前却。
齿牙助桀复摇落，误杀流涎孤快嚼。
仰天大笑绝冠缨，舌兮腹兮谁重轻。

供给膳食；学士，应指岳珂在宋理宗嘉熙三年（一二三九）被授予的宝谟阁直学士。本句是说自己作为馆阁学士，在膳食待遇上颇受优待。◎端居：安居，指安稳、平静地生活。◎“生平”四句：自“太仓受禾三百廛”以下四句，作者历数自己官职履历，一直不缺佳肴美馔，于是诗人“愤慨”道：“我平生原本没有辜负你这舌头，即使要什么稀罕的吃食也毫无二话；于是更厌恨这舌头深负于我，连累到我的身子（因不能进食而又饥又乏）。”元，原，原本；了无，毫无；说，说辞，借口；◎“鸱夷”二句：意谓想喝酒，却又不敢喝。鸱夷榼，一种盛酒器；鸬鹚杓，形如水鸟鸬鹚的酒勺；向口，近口，沾唇；前却，进退，形容犹豫不定。◎“齿牙”句：桀即夏桀，夏王朝的末代君主，著名的暴君。舌头患病的当口，牙齿也松动起来，作者戏谑地说，这简直是助桀为虐。◎误杀流涎：白流了口水。杀，极，很。◎孤：同“辜”，辜负。◎绝冠缨：帽带子断了。语本《史记·滑稽列传》：“淳于髡仰天大笑，冠缨索绝。”绝，断；缨，带子。

十一月十六日入馆

北宋·孔武仲

一雪初干晓日红，行人争道已憧憧。
泥萦马足行初踬，寒犯貂裘力正浓。
地逼新阳虽喜气，云垂沧海更愁容。
便应买酒邀俦侣，烂醉高眠群玉峰。

◎入馆：北宋有集贤院等三馆和龙图阁等阁，分掌典籍及编撰国史等职事，通称“馆阁”。诗人时任集贤院校理，故云。◎晓日：朝阳。◎憧憧：往来不绝貌。◎萦：牵绊。◎踬：指受阻。◎逼：迫近。◎俦侣：友朋。◎群玉峰：据《穆天子传》，群玉山是传说中帝王的藏书之府，这里借指作为皇家藏书处的馆阁。

十一月十七日四鼓玩月

近代·郑孝胥

落月好颜色，东方殊未明。
徘徊若相顾，欲逝转含情。
残夜成元赏，祁寒见独行。
此生如此已，谁与惜平生？

◎四鼓：四更，即凌晨一点至三点。◎玩月：赏月。◎元赏：即玄赏，意为对奥妙旨趣的欣赏。作者因忠于逊清，所以避康熙帝玄烨的讳，将玄字写作元字。◎祁寒：严寒。

十一月十八日蒙恩再领冲佑，邻里来贺，谢以长句

南宋·陆游

绿章封事彻虚皇，黄纸除书降野堂。
海上春常探先到，壶中日已不胜长。
冰衔再署仙班贵，鹤料重支玉粒香。
便挂朝冠亦良易，金铜茶笼本相忘。

◎冲佑：即冲佑观，在福建武夷山。宋代在都城及各地重要道观设宫观使等职，常以年老退休的官员充任，他们只领官俸而无职事，以示优待。◎“绿章”句：本年九月，陆游曾上书朝廷，请求再任冲佑；这里即以道士写青词启奏天帝喻指此事。绿章封事，即青词，因写于青藤纸上，故云“绿章”；彻，达；虚皇，道教神名。◎“黄纸”句：指朝廷下旨恩准。黄纸除书，指授职的诏书，因写于黄麻纸上，故云“黄纸”；野堂，村野之屋。◎“海上”二句：写乡居日久。壶中日，即壶中日月。传说中有仙人壶公，所悬之壶能变化为天地，中有日月；不胜，十分，非常。◎冰衔：清贵的官职。◎鹤料：泛指官俸。◎支：支取，领取。◎玉粒：指用作俸给的米粟。◎挂朝冠：指辞官。◎良易：很容易。◎“金铜”句：唐代宰相崔造退休后，“一二岁中，居闲躁闷，顾谓儿侄曰：‘不得他诸道金铜茶笼子物掩也。’遂复起”。（《幽闲鼓吹》）陆游这里反用其意，所以在句下自注里道：“往时尝使闽者，例馈茶三年。今不讲已久，余盖未尝沾及也。”

辛丑十一月十九日，既与子由别于郑州西门之外，马上赋诗一篇寄之

北宋·苏轼

不饮胡为醉兀兀，此心已逐归鞍发。
归人犹自念庭闱，今我何以慰寂寞？
登高回首坡垄隔，但见乌帽出复没。
苦寒念尔衣裘薄，独骑瘦马踏残月。
路人行歌居人乐，童仆怪我苦凄恻。
亦知人生要有别，但恐岁月去飘忽。
寒灯相对记畴昔，夜雨何时听萧瑟？
君知此意不可忘，慎勿苦爱高官职。

◎辛丑：干支纪年，即宋仁宗嘉祐六年（一〇六一）。本年苏轼前往凤翔府（治今陕西凤翔）赴任，胞弟苏辙（字子由）为其送行，从首都汴京（今河南开封）一直送到郑州才分别。◎胡为：为什么。◎兀兀：昏沉貌。◎归鞍：归骑，与下句的“归人”都是指苏辙。◎庭闱：本指父母居处，这里指苏氏兄弟的父亲苏洵（当时也在汴京）。◎坡垄：丘陵。◎尔：你。◎飘忽：迅疾貌。陆机《叹逝赋》：“时飘忽其不再。”◎“寒灯”四句：苏轼自注：“尝有‘夜雨对床’之言，故云尔。”苏辙后来在《逍遥堂会宿二首》的诗序中也回忆说：“辙幼从子瞻读书，未尝一日相舍。既仕，将游宦四方，读韦苏州诗至‘安知风雨夜，复此对床眠’，恻然感之，乃相约早退，为闲居之乐。故子瞻始为凤翔幕府，留诗为别曰：‘夜雨何时听萧瑟。’”畴昔，往日。

元·夏永《岳阳楼图》

己酉中秋之夕，与任才仲醉于岳阳楼上，明年十一月二十日南游过道州，谒姜光彦，出才仲画轴，则写是夕事也，剪烛观之，怳然一笑，书八句以当画记

南宋·陈与义

去年中秋洞庭野，寒瑶万顷兼天泻。
岳阳楼上两幅巾，月入栏干影潇洒。
世间此境谁能孤，狂如我友人所无。
一梦经年无续处，道州还见倚楼图。

◎己酉：干支纪年，即宋高宗建炎三年（一一二九）。◎任才仲：任谊，字才仲，善画。◎岳阳楼：位于今湖南岳阳，下临洞庭湖，与武汉黄鹤楼、南昌滕王阁并称“江南三大名楼”。◎道州：治所即今湖南道县。◎谒：拜谒，拜见。◎姜光彦：姜仲谦，字光彦，曾任湖北转运使。◎写：摹画，绘画。◎是夕：这个晚上，即“己酉中秋之夕”。◎剪烛：剪短烛芯，以让灯烛保持明亮。李商隐《夜雨寄北》：“何当共剪西窗烛，却话巴山夜雨时。”◎寒瑶：清冷的美玉，喻指洞庭湖。◎兼天：连天。杜甫《秋兴八首》：“江间波浪兼天涌。”◎幅巾：古代男子以全幅细绢裹头的头巾。这里“两幅巾”是借指诗人与任才仲。◎经年：经过一年，形容时间长久。◎倚楼：倚靠在楼头栏杆上。

明·周臣《香山九老图》

九年十一月二十一日感事而作

唐·白居易

祸福茫茫不可期，大都早退似先知。
当君白首同归日，是我青山独往时。
顾索素琴应不暇，忆牵黄犬定难追。
麒麟作脯龙为醢，何似泥中曳尾龟。

◎唐文宗时，以仇士良为首的宦官集团势力膨胀。大和九年（八三五）十一月，唐文宗与宰相李训等密谋，以石榴树上夜降甘露为名，诱使仇士良等前去观看，想一举诛杀。不料事情败露，仇士良等反率神策军大肆扑杀李训、王涯等大臣，前后株连千余人，史称“甘露之变”。本诗即感此事变而作，诗题下有小注：“其日独游香山寺。”香山寺，在河南洛阳。◎“当君”句：西晋石崇与潘岳（字安仁）友善，潘岳曾有诗赠石崇云：“投分寄石友，白首同所归。”后二人同时被孙秀所杀，临死前，石崇对潘岳说：“安仁，卿亦复尔邪？”潘岳回答道：“可谓‘白首同所归’。”（见《世说新语·仇隙》）这里是指王涯等被杀事。◎“是我”句：据诗题小注，“甘露之变”当日，白居易正游洛阳香山寺，故云。◎“顾索”句：曹魏时，司马昭下令处死嵇康，临刑前，嵇康“索琴弹之”，并感叹“《广陵散》于今绝矣”（见《世说新语·雅量》）。这里是指王涯等乃仓促被害，不像嵇康这样从容赴死。◎“忆牵”句：秦相李斯被诬谋反，论以腰斩。临刑前，李斯对儿子感叹道：“吾欲与若复牵黄犬，俱出上蔡东门逐狡兔，岂可得乎？”（见《史记·李斯列传》）◎脯：肉干。◎醢：肉酱。◎“何似”句：楚王派两个大臣请庄子出来做官。庄子说，我听说楚国有只死了三千年的神龟，楚王把它珍藏在庙堂之上。我想问，“此龟者，宁其死为留骨而贵乎？宁其生而曳尾于涂中乎？”二大臣说，当然是后者。庄子说，那么你们回去吧，“吾将曳尾于涂中”（见《庄子·秋水》）。

十一月二十二日夜待子聿未归

南宋·陆游

寒炉火半销，坏壁灯欲死。
人行篱犬吠，月出林鹊起。
吾儿信偶非长路，老子可怜煎百虑。
人人父子与我同，立朝勿遣交河戍。

◎子聿：陆游的小儿子陆子聿（亦作子遹）。◎销：与下句的“死”都是指熄灭。陆游《三月十七日夜醉中作》：“破驿梦回灯欲死，打窗风雨正三更。”◎长路：远路。◎老子：老年人的自称，犹言老夫。◎煎百虑：语本杜甫《羌村三首》（其二）：“萧萧北风劲，抚事煎百虑。”煎，焦虑，煎熬；百虑，言思虑之多。◎立朝：在朝为官。◎交河戍：到交河（古地名，在今新疆维吾尔自治区吐鲁番市西北）戍边，这里泛指离开家而去偏远的地方。

十一月二十三夜，通夕不寐，为赋梅诗且怀斯远、成父友弟，及五首而晓书呈在伯（录一）

南宋·赵蕃

婆娑风月隅，窈窕溪山宅。
林园故幽幽，鸥鹭空脉脉。
虽云有逢迎，未易相主客。
桃李自成蹊，岁寒知松柏。

◎斯远：徐文卿（字斯远），南宋诗人，赵蕃的好友。◎成父：赵葳（字成父），赵蕃的弟弟。◎在伯：戴衍（字在伯），赵蕃的好友。◎“婆娑”二句：写梅。婆娑，枝叶纷披貌；窈窕，美好貌。◎脉脉：犹默默。◎未易：不易，难于。◎相主客：本义是相互为主客，这里取偏义，颈联二句大意是说，虽然梅花迎接、欢迎我，但我也不好总是来叨扰作客。◎“桃李”句：《史记·李将军列传》：“谚曰：桃李不言，下自成蹊。”蹊，小路。◎“岁寒”句：《论语·子罕》：见《真觉院有洛花，花时不暇往，四月十八日与刘景文同往赏枇杷》“‘岁寒’二句”条。

宋·佚名《寒汀落雁图》

南湖十一月二十四夜月

明·谭元春

明月涵南湖，湖中凫雁呼。
霜气结乱声，能使明月孤。
明月平湖水，水明光未已。
奇寒欲作冰，冰成寒不止。

◎涵：沉浸。◎凫雁：野鸭和大雁。◎未已：未尽，不止。◎作冰：结冰。岑参《走马川行奉送封大夫出师西征》："五花连钱旋作冰，幕中草檄砚水凝。"

北宋·郭熙《雪山行旅图》

癸巳十一月二十五辞家，雪甚作，怆然有怀

南宋·利登

岁暮游子归，余始为行客。
朔风万里长，吹雪犯巾帻。
临行不言苦，不忍母心恻。
乾坤迫短景，寒日易倾仄。
冰池绿骨巉，冻车琼网涩。
一寒忍已熟，浪出还自责。
抚剑睨前冈，云重楚天黑。

◎癸巳：干支纪年，即宋理宗绍定六年（一二三三）。◎怆然：悲伤貌。◎岁暮：岁末。◎行客：行旅之人。◎朔风：北风，寒风。◎巾帻：头巾。◎恻：悲伤，凄恻。◎“乾坤”二句：谓冬日白昼短，太阳早落山，是赶路人语。景，同“影”；倾仄，倾斜。◎浪出：轻率地出游。杜甫《上牛头寺》：“无复能拘碍，真成浪出游。”◎睨：顾视。◎重：重叠。◎楚天：南方楚地的天空。

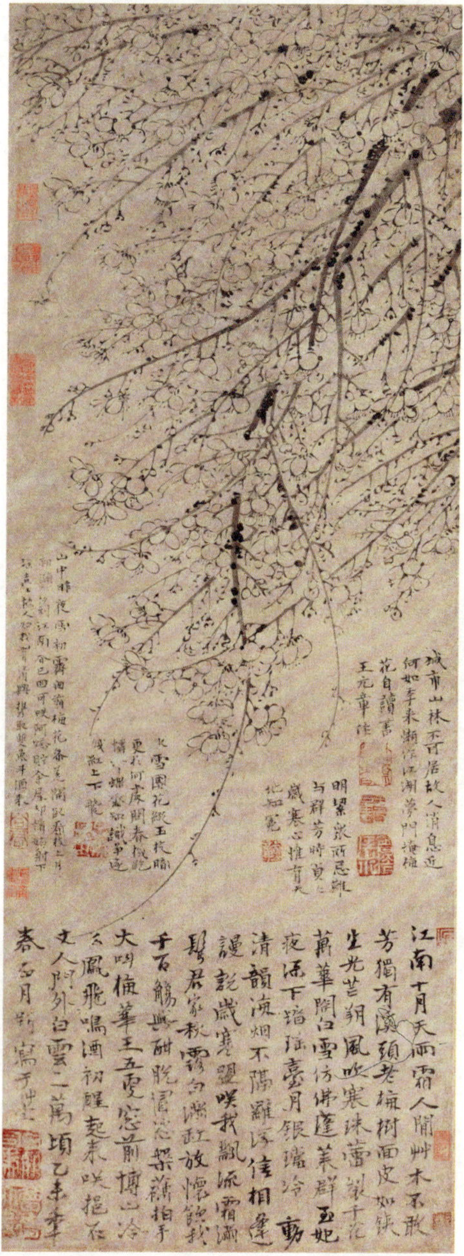

元·王冕《墨梅图轴》

十一月二十六日，松风亭下梅花盛开

北宋·苏轼

春风岭上淮南村，昔年梅花曾断魂。
岂知流落复相见，蛮风蜑雨愁黄昏。
长条半落荔支浦，卧树独秀桄榔园。
岂惟幽光留夜色，直恐冷艳排冬温。
松风亭下荆棘里，两株玉蕊明朝暾。
海南仙云娇堕砌，月下缟衣来扣门。
酒醒梦觉起绕树，妙意有在终无言。
先生独饮勿叹息，幸有落月窥清樽。

◎松风亭：在惠州（今属广东）。◎“春风”二句：苏轼自注云：“予昔赴黄州，春风岭上见梅花，有两绝句。明年正月往岐亭，道上赋诗云：去年今日关山路，细雨梅花正断魂。”春风岭，在湖北麻城县东，岭上多梅；淮南村，麻城北宋时属淮南西路，故云；断魂，销魂。◎流落：宋哲宗绍圣元年（一〇九四），苏轼被贬为宁远军节度副使，惠州安置。◎蛮风蜑雨：惠州当时被视为僻远的南蛮之地，泛指此地的凄风冷雨。周去非《岭外代答·蜑蛮》：“以舟为室，视水如陆，浮生江海者，蜑也。”◎“长条”四句：在写梅花之前，先以荔支（同“荔枝”）和桄榔这两种南国植物作为衬托。桄榔，常绿乔木，树干髓心含淀粉，可制作成桄榔粉，供食用；幽光，微光；冬温，岭南冬暖，故云。◎玉蕊：与下面的“缟衣”（身着白绢衣裳的仙子）都是指梅花。◎朝暾：朝阳。◎堕砌：降落在台阶上。◎清樽：指酒杯。

明·沈周 《庐山高图》

十一月二十七日，步自虎溪至西寺，摩挲率更旧碑，近览前闻人故游，有感而赋

南宋·岳珂

龟趺千丈屹岧峣，古寺残僧正寂寥。
律演金轮开印度，字遗石磴说隋朝。
续题剩有名人迹，接畛犹逃劫火烧。
吊古未磨今古恨，又携筇策过前桥。

◎虎溪：见《十一月十五日忽苦舌疡甚，不能饮食，惫卧一榻戏成》“‘君不见’四句”条。◎西寺：庐山西林寺，与东林寺相对。◎率更：即隋唐之际著名书法家欧阳询。他入唐后曾为太子率更令，后人称其为“欧阳率更”。◎旧碑：据陈舜俞《庐山记》所载古碑目，应即《西林寺道场碑文》，隋炀帝大业十三年（六一七）太常博士欧阳询撰。◎闻人：有名望之人。◎龟趺：碑下的龟形石座。◎岧峣：高耸貌。◎石磴：石阶。◎剩有：犹有。◎畛：界限。◎劫火：借指战火。◎筇策：竹杖。

十一月二十八日用后山诗韵

南宋·虞俦

日暮江东天一涯，孤云飞处路何赊。
雪将入腊未破白，梅过先春竟着花。
过眼光阴浑是客，满怀风雨政思家。
何如醉里都忘却，拟向穷途问曲车。

◎后山：即北宋著名诗人陈师道（号后山居士）。“用后山诗韵”指依照陈师道诗歌韵脚原字及次序来创作新诗，翻检陈师道诗集，其原诗应为《和富中容朝散值雨感怀》：“节物惊心懒复嗟，樽中酒尽复谁赊。风撩雨脚俄成阵，雪阁云头欲结花。万里可堪长作客，一年将尽未还家。自怜落落终难合，白首诗书谩五车。”◎天一涯：《古诗十九首·行行重行行》：“相去万余里，各在天一涯。”◎赊：远。◎腊：腊月，指农历十二月。◎破白：指积雪初融。◎着花：开花。◎过眼：谓迅疾。◎政：通“正”。◎穷途：绝路，指困苦的境地。◎曲车：酒车。杜甫《饮中八仙歌》：“汝阳三斗始朝天，道逢曲车口流涎，恨不移封向酒泉。”

十一月二十九夜大风，明起，书室皆败叶

南宋·王洋

木老性倔强，朔风怒明威。
初更即合战，已乃声鼓鼙。
大块信难测，三鼓气不衰。
我屋山僧居，破陋久不治。
会当晴明日，仰见河汉移。
微风鼓橐籥，虚空同奔驰。
夜无芙蓉人，慌惚疑褰帷。

◎明起：天亮起来。◎朔风：北风，寒风。◎明威：强盛威严。◎初更：旧时一夜分为“五更”，以晚七至九时为“初更”。◎合战：交战。◎已乃：旋即，不久。◎声鼓鼙：指如击鼓之声。◎大块：大自然。◎信：果然，的确。◎“三鼓”句：《左传·庄公十年》：“夫战，勇气也。一鼓作气，再而衰，三而竭。”这里反用其意。◎“会当”二句：晴明之日，能在屋中仰望星河，形容所居之破陋。会当，该当；河汉，银河。◎橐籥：即“橐籥”，古人冶炼时用以鼓风的装置。◎芙蓉人：美女，侍妾之类。◎慌惚：同“恍惚”，神志不清。◎褰帷：撩起床前的帷

平明满书斋，败叶方纷披。
孰为呼吸者，作此怒张为。
天寒不成雪，恐坐强风师。
扑尘整书架，粪捐不可迟。
人非陈仲举，用舍亦有宜。

幔。◎平明：天刚亮的时候。◎纷披：散乱貌。◎坐：因，由于。◎强风师：诗中一开头，将风吹老树比作两军交战，故云。◎粪捐：泛指粪箕一类盛垃圾、脏土的器具。◎“人非”二句：陈仲举，典出《世说新语·德行》注引《汝南先贤传》：“陈蕃字仲举，汝南平舆人。有室，荒芜不扫除，曰：‘大丈夫当为国家扫天下。’”用舍，见《论语·述而》：“子谓颜渊曰：‘用之则行，舍之则藏，唯我与尔有是夫。’”谓被任用就行其道，不被任用就隐居不出。这两句诗是说，君子用行舍藏，我既然不能像陈仲举那样“扫天下”，那么就在家中扫扫灰尘败叶，不也很合适吗？

纪梦

元·王冕

十有一月三十夜，清梦忽然归到家。
对母徐徐言世事，呼儿故故问生涯。
庭前修竹不改色，溪上老梅都是花。
起坐山窗听茶鼎，又思风雨客三巴。

◎清梦：美梦。◎徐徐：慢慢。◎故故：屡屡，指问了又问。◎生涯：生活，生计。◎修竹：长竹。◎茶鼎：烹茶的器具，这里是指烹茶声。◎三巴：巴郡、巴东、巴西等三郡的合称，在今四川省东部及重庆市地区。

清·罗聘《梅竹双清图》

十二月

十二月一日三首（录一）

唐·杜甫

今朝腊月春意动，云安县前江可怜。
一声何处送书雁，百丈谁家上水船。
未将梅蕊惊愁眼，要取椒花媚远天。
明光起草人所羡，肺病几时朝日边。

◎腊月：农历十二月。◎云安：本诗作于唐代宗永泰元年（七六五）冬，此时诗人在云安（今重庆市云阳县）。◎可怜：可爱。◎送书雁：用鸿雁传书的典故（见《汉书·苏武传》），这里借指大雁。◎百丈：牵船的篾缆。陆游《入蜀记》称其“以巨竹四破为之，大如人臂”。◎上水船：逆流而上的船。清代学者顾施祯说：“因客中春动，听送书之雁，则起寄书之心；见上濑之船，则动出峡之心。”◎“未将”句：日本江户时代学者津阪孝绰说：“盖今春意虽动，而梅蕊犹含，幸其不惊愁眼……意不欲见也。”◎椒花：椒的花。晋代刘臻妻曾于正月初一献《椒花颂》，诗人作诗之时离正月初一已近，故用此典。◎远天：远方之天，指云安。◎“明光”句：天宝年间，杜甫曾向朝廷献《三大礼赋》，唐玄宗奇之，召试文章。诗人《莫相疑行》中所谓“忆献三赋蓬莱宫，自怪一日声烜赫。集贤学士如堵墙，观我落笔中书堂”云云，即本句之意。明光，汉代有明光宫，这里泛指宫殿。◎日边：太阳旁边，比喻京城长安。

十二月二日夜梦游沈氏园亭

南宋·陆游

路近城南已怕行，沈家园里更伤情。
香穿客袖梅花在，绿蘸寺桥春水生。

城南小陌又逢春，只见梅花不见人。
玉骨久成泉下土，墨痕犹锁壁间尘。

◎沈氏园亭：即沈园，在今浙江绍兴。陆游年轻时与唐氏（名不详，晚出资料记载她叫唐琬）结婚，后迫于母命，忍痛分离，唐氏遂改嫁他人。后来二人邂逅于沈园，陆游感慨万千，写下了著名的《钗头凤》（红酥手，黄縢酒）。◎寺桥：指禹迹寺外的春波桥，沈园在禹迹寺南。◎小陌：小路。◎“玉骨”句：这两首诗作于宋宁宗开禧元年（一二〇五），诗人已是年逾八十的老人，唐氏也早已去世。泉下，黄泉之下。◎墨痕：翰墨书痕，指诗人当年题写在沈园壁间的《钗头凤》。◎锁：同“锁”。

十二月三日夜桥上看月

南宋·陆游

常时新月有无间，今夕清晖抵半环。
柳外桥高最堪望，凭阑目送下西山。

◎常时：平时。◎新月：指农历每月初出的弯月。◎清晖：清亮的光辉，指月光。◎堪：胜任，能够。◎凭阑：同“凭栏”，倚着栏杆。

答崔宾客晦叔十二月四日见寄

唐·白居易

今岁日余二十六，来岁年登六十二。
尚不能忧眼下身，因何更算人间事。
居士忘筌默默坐，先生枕曲昏昏睡。
早晚相从归醉乡，醉乡去此无多地。

◎诗题下有诗人自注："来篇云：'共相呼唤醉归来。'"崔宾客晦叔，崔玄亮，字晦叔，时为太子宾客分司东都；见寄，指寄诗给自己。◎居士：白居易号香山居士，这里指诗人自己；下句先生指崔玄亮。◎忘筌：语本《庄子·外物》："荃者所以在鱼，得鱼而忘荃……言者所以在意，得意而忘言。""荃"通"筌"，一种捕鱼的竹制器具。◎枕曲：枕着酒曲，谓嗜酒，醉酒。另见《十一月十五日忽苦舌疡甚，不能饮食，龕卧一榻戏成》"'公子'四句"条。◎醉乡：王绩《醉乡记》："醉之乡，去中国不知其几千里也。"去，距离。

庚子腊月五日

唐·司空图

复道朝延火，严城夜涨尘。
骅骝思故第，鹦鹉失佳人。
禁漏虚传点，妖星不振辰。
何当回万乘，重睹玉京春。

◎庚子：干支纪年，即唐僖宗广明元年（八八〇）。本年腊月初五，黄巢起义军攻入长安，唐僖宗仓皇逃往蜀中。◎复道：唐代长安城的大明宫至兴庆宫、兴庆宫至曲江，都修有夹城复道。◎延：蔓延。◎严城：戒备严密的城池。◎涨：弥漫。◎“骅骝”二句：形容黄巢起义军攻进长安后，王侯权贵之家混乱的场面。骅骝，周穆王八骏之一，泛指骏马；故第，故宅。◎“禁漏”句：皇帝出逃，宫禁已空，只有滴漏还在徒然报着更点。◎妖星：预兆灾祸之星，这里是蔑指黄巢起义军。◎辰：北辰，北极星，与下句的万乘，都是指唐僖宗。◎何当：何日。◎玉京：指长安。

十二月六日大雪

南宋·曾几

薄晚蓬山下直余，笑看六出点衣裾。
絮飞帘外无萦绊，花落阶前不扫除。
松鬣垂身全类我，竹头抢地最怜渠。
短檠便可捐墙角，剩有窗光映读书。

◎薄晚：傍晚。◎蓬山：秘书省的别称。因其掌管国家典籍图书，古人将它比喻成道家传说中的仙山蓬莱。◎下直：当值结束。曾几时任秘书省的秘书少监，故云。◎六出：雪的别名。◎“絮飞”二句：飞絮、落花，皆喻雪。萦绊，牵缠。◎松鬣垂身：指松针上挂满落雪。◎竹头抢地：指竹子被大雪压弯，枝头碰触到了地面。◎渠：方言，他。◎短檠：低矮的灯架，借指小灯。◎捐：舍弃。◎剩有：犹有。◎窗光：指雪反射出的亮光。晋朝的孙康常“映雪读书”（《初学记》卷二引《宋齐语》），这里暗用此典。

南宋·徐禹功《雪中梅竹图》

評量香色誇
椎工詩浚原
末氣陳同未
必陶葡曹技
折管報笱兮
釉雅競朵
乾隆御題

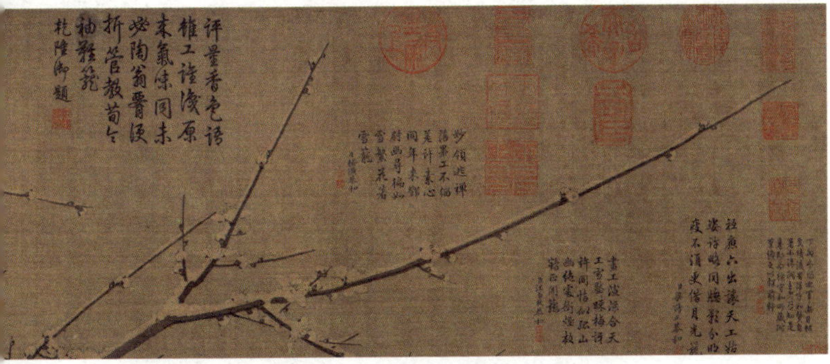

十二月初七日述怀

南宋·张九成

谪居寂寞岁将阑，几案凝尘酒盏干。
落落雨声檐外过，愔愔雪意座中寒。
孤飞只影人谁念，万里长途心自安。
世事悠悠君莫问，雪芽初碾试尝看。

◎谪居：张九成因主张抗金，反对议和，久为秦桧所忌恨，多次遭贬官罢职，后谪居南安军（今江西大余）十余年，直到秦桧死后，才被重新起用。◎阑：尽。◎几案：桌案。◎落落：象声词。王建《听雨》："雨声落落屋檐头。"◎愔愔：幽寂貌。◎只影：形单影只。◎雪芽：白芽茶。◎碾：唐宋人喝茶之前，要先用茶碾、茶磨等研磨器将茶饼或散茶变为细末，然后再煎煮饮用，与现在直接用沸水冲泡条状散茶的方式不同。黄庭坚《催公静碾茶》："睡魔正仰茶料理，急遣溪童碾玉尘。"

庚辰腊八日大雪二首（录一）

北宋·张耒

平生腊八日，借钵受斋糜。
客路岁将晚，旅庖晨不炊。
持杯从破律，遣兴自吟诗。
何日依禅宿，钟鱼自有时。

◎庚辰：干支纪年，庚辰腊八日即宋哲宗元符三年（一一〇〇）十二月初八。此时张耒在兖州（治所在今山东省济宁市兖州区）知州任上。◎平生：平素，往常。◎斋糜：素粥，这里指“腊八粥”。孟元老《东京梦华录》：“（十二月）初八日……诸大寺作浴佛会，并送七宝五味粥与门徒，谓之‘腊八粥’。都人是日各家亦以果子杂料煮粥而食也。”◎庖：厨房。◎从：听凭。◎遣兴：抒发情怀。◎禅宿：佛学精深之人。◎钟鱼：寺庙里撞钟的大木，因其形同鲸鱼，故云。这里是借指钟声。

南宋·扬无咎《雪梅图》

筆端造化出天巧
寫出江南雪壓枝
誰道春歸無覓處
橫斜全似越溪時

十二月九日雪融夜起达旦

南宋·魏了翁

远钟入枕雪初晴，衾铁棱棱梦不成。

起傍梅花读周易，一窗明月四檐声。

◎远钟：指远处的钟声。◎衾铁：衾被冷硬如铁。杜甫《茅屋为秋风所破歌》："布衾多年冷似铁。"◎棱棱：寒冷貌。鲍照《芜城赋》："棱棱霜气，蔌蔌风威。"◎傍：靠近。◎周易：儒家经典，为"五经"之一，分为《易经》和《易传》两部分。魏了翁是南宋著名理学家、思想家，他对《周易》深有研究，著有《周易集义》《易举隅》等书。◎四檐声：指屋檐上融雪落下的声音。

十二月十日暮小雪即止

南宋·陆游

夜来急雪打船窗，今夜推窗月满江。
堪恨无情一枝橹，水禽惊起不成双。

◎暮：傍晚。◎堪恨：可恨，可恼。◎橹：划船工具，置于船侧或船尾，比桨长大。

北宋·王诜《渔村小雪图》

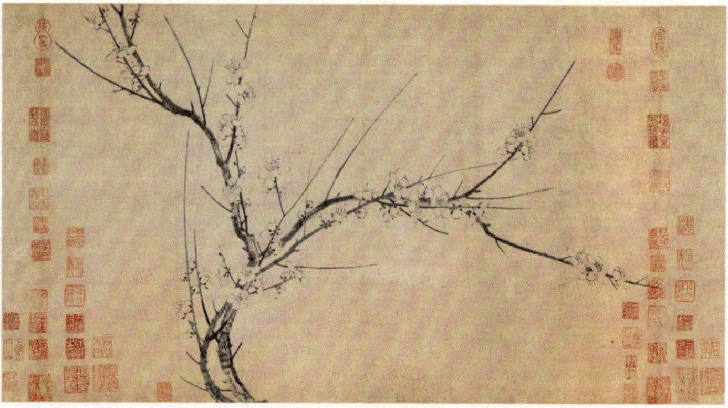

南宋·扬无咎《四梅图》其三

十一月二十八日雪，至十二月十一日，日色方暖，积雪始融

南宋·杨万里

日华今日始微暄，次第梅花暖更妍。
只有树阴偏得意，占他残雪不还天。

◎日华：太阳的光辉。◎暄：温暖。◎次第：顷刻，转眼。◎妍：美丽。

（传）北宋·李成《晴峦萧寺图》

元祐五年十二月十二日，同景文、义伯、圣途、次元、伯固、蒙仲游七宝寺，题竹上

北宋·苏轼

结根岂殊众，修柯独出林。
孤高不可恃，岁晚霜风侵。

◎元祐：宋哲宗年号。元祐五年，即公元一〇九〇年。◎景文：刘季孙字景文。其他几人，义伯姓名不详，张天骥字圣途，周焘字次元，苏坚字伯固，蒙仲即钱蒙仲，苏轼好友钱勰之子。◎七宝寺：在杭州，今已不存。◎结根：扎根。《古诗十九首·冉冉孤生竹》：“冉冉孤生竹，结根泰山阿。”◎殊众：出众，与众不同。◎修柯：修长的枝柯。◎恃：倚赖，凭借。◎霜风：凛冽的寒风。

明·文伯仁《四万山水图·万山飞雪》

十二月十三日喜雪

北宋·梅尧臣

三日朔风吹暗沙，蛟龙卷起喷成花。
花飞万里夺晓月，白石烂堆愁女娲。
大明广庭踏朝驾，雉尾不扫黏宫靴。
宫中才人承圣颜，捧觞称寿呼南山。
三公免责百姓喜，斗酒十千谁复悭。

◎朔风：北风，寒风。◎蛟龙：喻大风。◎花：喻雪。◎夺：遮蔽。◎“白石”句：据《淮南子》等书记载，女娲曾炼五色石以补苍天。诗人这里戏谑地说：像白石一样的雪堆，堆积得到处都是，女娲也未免要发愁了。◎大明：指君王。◎广庭：指朝堂。◎雉尾：雉尾扇，古代皇帝的仪仗器具。◎才人：女官名。◎承圣颜：指顺承君王的意旨。◎觞：酒杯。◎南山：祝颂语。《诗经·小雅·天保》：“如月之恒，如日之升。如南山之寿，不骞不崩。”◎三公：古代中央三种最高官衔的并称，历朝所指各有不同，唐宋时以太尉、司徒、司空为三公。这里是泛指高官。◎十千：谓酒价之贵。曹植《名都篇》：“我归宴平乐，美酒斗十千。”◎悭：吝啬。

腊月十四日雨

南宋·陆游

岁晚深居懒出游，小窗终日寄悠悠。
雨声到枕助诗律，花气袭衣生客愁。
残齿不堪添齆齆，瘦肩转复觉飕飗。
春前一雪犹关念，安得琼瑶积瓦沟。

◎诗律：诗歌的格律。◎齆齆：动摇貌。陆游《病思》："残齿强留终齆齆，病腰扶拜苦龙钟。"◎飕飗：寒冷貌。◎关念：关切挂念。◎安得：如何能得。◎琼瑶：美玉，这里是比喻雪。◎瓦沟：古代屋顶瓦楞间的泄水沟。朱湾《长安喜雪》："千门万户雪花浮，点点无声落瓦沟。"

腊月十五夜月

清·杨锐

锦官城里暂停鞍，红粉楼头独倚阑。
一十二回明月夜，可怜都向客中看。

◎锦官城：四川成都的别称。杜甫《春夜喜雨》："晓看红湿处，花重锦官城。"◎停鞍：驻马，指停留。◎红粉：化妆用的胭脂、铅粉，这里是借指家中的妻子。◎倚阑：同"倚栏"，倚靠在栏杆上。◎一十二回：一年有十二个月，故云。◎客中：旅居之中。

五代南唐·徐熙《雪竹图》

十二月十六日夜，枕上闻雷，已而大雪

南宋·张栻

春信梅边动，雷声枕上惊。
忽看窗纸白，顿觉竹声清。
江海空余梦，壶觞起自倾。
朝来倚楼处，玉树满湘城。

◎已而：不久。◎春信：春日的信息。郑谷《梅》："江国正寒春信稳，岭头枝上雪飘飘。"◎壶觞：酒器。◎倾：倒。◎玉树：白雪覆盖的树木。◎湘城：即今湖南长沙。

南宋·梁楷《疏柳寒鸦图》

十二月十七日夜坐达晓，寄子由

北宋·苏轼

灯烬不挑垂暗蕊，炉灰重拨尚余薰。
清风欲发鸦翻树，缺月初升犬吠云。
闭眼此心新活计，随身孤影旧知闻。
雷州别驾应危坐，跨海幽光与子分。

◎子由：即诗人的胞弟苏辙（字子由）。本诗作于宋哲宗绍圣四年（一〇九七），本年，诗人被贬海南，苏辙也被贬为化州别驾，雷州（今属广东，位于雷州半岛，与海南岛隔海相望）安置。兄弟二人在藤州（治所在今广西藤县）相聚，同行到雷州。六月，诗人别弟渡海。◎灯烬：灯芯燃烧后剩下的灰烬。◎薰：同"熏"，和暖。◎发：指风起。◎鸦翻树：乌鸦在树叶间翻飞。陶岘《西塞山下回舟作》："鸦翻枫叶夕阳动。"◎缺月：不圆的月亮，残月。◎犬吠云：岑参《岁暮碛外寄元㧑》："沙碛人愁月，山城犬吠云。"◎活计：工夫，方法。◎知闻：朋友。◎雷州别驾：指苏辙。◎危坐：泛指正身而坐。◎幽光：指月光。◎与子分：与你分享。

十二月十八日会饮，园夫献桃花二首（录一）

北宋·宋祁

今岁腊未破，明年春尚赊。
天教催朔气，先作塞南花。

◎会饮：聚饮。◎园夫：园丁。◎破：过去。杜甫《绝句漫兴九首》（其四）："二月已破三月来，渐老逢春能几回。"◎赊：远。◎朔气：北方的寒气。《木兰诗》："朔气传金柝，寒光照铁衣。"◎塞南：边塞以南，指中原。

十二月十九日夜中发鄂渚，晓泊汉阳，亲旧携酒追送，聊为短句

北宋·黄庭坚

接淅报官府，敢违王事程。
宵征江夏县，睡起汉阳城。
邻里烦追送，杯盘泻浊清。
只应瘴乡老，难答故人情。

◎宋徽宗崇宁元年（一一〇二），黄庭坚居鄂州（治所在今湖北省武汉市武昌区）。次年，黄庭坚被人构陷，以“幸灾谤国”的罪名，远贬宜州（今广西壮族自治区河池市宜州区）。本诗即为其离开鄂州，前往贬所时所作。鄂渚，即鄂州；汉阳，汉阳军，治所在今湖北省武汉市汉阳区；聊，姑且。◎接淅：捧着淘过的生米（而不及煮熟），比喻官命之迫，欲去之速。语本《孟子·万章下》：“孔子之去齐，接淅而行。”◎敢：不敢，岂敢。◎王事：王命派遣的差事。◎程：期限。◎宵征：夜行。语本《诗经·召南·小星》：“肃肃宵征，夙夜在公。”◎江夏县：鄂州的治所。◎烦：烦劳，搅扰。◎浊清：浊酒和清酒，泛指酒。杜甫《羌村三首》（其三）：“手中各有携，倾榼浊复清。”◎瘴乡：有烟瘴之气的地方，这里指诗人的贬所宜州。◎老：终老。黄庭坚崇宁三年（一一〇四）五月至宜州，次年九月即病卒，终老瘴乡之句，可谓一语成谶，令人扼腕。

宋·佚名《溪山暮雪图》

己卯十二月二十日感事二首（录一）

北宋·张耒

高楼乘兴独登临，搔首天涯岁暮心。
带雪腊风藏泽国，犯寒春色着烟林。
山川极目风光异，岁月惊怀老境侵。
可是斯文天未丧，楚囚何事涕沾襟。

◎己卯：干支纪年，即宋哲宗元符二年（一〇九九）。张耒此前因被视为反对新法的“元祐党人”，接连遭贬。本年秋，又被贬为复州（治所在今湖北天门）监酒。◎感事：因事而生感慨。◎搔首：以手搔头，形容心有所思的样子。◎岁暮：岁末。◎腊风：腊月的寒风。◎泽国：河流遍布的地区，犹言水乡。◎烟林：烟雾笼罩的树林。◎极目：满目。◎惊怀：惊心。◎“可是”句：孔子有一次被匡人拘禁住，孔子曰：“文王既没，文不在兹乎？天之将丧斯文也，后死者不得与于斯文也；天之未丧斯文也，匡人其如予何？”（《论语·子罕》）◎楚囚：典出《左传·成公九年》，这里借指诗人自己。参见十月五日诗注。◎涕：眼泪。◎沾襟：浸湿衣襟。

十二月二十一日迎春

南宋·杨万里

星淡孤萤月一梳，迎春早起正愁予。
土牛只解催人老，春气自来何事渠。
官柳野梅残雪后，金幡玉胜晓光初。
却思归跨春山犊，茧栗仍将挂汉书。

◎迎春：古代地方官员在立春前一日（按：农历新年有时在立春之后），率士绅迎春牛（泥土制成的牛）、芒神于东郊；第二天立春时还要将春牛打碎，叫作打春或鞭春。这种民俗活动有迎接春天和督促农事的寓意。◎孤萤：喻淡淡的星光。◎一梳：喻弯月。◎愁予：使我发愁。屈原《湘夫人》："帝子降兮北渚，目眇眇兮愁予。"◎"土牛"二句：诗人对这种由来已久的民俗产生质疑，认为这春牛只能够提醒人们时光流逝、新年又至（所谓"催人老"），春天的和暖之气自然会来，又何必年年迎春牛、打春牛呢？解，明白，能够；渠，指迎春牛、打春牛。◎官柳：官府种植的柳树。◎金幡玉胜：即幡胜，古代立春前后佩戴的头饰。孟元老《东京梦华录·立春》："春日，宰执亲王百官，皆赐金银幡胜，入贺讫，戴归私第。"◎茧栗：形容牛犊的犄角小如茧、栗。◎挂汉书：典出《旧唐书·李密传》："（李密）乘一黄牛，被以蒲鞯，仍将《汉书》一帙挂于角上，一手捉牛靷，一手翻卷书读之。"末二句写诗人起了归隐田野之心。

腊月二十二日渡湘，登道乡台夜归，得五绝（录一）

南宋·张栻

湘江岁晚水清浅，橘洲霜后犹青葱。
归舟着沙未渠进，且看渔火听疏钟。

◎湘：湘江，为今湖南省最大的河流。◎道乡台：旧址在今湖南长沙湘江西岸的岳麓山上。《岳麓志》云："宋邹浩，号道乡。谪衡，过长沙，守臣温益下逐客令，不容。风雨渡湘，岳麓山僧列炬迎之。后张栻为筑台，朱熹刻石曰'道乡'以表焉。"◎橘洲：位于今湖南长沙湘江江心的一个沙洲，即橘子洲。◎未渠：未曾。◎渔火：渔舟中的灯火。◎疏钟：稀疏、零星的钟声。

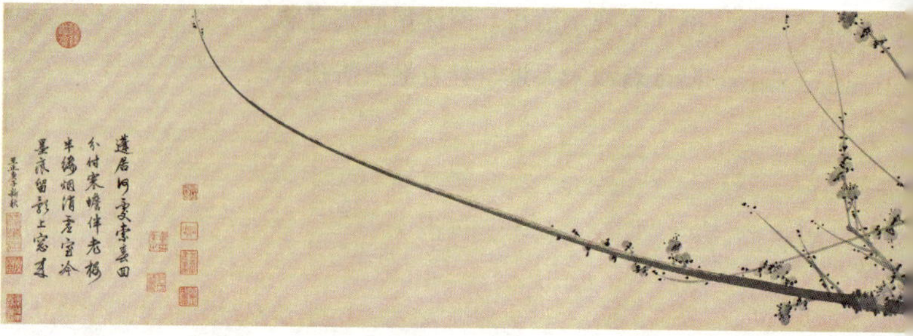

元·邹复雷《春消息图》

一聚烟姿生意閑
粉消良計學梅羶
仙姿却美玲瓏雪
嚴待池荷颯颯東

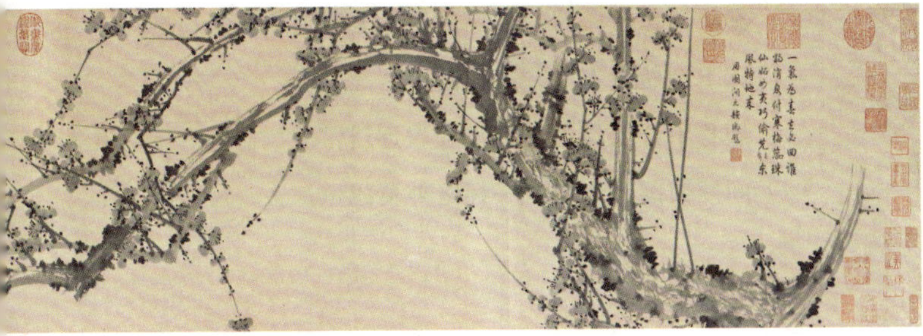

十二月二十三日作，兼呈晦叔

唐·白居易

案头历日虽未尽，向后唯残六七行。
床下酒瓶虽不满，犹应醉得两三场。
病身不许依年老，拙宦虚教逐日忙。
闻健偷闲且欢饮，一杯之外莫思量。

◎晦叔：诗人的好友崔玄亮（字晦叔）。◎历日：日历，历书。◎残：残存，剩余。◎依：按照。白居易《村居卧病三首》："况为忧病侵，不得依年老。"◎拙宦：谦指不善为官。◎虚：徒然。◎逐日：每日。◎闻健：谓趁强健之时。

祭灶词

南宋·范成大

古传腊月二十四，灶君朝天欲言事。
云车风马小留连，家有杯盘丰典祀。
猪头烂熟双鱼鲜，豆沙甘松粉饵团。
男儿酌献女儿避，酹酒烧钱灶君喜。
婢子斗争君莫闻，猫犬触秽君莫嗔。
送君醉饱登天门，杓长杓短勿复云，
乞取利市归来分。

◎本诗为《腊月村田乐府十首》的第三首。观本诗，知南宋时之“祭灶”与今俗略同，只今北方地区多在腊月二十三日。◎灶君：即供奉于灶上的灶神，俗称“灶王爷”。◎留连：耽搁，逗留。◎甘松：甜美松软。◎粉饵：一种糕饼。◎团：圆。◎“男儿”句：旧俗认为灶君属阳，所以有“男不拜月，女不祭灶”之说。酌献，指敬酒以供神。◎酹酒：洒酒于地，表示祭奠。◎钱：指纸钱。◎触秽：触弄污秽之物。◎嗔：嗔怪。◎“送君”二句：意谓希望灶君上天后，但言好事，不要再提那些对屋主人不好的话。“杓长杓短”应是当时俗语，“长短”即“是非”之意。◎利市：好运。

平江腊月廿五夜作

南宋·陈藻

昨日宰猪家祭灶，今宵洗豆俗为糜。
燔柴夹水明如昼，截竹当阶爆御魑。
故国赛还新岁愿，老翁回忆幼年时。
才高命薄天相戏，我亦刚肠不肯悲。

◎平江：平江府，治所在长洲县（即今江苏苏州）。◎“今宵”句：参见范成大《腊月村田乐府十首》诗序：“二十五日，煮赤豆作糜，暮夜阖家同飨，云能辟瘟气，虽远出未归者亦留贮口分，至襁褓小儿及童仆皆预，故名‘口数粥’。”◎燔柴：焚烧柴薪，指“烧火盆”的民俗。范成大《腊月村田乐府十首》诗序云：“爆竹之夕，人家各又于门首燃薪满盆，无贫富皆尔，谓之‘相暖热’。”◎夹水：犹言夹岸，指水流两岸。◎“截竹”句：南宋时苏州一带，俗以腊月二十五日放爆竹，所以苏州人范成大在《腊月村田乐府十首》第五首《爆竹行》中写道：“岁朝爆竹传自昔，吴侬政用前五日……儿童却立避其锋，当阶击地雷霆吼。”御魑，抵御魑魅恶鬼；岁朝，指农历正月初一。◎故国：家乡。◎赛：祭赛，泛指岁末的这些民俗活动。◎刚肠：指秉性刚直。

十二月二十六日旦，闻东堂啄木声。忽记作福昌尉时，在山间环舍多老木，腊后春初，此鸟尤多，声态不一。今琵琶、筝中所效，既不类，又百不得一二云

北宋·张耒

睡余闻啄木，忽忆福昌春。
官舍题诗壁，如今经几人。
犹能老耽酒，依旧拙谋身。
尚想兰宫路，东风清洛滨。

◎福昌尉：张耒于宋神宗元丰元年至六年（一〇七八至一〇八三）任寿安尉，官署在福昌。寿安、福昌本为两县（今皆属河南宜阳），但福昌于宋神宗熙宁五年至宋哲宗元祐元年（一〇七二至一〇八六）曾并入寿安县，所以诗题中的福昌尉就是指当年的寿安尉。◎不类：不像。◎睡余：睡起，睡醒。◎官舍：官署，官衙。◎耽酒：贪杯好酒。◎谋身：替自身谋划。◎“尚想”二句：回忆当年在福昌的时光。兰宫，泛指华美的宫殿；清洛，指洛河，宜阳毗邻洛阳，洛河流经其间；滨，水边。

十二月二十七日，大雪中过吉水小盘渡西归三首（录一）

南宋·杨万里

腊残滕六不归家，白昼乘风撒玉沙。
旋种琼田茁瑶草，更栽琪树看银花。

◎吉水小盘渡：吉水今属江西，是杨万里的家乡；小盘渡不详，辛更儒先生推测其位于吉水县北盘谷镇之江畔（《杨万里集笺校》第二册）。◎腊残：指腊月将尽。◎滕六：传说中的雪神。◎玉沙：白沙，喻雪。◎“旋种”二句：琼田、瑶草、琪树是泛指被雪覆盖的田地草木，银花则指雪花。

十二月二十八日，蒙恩责授检校水部员外郎、黄州团练副使，复用前韵二首（录一）

北宋·苏轼

平生文字为吾累，此去声名不厌低。
塞上纵归他日马，城东不斗少年鸡。
休官彭泽贫无酒，隐几维摩病有妻。
堪笑睢阳老从事，为余投檄向江西。

◎宋神宗元丰二年（一〇七九），苏轼被人告发在诗文中妄议朝政、讥刺新法，八月十八日入御史台（又称乌台）监狱，史称“乌台诗案”。至十二月末，在多方援救下，宋神宗降旨释放苏轼，将他贬为黄州（今湖北省黄冈市黄州区）团练副使。◎“平生”句：指自己因文遭祸。累，拖累，牵连。◎不厌：不憎，不嫌。◎“塞上”句：用“塞翁失马，焉知非福”的典故（见《淮南子·人间训》）。◎“城东”句：有少年贾昌，善于斗鸡，因此得到唐玄宗的宠爱，当时的歌谣传唱道：“生儿不用识文字，斗鸡走马胜读书。贾家小儿年十三，富贵荣华代不如。”（见唐人小说《东城老父传》）苏轼在颔联用这两个典故，是表明自己虽已转危为安，但也不愿为求苟安而学贾昌小儿之流媚上得宠。◎“休官”句：辞去彭泽县令的陶渊明，家贫无酒。◎“隐几”句：居士维摩诘常示疾说法，以法喜为妻。隐几，靠着几案；法喜，指闻见佛法而生喜悦。颈联二句是说自己因家贫不能像陶渊明那样弃官归隐，而只能学维摩诘，以佛法寻求精神上的解脱。◎堪笑：可笑。◎睢阳老从事：苏轼的弟弟苏辙当时签书应天府判官，应天府在唐朝为睢阳（今属河南商丘），而地方长官的僚属多称从事，这里借指判官。◎“为余”句：作者自注云：“子由闻予下狱，乞以官爵赎予罪。贬筠州监酒。”投檄，指弃官；江西，指江南西路，苏辙贬官的所在地筠州（即今江西高安）为其所辖州郡。

北宋·赵佶 《雪江归棹图》

明·文徵明《寒林晴雪图》

除夕前一日绝句

南宋·杨万里

雪留远岭半尖白，云漏斜阳一线黄。

天肯放晴差易耳，殷勤剩觅几朝霜。

◎"天肯"二句：大意谓冬日已尽，天将放晴，已没有几回霜雪好寻觅了。差易，比较容易；耳，语气助词。

癸巳除夕偶成二首（录一）

清·黄景仁

千家笑语漏迟迟，忧患潜从物外知。
悄立市桥人不识，一星如月看多时。

◎癸巳：干支纪年，即清乾隆三十八年（一七七三）。◎漏迟迟：指时间过得很慢。漏，漏壶，古代的一种计时器。◎潜从：暗从，偷从。◎物外：世外。

主要参考书目

《全唐诗》,（清）彭定求等编，中华书局 1960 年版。

《增订注释全唐诗》，陈贻焮主编，文化艺术出版社 2001 年版

《全宋诗》，傅璇琮、倪其心等主编，北京大学出版社 1998 年版。

《全元诗》，杨镰主编，中华书局 2013 年版。

《明诗综》,（清）朱彝尊辑录，中华书局 2007 年版。

《陶渊明集笺注》,（晋）陶渊明著，袁行霈笺注，中华书局 2003 年版。

《王维集校注》,（唐）王维著，陈铁民校注，中华书局 1997 年版。

《李太白全集》,（唐）李白著,（清）王琦注，中华书局 1977 年版。

《杜甫全集校注》,（唐）杜甫著，萧涤非主编，人民文学出版社 2014 年版。

《岑参集校注》,（唐）岑参著，陈铁民、侯忠义校注，上海古籍出版社 1981 年版。

《白居易诗集校注》,（唐）白居易著，谢思炜校注，中华书局 2006 年版。

《元稹集编年笺注（诗歌卷）》,（唐）元稹著，杨军笺注，三秦出版社 2002 年版。

《长江集新校》,（唐）贾岛著，李嘉言新校，上海古籍出版社 1983 年版。

《三家评注李长吉歌诗》,（唐）李贺著,（清）王琦等评注，上海古籍出版社 1998 年新 1 版。

《杜牧集系年校注》,（唐）杜牧著，吴在庆校注，中华书局 2008 年版。

《温庭筠全集校注》,（唐）温庭筠著，刘学锴校注，中华书局 2007 年版。

《李商隐诗歌集解》（增订重排版），（唐）李商隐著，刘学锴、余恕诚集解，中华书局 2004 年版。

《罗隐集校注》，（唐）罗隐著，潘慧惠校注，浙江古籍出版社 1995 年版。

《景文集》，（宋）宋祁著，影印文渊阁《四库全书》本。

《梅尧臣集编年校注》，（宋）梅尧臣著，朱东润编年校注，上海古籍出版社 1980 年版。

《欧阳修诗文集校笺》，（宋）欧阳修著，洪本健校笺，上海古籍出版社 2009 年版。

《蔡襄集》，（宋）蔡襄著，吴以宁点校，上海古籍出版社 1996 年版。

《曾巩集》，（宋）曾巩著，陈杏珍、晁继周点校，中华书局 1984 年版。

《司马光集》，（宋）司马光著，李文泽、霞绍晖校点整理，四川大学出版社 2010 年版。

《王荆文公诗笺注》，（宋）王安石著，（宋）李壁笺注，高克勤点校，上海古籍出版社 2010 年版。

《祠部集》，（宋）强至著，影印文渊阁《四库全书》本。

《苏轼诗集合注》，（宋）苏轼著，（清）冯应榴辑注，黄任轲、朱怀春校点，上海古籍出版社 2001 年版。

《苏轼诗集》，（宋）苏轼著，（清）王文诰辑注，孔凡礼点校，中华书局 1982 年版。

《苏辙集》，（宋）苏辙著，陈宏天、高秀芳点校，中华书局 1990 年版。

《黄庭坚诗集注》，（宋）黄庭坚著，（宋）任渊、史容、史季温注，刘尚荣校点，中华书局 2003 年版。

《后山诗注补笺》，（宋）陈师道著，（宋）任渊注，冒广生补笺，中华书局 1995 年版。

《张耒集》，（宋）张耒著，李逸安、孙通海、傅信点校，中华书局 1990 年版。

《雪溪集》，（宋）王铚著，影印文渊阁《四库全书》本。

《东牟集》，（宋）王洋著，影印文渊阁《四库全书》本。

《陈与义集校笺》，（宋）陈与义著，白敦仁校笺，上海古籍出版社 1990 年版。

《云溪集》，（宋）郭印著，影印文渊阁《四库全书》本。

《灊山集》，（宋）朱翌著，影印文渊阁《四库全书》本。

《湖山集》，（宋）吴芾著，影印文渊阁《四库全书》本。

《香山集》，（宋）喻良能著，影印文渊阁《四库全书》本。

《剑南诗稿校注》，（宋）陆游著，钱仲联校注，上海古籍出版社 1985 年版。

《范石湖集》，（宋）范成大著，富寿荪校勘，上海古籍出版社 1981 年版。

《文忠集》，（宋）周必大著，影印文渊阁《四库全书》本。

《杨万里集笺校》，（宋）杨万里著，辛更儒笺校，中华书局 2007 年版。

《南轩集》，（宋）张栻著，影印文渊阁《四库全书》本。

《双溪类稿》，（宋）王炎著，影印文渊阁《四库全书》本。

《石屏诗集》，（宋）戴复古著，影印文渊阁《四库全书》本。

《玉楮集》，（宋）岳珂著，影印文渊阁《四库全书》本。

《刘克庄集笺校》，（宋）刘克庄著，辛更儒笺校，中华书局 2011 年版。

《秋崖诗词校注》，（宋）方岳著，秦效成校注，黄山书社 1998 年版。

《克斋集》，（宋）陈文蔚著，影印文渊阁《四库全书》本。

《阆风集》,（宋）舒岳祥著，影印文渊阁《四库全书》本。
《元好问诗编年校注》,（金）元好问著，狄宝心校注，中华书局 2011 年版。
《玉斗山人集》,（元）王奕著，影印文渊阁《四库全书》本。
《桐江续集》,（元）方回著，影印文渊阁《四库全书》本。
《王冕集》,（元）王冕著，寿勤泽点校，浙江古籍出版社 1999 年版。
《篁墩文集》,（明）程敏政著，影印文渊阁《四库全书》本。
《徐渭集》,（明）徐渭著，中华书局 1983 年版。
《谭元春集》,（明）谭元春著，陈杏珍标校，上海古籍出版社 1998 年版。
《牧斋初学集》,（清）钱谦益著，（清）钱曾笺注，钱仲联标校，上海古籍出版社 1985 年版。
《恽寿平全集》,（清）恽寿平著，吴企明辑校，人民文学出版社 2015 年版。
《敬业堂诗集》,（清）查慎行著，周劭标点，上海古籍出版社 1986 年版。
《小仓山房诗文集》,（清）袁枚著，周本淳标校，上海古籍出版社 1988 年版。
《春融堂集》,（清）王昶著，上海古籍出版社 2002 年“续修四库全书”版。
《瓯北集》,（清）赵翼著，李学颖、曹光甫校点，上海古籍出版社 1997 年版。
《两当轩集》,（清）黄景仁著，李国章标点，上海古籍出版社 1983 年版。

《船山诗草》,（清）张问陶著，中华书局 1986 年版。
《揅经室集》,（清）阮元著，邓经元点校，中华书局 1993 年版。
《湘绮楼诗文集》,（清）王闿运著，马积高主编，岳麓书社 1996 年版。
《散原精舍诗文集》,（近代）陈三立著，李开军校点，上海古籍出版社 2003 年版。
《海藏楼诗集》,（近代）郑孝胥著，黄珅、杨晓波校点，上海古籍出版社 2003 年版。

《诗历》,（近代）伍受真选编，北京出版社 1993 年据民国“等持阁”原本影印版。
《宋诗精华录》,（近代）陈衍评点，曹中孚校注，巴蜀书社 1992 年版。
《宋诗选注》，钱锺书选注，人民文学出版社 1989 年版。
《宋诗三百首》，金性尧选注，上海古籍出版社 1986 年版。
《清诗三百首》，钱仲联选，钱学曾注，岳麓书社 1985 年版。
《唐诗鉴赏辞典》，萧涤非等著，上海辞书出版社 2004 年版。
《宋诗鉴赏辞典》，缪钺等著，上海辞书出版社 1987 年版。
《元明清诗鉴赏辞典》，钱仲联等著，上海辞书出版社 1994 年版。

后记

2017 年春天罢，中国国家地理图书部的编辑老师找到我，说想让我做一本诗歌日历方面的书。开始我是犹豫的。因为这几年，同类书出的已不少，古典诗词外，甚至已经做到新诗、童谣，我再来做，能有新意吗？但对方显然是有备而来。她拿出一本旧书给我，书名《诗历》，编者伍受真，武进人，北京出版社 1993 年影印民国“等持阁”本。略一翻看，就能看出这本书的特色——它所选诗，是“自元日以迄除夕，并四时佳节，逐日不虚”（伍璜《〈诗历〉序》），与这些年所出同类书相比，确实是很少见的。原书为繁体竖排，如果能改为适应普通读者需要的简体横排本，并逐一加以注释，不也是一件美事？

于是我决定接受这项工作。但稍后发现，事情并不这么简单。平心而论，伍受真先生编选的这本书，征引书籍不下两百种，是下了很大功夫的。但一者收诗多达八百首，如作为给普通读者阅读的选本，数量显得偏多；再者，有的日子所选诗，经过仔细查对，发现颇有问题。比如五月十七日选了北宋张耒的一首，诗题就叫《五月十七日》。但我核对了点校本的《张耒集》，却是《夏日三首》的第一首，并没有具体日期。又如五月二十五日选了南北宋之交孙觌的《夏日田舍二首》，诗题下有小注“五月二十五日作”，据该书附录，采自《鸿庆居士集》。但我核对影印四库本《鸿庆居士集》卷五，该诗题下并无系日，又检《全宋诗》第 26 册所收该诗，同样并无系日，也无任何校勘记。在未确切查知所据出处前，类似这样的诗作，只能割弃；至于有的选目不惬己意，则也往往多有。

因此，我们最后决定还是另起炉灶，自己来选，并大致拟定了编选原则：篇目上，以大家、名家的作品为主；内容上，以反映风物、民俗、时令的为主。但实际操作起来，也颇繁难。有的在文学史上有重要地位的大家入选过少，如李白仅选了一首，而刘禹锡等则一首都未入选，主要原因是他们作品有明确系日的过少，实在选无可选；而像李贺的《昌谷诗（五月二十七日作）》，则是因为篇幅太长，只能割爱。还好如杜甫、白居易、梅尧臣、苏轼、陆游、杨万里等的诗作都入选不少，让本书的诗人阵容不算太寒酸。

另外，关于选目，还有一个“大小月”的问题，需要跟读者交代一下。农历中大月 30 天，小月 29 天，且大小月的交替在不同年份里，并无一定规律。所以为方便起见，本书均按大月 30 天来选取诗歌，不再区分大小月（因为所选诗歌时间跨度长达千余年，事实上也不可能准确区分），相应的，诗题中提到“某月晦日”的也固定当成当月的 30 日（本来，大小月的最后一日都叫晦日）。同样为操作方便起见，本书选目也不考虑闰月的问题。

再说注释。注释向来有简、繁二法，有的注者求简，只注诗歌中的精妙处，甚至认为诗歌不应注得太透，要把想象和诠释的空间留给读者自己。我这次却倾向于详注，尽量少留障碍，甚至有些文言虚词或文学常识，可能使一般读者产生疑惑的，还是都注了。注释过程中，参考了前贤时修的许多大作，有的考证成果在注释里揭出，但限于本书性质，无法一一注明，读者可自行参看书后附录的参考书目。同时，也对前人的注释略作了一点增补、订正。如陆游《十一月十八日蒙恩再领冲佑，邻里来贺，谢以长句》，最末的“便挂朝冠亦良易，金铜茶笼本相忘”，《剑南诗稿校注》第四册此句缺注。其实这里是用唐代张固《幽闲鼓吹》的典故：唐代宰相崔造退休后，“一二岁中，居闲躁闷，顾谓儿侄曰：‘不得他诸道金铜茶笼子物掩也。’遂复起”。陆游这里反用其意，所以在句下自注里道：“往时常使闽者，例馈茶三年。今不讲已久，余盖未尝沾及也。”又如南宋方岳《十月六日园丁置墨紫》，《秋崖诗词校注》注“墨紫”为“墨菊”。按：欧阳修《洛阳牡丹记》：“叶底紫者，千叶紫花，其色如墨，亦谓之墨紫。”又观诗中“极知品在群葩上”“花头不减暮春圆”等句，也能知道这里写的是牡丹，而非菊花。本书里还有一定数量的诗作，选自中小诗人，前人很少甚至没有注释过。这些作品的注释，笔者只能勉力为之，其中错漏处必多，期待读者们的指教。

最后，我要说几句致谢的话。感谢本书的策划老师，没有她的约稿和耐心的敦促，我不会有机会去做这本书。感谢本书的特约编辑李佳老师，她以专业的文献学功底和仔细负责的态度，让本书减少了引文的错漏。感谢贺兰女史对书稿的审读和订正，她对诗意的敏锐领悟力和旧体诗词创作的才情，是我素所钦佩和自叹不如的。也要感谢刘勃兄、李靖岩兄等的鼓励，让我能拖拉近一年，仍鼓足勇气完成这么一本小书。

诗是有声画，画是无声诗。如果觉得本书的注释过于冗繁无味，就去翻翻书里那些精美的古画罢，愿大家在诗画交融的书中获得几许心灵的放松和审美的享受。

2018 年初秋草于京西寓所

图书在版编目（CIP）数据

日月长：古诗中的一年 / 萧桓注. -- 北京：北京联合出版公司, 2019.1

ISBN 978-7-5596-2804-6

Ⅰ. ①日… Ⅱ. ①萧… Ⅲ. ①诗集－中国 Ⅳ. ①I22

中国版本图书馆CIP数据核字（2018）第264103号

日月长：古诗中的一年

作　　者：萧　桓
策　　划：北京地理全景知识产权管理有限责任公司
策划编辑：马晓茹
责任编辑：王　巍
特约编辑：李　佳
图片编辑：贾亦真
营销编辑：李雪洋
装帧设计：杨　慧
制　　版：北京书情文化发展有限公司

北京联合出版公司出版
（北京市西城区德外大街83号楼9层　100088）
北京联合天畅文化传播公司发行
北京华联印刷有限公司印刷 新华书店经销
字数：200千字　787毫米×1092毫米　1/32　印张：18
2019年1月第1版　2019年1月第1次印刷
ISBN 978-7-5596-2804-6
定价：128.00元
